中華文化思想叢書

開啟中華文明的管鑰
——漢字的釋讀與探索
下冊

黃德寬　著

目次

中編　考辨・闡釋

方法與實踐──古文字釋讀

下冊

拾遺覓踪──古文字與文獻考索

漢字的文化闡釋

下編　規範・研究

漢字規範與語文生活

漢字研究的過去與未來

後記

甲骨文「（S）叀OV」句式探蹤[*]

　　關於古漢語「（唯）O是V」句式及其相關問題，近年來陸續有相關文章發表。[1]甲骨文有一種與此相關的句式，如「王叀土方正（徵）」（6442）、「王叀盂田省」（28317），我們稱之為「（S）叀OV」句式，它們的常見表達形式是：「王徵土方」「王省盂田」。[2]甲骨文這種賓語在動詞之前的句式，也曾有不少學者談到過。[3]但是，它到底有什麼特點？為什麼在後代典籍中消失了？「（唯）O是V」句式與它存在什麼樣的關係？都還有必要作進一步的探討。

　　「（S）叀OV」句式分佈在一至五期甲骨文中，是一種格式固

---

[*] 原載《語言研究》1988年第1期。

[1] 丁貞薰：〈論前置賓語後的「是」「之」的詞性〉，載《中國語文》1983年第2期；許嘉璐：〈關於「唯……是……」句式〉，載《中國語文》1983年第2期；敫鏡浩：〈略論先秦時期「O／是／V」句式的演變〉，載《中國語文》1983年第5期；俞敏：〈倒句探源〉，載《語言研究》1981年第1期。這種賓語前置句式，有時有「唯」字，有時沒有「唯」字，一般都認為是同一種句式，所以我們用「（唯）O是V」表示。「是」，有時寫作「之」或其它，我們都以此代表。

[2] 「叀」甲骨文寫法不完全一樣，為方便，我們一律這樣寫。對難識的古文字，我們在不影響原意理解的情況下，也都做了處理，查對原出處即可了然。本文所引甲骨文材料均見《甲骨文合集》，只注明原甲骨的著錄號。

[3] 管燮初：《殷虛甲骨刻辭的語法研究》（北京市：中國科學院，1953年）；管燮初：〈甲骨金文中「唯」字用法的分析〉，載《中國語文》1962年第2期；楊樹達：〈甲文中之先置賓辭〉，見《積微居甲文說》（北京市：科學出版社，1954年）；陳夢家：《殷虛卜辭綜述》（北京市：科學出版社，1956年）；侯鏡昶：〈論甲骨刻辭語法研究的方向〉，載《中華文史論叢》增刊之《語言文字研究專輯》（上）（上海市：上海古籍出版社，1982年）。

定，使用頻率較高的句式。我們考察了《甲骨文合集》一到十三冊有關這種句式的全部材料，並選擇了辭例完整、文字清晰、有代表性的卜辭一百三十餘條，作為討論的基本材料。這些辭例，基本上可以反映出「（S）叀OV」句式的面貌。

在「（S）叀OV」句式中，「叀」是構成賓語前置的基本條件。如：

（1）叀侯比（3010）
　　　〔王貞：余比侯（3346）〕
（2）辛巳卜，𣪘貞：叀易白𡘸比（3385）
　　　〔辛巳卜，𣪘貞：王比易白𡘸（3380）〕
（3）叀奠令蠹□（5770甲）
　　　〔令奠蠹三百（5771乙）〕
（4）叀柬令途啟於並（6055）
　　　〔令𧥦途啟於並（6056）〕
（5）王叀沚𢆷比伐土方（6416）
　　　〔王比沚𢆷伐土方（6417）〕
（6）王叀望乘比伐下危（6477）
　　　王比望乘伐下危（6482）
（7）我叀賓為（15179）
　　　〔我為賓（15179）〕
（8）叀茲卜用（31678）
　　　〔其用茲卜（31678）〕
（9）叀𢀛令即垃（32886）
　　　〔其令射𠂤即垃（32886）〕

以上各例，與之相對的是常見語序，即「主謂賓」（SVO）句

式，加上「叀」之後，賓語則在動詞之前。這在甲骨文中少有例外，（7）、（8）、（9）三例為同版卜辭，賓語前置和常見語序的對應關係更為明瞭。這表明「叀」是構成這種句式的基本條件，沒有它，這種句式就不能成立，必須按「SVO」順序排列。

在對貞句中，「（S）叀 OV」句式的否定形式是「（S）勿唯 OV」，[4]如：

> （10）叀牛用（4762）
>
> 〔勿唯羌用（462）；勿用羌（461）〕
>
> （11）叀臼令（3079）
>
> 〔勿唯戠般令（4219）；勿令臼般（4217）〕
>
> （12）王叀沚馘比伐人方（6416）
>
> 〔王勿唯沚馘比伐人方（6473）
>
> 王勿比沚馘伐人（32）〕
>
> （13）王叀土方正（徵）（6442）
>
> 〔王勿唯土方正（6445）
>
> 勿正土方（6447）〕
>
> （14）叀賓為（13490）
>
> 〔勿唯賓為（13490）；勿為賓（15179）〕

上舉各例，每例包括「（S）叀 OV」句式的肯定、否定和一般否定句三種類型，「（S）勿唯 OV」是這種句式的否定形式，而「勿」單獨出現，不改變「SVO」序列。在對貞句中，這種規則表現得尤為

---

4 「唯」，甲骨文一般寫作「隹」，本文統一寫作「唯」，後文出現的典籍中的「惟」「維」等不同寫法，我們也都如此處理。

嚴格。「王叀易白龏比／王勿唯易白龏比」（6460）「沚戜啟人，王叀
之比／沚戜啟人，王勿唯之比」（6461）等同版對貞句，都是用「勿
唯」與「叀」相對，構成「（S）叀OV」的否定形式。而「王叀沚戜
比伐人／王勿比沚龏戜伐人」（32）「我叀賓為／我勿為賓」
（15179）、「王叀孟田省／弜省孟田」（28317）等，也是同版對貞
句，但由於只用了否定副詞「勿」和「弜」，就構不成否定的賓語前
置句式，甲骨文中很少有不合規則的例外。[5]「勿」「弜」單獨使用，
賓語在動詞之後，實際上表明用「勿唯」的對貞句中，「唯」也是決
定賓語是否前置的關鍵字語。基於上述現象，我們是否就可以認為甲
骨文中的「叀」與「唯」具有提前賓語的語法功能呢？注意到下面的
辭例，就會發現這個結論是不全面的，如

（15）叀王往伐舌方／勿唯王往伐舌方（614）

（16）叀王比望乘／勿唯王比望乘（7531）

（17）乙未卜，㱿貞：勿唯王自正獸（39928）

（18）勿唯正舌方（6316）

這些對貞句中，「叀」與「勿唯」也是成對出現，但是賓語依然
在動詞之後。與上舉例（12）、（13）、6460、6461片相比，我們發現
它們的區別僅僅在「叀」「勿唯」出現的位置不同。例（12）等「叀」
「勿唯」均出現於主語「王」之後，置於謂語部分之前，沒有出現主
語的辭例，也都可以補上主語「王」，如（1）「叀侯比」即「王叀侯
比」，（2）「叀易白龏比」的常見語序本就是「王比易白龏」，也可補

5　二七二九片「勿姘乎（呼）」是一個例外，我們認為這是偶而的疏忽，將「勿」後
　　的「唯」漏刻了。按一般規律應為「勿唯姘乎」或「勿乎姘」。

足為「王叀易白薅比」。在對貞句中，凡主語「王」出現的，「勿唯」也一律在它之後，沒有出現的，同樣都可以補足。根據這些材料，我們得出甲骨文「（S）叀 OV」句式的另一補充條件，即「叀」「勿唯」只有次於主語之後，謂語部分的賓語才置於動詞之前，並且前置的賓語總是緊緊依附於「叀」「勿唯」而出現。如（4）、（5）、（6）、（9）、（12）等例，就整個句子來看，都是兼語式，但前置的都只是兼語，兼語後面的動賓關係和順序不變，可以說明這一點。如果缺少這一補充條件，「叀」「勿唯」本身同樣不能構成賓語前置句式，此前除侯鏡昶曾提到以外，很少有人注意到這一點。[6]由於這一補充條件的重要性，我們採用「S 叀 OV」的表達形式，主語 S 經常可以不出現，因此，一般我們寫作「（S）叀 OV」。

「勿唯」用於這種句式的否定形式中，我們說「唯」也是構成賓語前置的關鍵字語，但是作為一種固定的搭配，「勿唯」總是與「叀」相對應的。甲骨文中「叀」的常見否定形式是「勿唯」或只用副詞「勿」「弜」，而「唯」的常見否定形式則是「不唯」或「不」「弗」等，這種現象表明「勿唯」的「唯」和「不唯」的「唯」可能不完全一樣。唐蘭證明「叀」相當於虛詞「唯」是就其共性而言的，[7]但是，甲骨文「叀」與「唯」也有明確的分工。僅僅就「叀」「唯」的否定形式看，其差別就十分明顯。一般情況下，用「叀」的卜辭中，其對貞句用否定副詞「勿」「弜」，而用「唯」的卜辭中，對貞句用否定副詞「不」「弗」。在先秦這兩組否定副詞是兩個小類，前者用

---

6 侯先生說：「『勿唯』或『叀』在句端起著否定或肯定全句的作用，那麼這類句子的賓語提前現象大多數是不存在的⋯⋯在句中起著否定或肯定作用時（包括主語省略句），賓語基本上都提前。」侯鏡昶：〈論甲骨刻辭語法研究的方向〉，載《中華文史論叢》增刊之《語言文字研究專輯》（上）。

7 唐蘭：《天壤閣甲骨文存考釋》（北京市：輔仁大學，1939年），頁32-34。

於表示意願的句子中，而後者則用於表示客觀可能性或事實的句子中，這種分工在甲骨文中已經形成，並沿續下來。[8]由此，可以看出「叀」與「唯」的分別，即用「叀」的句子表現的是主體的活動，有表達某種主觀意願的傾向，所以用否定副詞「勿」「弜」，而用「唯」的句子表現的是非主體的活動，表達客觀的事實或推測某種客觀的可能性，故用否定副詞「不」「弗」。而「（S）叀 OV」句式的肯定形式全部用「叀」，否定形式全部用「勿唯」「勿」「弜」，[9]表明這種句式可能只用於表達主觀上的意願。主觀上的意願往往是強調的物件，所以，反映在詞序上，就是賓語置於動詞之前，以別於常見的「SVO」句式。

從內容上對這類賓語前置句式分類，發現它主要用於「祭祀」「征伐」「田獵」和「使令」四個方面（見表一），而這些又全部是占卜「王」的主體活動，體現了「王」的某種主觀上的傾向，這與從語言形式上分析的結果完全吻合。考察甲骨文「叀」與「唯」在一般句式中用例的差異，也與此相一致。甲骨文「叀」與「唯」存在共用現象，如大量的「叀」與「唯」用於表示時間的「干支」「月份」前，其作用相同。但是差異也是明顯的，如「唯王＋VO」，其行為主體一般是先王（唯且丁壱王／不唯且丁壱王〔1910〕）。而「叀王＋VO」，「王」則指時王，如上文各例。[10]一旦區分了這種細微的差別，我們

8　陳夢家：〈殷虛卜辭綜述〉，頁127；裘錫圭：〈說「弜」〉，載《古文字研究》（北京市：中華書局，1979年），第1輯。

9　例外的有：「貞：唯阜山令／貞：允唯阜山令」（7859）、「不唯我咎／唯我咎」（16456）等，但前者「阜山」二字或釋為「𦥑火」，其含義不明，後者行為的主動者不在我一方，就這一點說也是合規律的。總之，這類例外極為少見。「帝唯茲邑蠪，不若」一例，或以為蠪為「龍」，讀為「寵」，也很可疑，其字上從「屮」（有），不應該是「龍」字的異體。

10　關於「叀」與「唯」的差別，張玉金有專文討論。張玉金：〈甲骨卜辭中語氣詞「唯」與「叀」的差異〉，載《遼寧師範大學學報》1985年第6期。

對「勿唯」中的「唯」就會有一種新的看法，即「唯」本身並不能用於賓語前置句式中，在「勿唯」中，「唯」可能只是「叀」的條件變體，「勿唯」應是「勿叀」，因「勿」與「叀」連讀，導致「叀」的變音，這個變音又與功用有相同之處的虛詞「唯」的讀音相近，所以「勿」後的「叀」就寫成「唯」。屬於第一期的大龜四版，其中就有一條卜辭作「貞：勿叀牛，㞢羌」，這正保存了「勿」和「叀」相配的原始面貌。[11]

表一　甲骨文「（S）叀 OV」句式分佈情況表

類別 / 動詞	祭　祀	徵伐	田　獵	使令	各期分布 (條)	占百分比
五期	用彤歲取彡㞢秦	比伐正辜戔循	省田🔲逐	乎令		
一	△　△△△△△	△△△△△△		△△	64	52
二	△　△				3	2.4
三	△△		△△△△	△△	34	27.6
四	△	△　△		△	16	13
五	△			△	6	5

綜上所述，甲骨文「（S）叀 OV」句式有三個明確的特點：一、虛詞「叀」是構成這種句式的基本條件，其否定形式是「勿唯」，這個「唯」是「叀」的語音變體，「唯」原則上不是構成這種句式的要素；二、「叀」「勿唯」只有出現於主語之後，賓語才前置，而且它們總是附著於前置成分的前面，這是構成這種句式的另一重要的輔助條件；三、甲骨文這種句式主要用於記錄以王等為活動主體的「祭祀」

---

11 據張玉金〈甲骨卜辭中語氣詞「唯」與「叀」的差異〉一文所引，知孫常敍先生已經指出「勿唯」中的「唯」可能是「叀」的語音變體。

「征伐」「田獵」和「使令」等內容的句子中,有對主觀意願的強調作用。這三個特點表明,甲骨文「(S)叀 OV」是一種富有表現力、功能完備、形式嚴密的句式。然而,這種句式殷商之後並不流行,它是如何消失的呢?

沿著甲骨文,我們向下追索,儘管現存的語言材料十分有限,但尚能看到「(S)叀 OV」句式逐步趨於消失的蹤跡。

甲骨文材料跨度二百餘年,按董作賓的研究分為五期。「(S)叀 OV」句式,在殷商二百餘年中,已經呈現衰退的趨勢。根據我們從五期甲骨文中搜集的句子,從數量上看,第一期占百分之五十二,第二期只占百分之二點四,第三期占百分之二十七點六,第四期占百分之十三,第五期僅占百分之五(詳見表一)。可見第一期甲骨文使用這種句式最多,第二、五期出現得較少。當然,這種統計並不十分精確,因為《合集》所收甲骨第一期有二萬多片,而其它四期有的只是第一期的四分之一,有的是五分之一或六分之一,並且,我們只是就所收比較典型、清晰、完整的辭條統計的,不是統計其使用的準確頻率。儘管如此,這個統計數字大體上能反映出「(S)叀 OV」句子在五期中分佈的情況,可以看出它使用的趨減勢態。

從「(S)叀 OV」句式記載的內容看,其發展變化也是明顯的。第一期卜辭「祭祀」「征伐」「使令」三類經常使用這種句式,使用的動詞也最多。第二期只在「祭祀」一類有三個典型的例子,使用了「用」「歲」兩個動詞。第三期有關「田獵」、「使令」兩類卜辭佔有一定比例,但「祭祀」類只限於一兩個動詞,「征伐」類不見運用這種句式。第四期只集中於四個動詞,而「征伐」類的兩個動詞只是出現於個別例子。第五期則限於「用」「令」兩個動詞,第一期最常運用這種句式的「征伐」類卜辭,此期卻不再運用,如「唯王來正(徵)人方」(36488)、「唯王來正盂方白虫(?)」(36509)等,與

第一期同類卜辭相比，變化尤為明顯（五期分佈情況詳表1）。從記載
內容和常用動詞情況來看，第一期卜辭使用這種句式帶有普遍性，除
第三期「田獵」卜辭有些特殊外，第二期以後，這種句式一般出現於
「祭祀」「使令」兩類，主要使用的動詞是「用」和「令」，這表明
「（S）叀 OV」句式使用範圍逐步趨向狹小，表達也趨於模式化。

　　「（S）叀 OV」句式的某些語言形式，在五期中也有變化，其中
有三點比較顯著：

　　其一，第一期卜辭這種句式同時又多為兼語式或連動式，如例
（4）、（5）、（6）、（12）等，第二期以後，只有個別例子是兼語式，
謂語部分由複雜變得簡單。

　　其二，第一期用「勿唯」構成這種句式對貞句的為多，也有用副
詞「勿」構成「SVO」語序的，但第二期以後已不再使用「（S）勿唯
OV」式的對貞句了，第三期不僅否定形式不用「勿唯」，而且一般否
定副詞「勿」也由「弜」替代，如：

　　（19）王叀盂田省／弜省盂田，其每（28317）
　　（20）叀箙麋逐／弜逐〔箙麋〕（28372）
　　（21）王叀牢田，亡災，不遘雨／弜田牢，其雨（29253）
　　（22）叀茲豐用／弜用茲豐（30725）

　　如果說第二期卜辭因數量有限，尚不能肯定「勿唯」作為這種賓
語前置句式的否定形式就已經消失，那麼第三期「弜」的出現及在對
貞句中替代「勿」而廣泛使用，當可以表明「勿唯」是在這種句式衰
退過程中先行消失的，「（S）叀OV」否定形式的消失，當是這種句式
趨於衰退的一個重要標誌。

　　其三，第五期卜辭中，典型的「（S）叀OV」句式出現了以

「唯」替代「叀」的例子，如：

（23）其唯小臣臨令，王弗每（36418）
（24）其唯太史僚令（36428）

早期卜辭出現個別混用「唯」的例子，我們認為是不合規律的特例。但第五期卜辭中這類例子，我們應該另眼看待。前者屬個別的、偶然的現象，而後者則表明「叀」與「唯」的使用界限趨於模糊，「唯」有合併「叀」的趨勢，這是「（S）叀OV」衰退過程中出現的典型現象。而金文及典籍材料中，「叀」作為虛詞的用法保存極少，「唯」則繼續運用並有所發展。「（S）叀OV」句式西周金文和傳世典籍殘存的例子，均作「（S）唯OV」（下文談到西周時期的這種句式，均採用這種表達）。從語言發展的延續性看，我們認為：這種變化不源於第一期卜辭的特例，而肇始於第五期卜辭「唯」與「叀」使用界限的模糊。

據上所述，甲骨文五期卜辭已經反映出「（S）叀OV」句式逐步走向衰落的歷程，因此，到西周以後，這種句式就使用得極少了。我們廣泛查閱了周原甲骨、兩周金文和先秦典籍，才得到下列若干例子，它們是這種句式消失前留下的蛛絲馬跡。

金文這方面的例子，典型的只有兩例：

（25）唯丁公報（令簋・成王器）
（26）烏乎！唯王龏叉（守）（沈子它簋・昭王器）

此二例均為西周早期銘文。

典籍材料，這種句式主要見於《尚書》：

（27）承汝俾汝，唯喜康共，非汝有咎，比於罰（傳：唯與汝
　　　共喜安）（〈盤庚〉）

（28）甯王唯卜用（〈大誥〉）

（29）今天其相民，矧亦唯卜用（〈大誥〉）

（30）唯土物愛，厥心臧（〈酒誥〉）

（31）王唯德用（傳：今王唯用德）（〈梓材〉）

（32）小民乃唯刑用於天下（傳：小民乃唯用法於天下）（〈昭
　　　誥〉）

《尚書》六例，《商書・盤庚》占其一，餘皆為〈周書〉。《逸周
書》也保存了少數的例子，如：

（33）凡在天下之庶民，罔不唯後稷之元穀用，蒸享在商先哲
　　　王，明祀上帝（〈商誓〉）

（34）亦唯我後稷之元穀用，告和用胥飲食（〈商誓〉）

（35）其（商）唯第茲命不承，殆哉（注：不奉天命則危殆
　　　也）（〈大明武解〉）

《逸周書》的真偽一直有不同看法，從這些語言材料看，認為它
取材於西周某些典籍加工而成，當是可以成立的。以上各例，基本上
都是西周早期的語言事實，其動詞使用最多的是「用」，十一例
「用」字六見，可見這個詞與其在甲骨文中使用頻率高、延續時間長
的一致性。此外，《詩・抑》「汝雖湛樂從，弗念厥紹」，王引之《經
傳釋詞》認為即「言汝唯湛樂之從也」。《書・無逸》曰：「『唯耽樂之
從』，文義正與此同」。《書・牧誓》「今商王受，唯婦言是用」，《漢
書・五行志》引作「今殷王紂，唯婦言用」，無「是」字，保存了這

種句式。這兩條材料似乎表明：西周時代「（S）唯 OV」句式在實際使用中多於上舉數例，有些本來保存在典籍中，可能被後人改造了，《抑》一例因為「唯」寫作了「雖」，〈無逸〉一例因《漢書》轉引，才有幸保存原貌。而這種改動只有在一種舊的表達方式消失，一種新的表達方式起而代之時才可能出現。那麼西周將可能是這種句式最後消失的年代。金文的例子最遲的在昭王，是現存材料可能提供的最直接可靠的斷代證據，《尚書》等典籍材料也都集中於西周，儘管不能提供確切的依據，但與此也不會相差甚遠。因此，我們認為金文、典籍材料只是這種句式消失前的餘緒而已，這種句式消失的較為可能的時間是在西周中期。

通過對甲骨文「（S）更 OV」句式的追蹤分析，我們基本上可以摸清這種句式衰退的過程。就現存材料看，正是在這種句式趨於消失的時候，一種功能與此相同的句式「（唯）O 是 V」發展起來了，這種新句式的發展與「（S）唯 OV」句式的衰落正好呈相反趨勢。那麼，這兩種句式是否有更為密切的關係呢？

「（唯）O 是 V」句式的發生和發展，已有不少學者研究，[12]從現存典籍材料來看，認為這種句式流行於西周至春秋前期的看法是比較符合漢語發展實際的。隨著這種句式的出現和盛行，「（S）唯 OV」句式最後趨於消失，這表明這兩種形式有別、功能相同的句式可能存在著更替關係。上揭殘存「（S）唯 OV」句式的金文和典籍材料中，「（唯）O 是 V」作為一種並存句式也已存在，如：

---

12 王力：《漢語史稿》（北京市：中華書局，1980年），頁361-365；許嘉璐：〈關於「唯……是……」句式〉，載《中國語文》1983年第2期；敔鏡浩：〈略論先秦時期「O／是／V」句式的演變〉，載《中國語文》1983年第5期；俞敏：〈例句探源〉，載《語言研究》1981年第1期。

（36）無若丹朱敖，唯漫遊是好（《書・益稷》）

（37）敖虐是作（《書・益稷》）

（38）唯勢是輔（《逸周書・柔解》）

（39）龜策是從（《逸周書・史記解》）

（40）唯酒食是議（《詩・斯干》）

（41）南國是式（《詩・大明》）

有同一內容，並存使用兩種形式的：

（42）王唯德用（《書・梓材》）

　　　△王其德之用（《書・召誥》）

　　　△唯德是用（《逸周書・皇門解》）

　　　△唯德之用（《逸周書・小開解》）

（43）汝雖（唯）湛樂從（《詩・抑》）

　　　△唯耽樂之從（《書・無逸》）

　　這種共存現象，只有在交替階段，才能夠出現。根據《尚書》
《詩經》中「（唯）O 是 V」句式的分佈情況及其在後來的發展，許
嘉璐認為《尚書》《詩經》代表這種句式初始階段面貌，流行於西周
末年。敖鏡浩則認為這種句式源於《詩經》，西周年間始用於散文。[13]
典籍材料只能大致反映其流行的年代，難於作出更為具體的判斷。根
據金文，這種句式目前所見，最早出現於西周孝王時的曶鼎：

---

13 許嘉璐：〈關於「唯……是……」句式〉，載《中國語文》1983年第2期；敖鏡浩：
　〈略論先秦時期「O／是／V」句式的演變〉，載《中國語文》1983年第5期。

（44）弋（必）〔唯朕禾是〕嘗（償）。

令人遺憾的是，「禾是」二字殘損，是補上的，不能作為確證，但是從文意和語感上推求，此補當十分可信。[14]除此之外，金文尚有下列材料：

（45）天命是揚（蔡侯鐘）

（46）分器是寺（持）（邾公牼鐘）

（47）龜邦是保（邾公華鐘）

（48）餘四事是臺（以）（齡鎛）

（49）子孫是保（陳逆簋）

（50）三壽是枸（絜，乞）（晉薑鼎）

（51）萬民是敕（秦公簋）

（52）萬姓是敕（秦公鐘）

（53）唯傅母氏（是）從（中山王䀜鼎）

由於金文體裁的限制，其表達的模式化語言比較穩固，不一定能及時反映實際語言的面貌。因此，儘管這類句式更多地見於春秋戰國的銅器銘文中，但不能認為這種語言現象只是這個時代才有，相反地它更說明這種句式已經使用了較長時間。綜合上述金文和典籍材料，可以認為：甲骨文「（S）叀OV」句式消失的時間，可能就是「（唯）O是V」起而更替的時間，這個時間大致可以定於西周中期前後。

新舊兩種句式除了時間上的接續關係，在形式上也存在一定的聯係。「唯」正是新舊兩種句式的連接點。基於這一點，我們有必要對

14 郭沫若：《兩周金文辭大系圖錄考釋》（北京市：科學出版社，1958年），頁96。

「（唯）O是V」句式中的「唯」字給予重新考慮。過去一致認為「唯」是附加於「O是V」句式之上，起強調作用，並且具有排他性的。主張「唯」字附加說，主要認為這種句式用代詞複指的出現較早，甚至是原始漢語代詞賓語在動詞之前的舊痕跡的遺留，[15] 而「唯」只是後附的起修飾作用的成分。當我們注意到甲骨文「（S）叀OV」句式的發展以及「（唯）O是V」句式與它的更替關係，看到《尚書》等較早的材料中，「唯O是V」與「O是V」的並存現象，如例（36）到（41），我們就會覺得問題可能不是這樣的。從總體上看，「O是V」使用得更為普遍，它是西周以後出現的新的賓語前置的典型形式，而「唯O是V」則可能是「（S）唯OV」與「O是V」的一種融合形式：[16]

$$（S）唯OV＋O是V \xrightarrow{合併同類項} （S）唯O是V$$

正是由於這種融合關係，所以在《尚書》等材料中，「（S）唯OV」「O是V」「唯O是V」才有著共存現象。由於這種融合式，包含了一種古雅的表達方式，所以具有一種凝重、典雅的修辭色彩。[17] 由此看來，甲骨文「（S）叀OV」句式到西周變為「（S）唯OV」形式以後，一方面由於「O是V」這種功能相同的新形式的出現，取代了它的地位；另一方面它也不是徹底地「消亡」，而是融化和「消失」在這種新形式中，從而產生了「唯O是V」這種具有一定修辭意義的特

---

15 王力：《漢語史稿》，頁361。

16 王力先生也感覺到了這種可能，但只是一筆帶過，並且認為「O是V」是舊有形式，那麼，「（S）唯OV」言外之意就是新形式了，這大概是為了牽就原始漢語代詞賓語語序的假設，因此，王先生實際上並沒有指出這兩種形式是如何「混合」的。見王力：《漢語史稿》，頁362。

17 許嘉璐：〈關於「唯……是……」句式〉，載《中國語文》1983年第2期。

定表達方式。可以這樣說,「唯 O 是 V」這種新句式,也有著它的遺傳因數。

上文我們一直迴避「叀」和後來的「唯」的詞性問題,這裏談談我們的初步想法。過去對「唯」(叀)的詞性說法不一,馬建忠的說法比較模糊,[18]其後有副詞說[19]、介詞說[20]、詞頭說[21],等等,這些說法都有某些道理。甲骨文的「叀」出現於不同的場合應作具體的分析,但在「(S)叀 OV」句式中,「叀」的語法功能顯然是為了引導前置賓語。根據這種作用,我們同意把它歸到介詞一類。這樣在「唯 O 是 V」這種格式中,「唯」則不是副詞或詞頭,它原本是介詞,只是由於這種新舊交融的形式中有「是」或「之」等代詞複指前置賓語,它本來引導前置賓語的作用就顯得微乎其微,逐漸虛化,以致我們就這種句式本身已經感覺不出它的功能了,這樣它在句中的作用更近於一個語氣助詞。所謂「唯」進一步「加強肯定語氣」「具有排他性」等功能,乃是從它本來作為引導前置賓語的介詞功能中繼承下來的。

當把甲骨文「(S)叀 OV」和西周新出現的「(唯)O 是 V」聯係起來考察之後,我們很自然地就會面臨賓語前置是「倒文」還是「順文」這一漢語史研究中一直有分歧的重要問題。王力先生認為代詞複指前置賓語是舊形式的殘跡,這是與原始漢語代詞賓語的位置本

---

18 馬建忠:《馬氏文通》(北京市:商務印書館,1983年),頁251-254、229。

19 楊樹達:《高等國文法》(北京市:商務印書館,1984年),頁187;楊樹達:《詞詮》;馬漢麟:《古代漢語讀本》(修訂本)(鄭州市:中州書畫社,1982年),頁134;郭錫良等:《古代漢語》(講授提綱),頁157。這中間又有副詞、範圍副詞、語氣副詞等不同說法。

20 管燮初:《殷虛甲骨刻辭的語法研究》(北京市:中國科學院,1953年);管燮初:〈甲骨金文中「唯」字用法的分析〉,載《中國語文》1996年第2期,又把它分為副詞和介詞;陳夢家:《殷虛卜辭綜述》,頁101-102。

21 王力:《漢語史稿》,頁362。

在動詞之前的論點互為論證的，[22]按王先生的說法，就不存在「倒文」或「提前」的問題，賓語在動詞之前應是一種正常的語序。俞敏先生說得更為明白，他認為：原始漢語的特點，止詞在前，動詞在後，漢人入中土以後，才不知為什麼詞序變倒了，只有在止詞遇上強調的時候，老詞序才保存下來。[23]在他們看來，原始漢語應屬於「SOV」型。這種推測的可能性，我們不能完全排除，如代詞作賓語時所透露出的某些跡象，以及漢藏語係中其它語言（如藏語等）詞序的某些旁證，都能提供一定的論據。但是，賓語前置這一現象，從「（S）叀 OV」與「（唯）O 是 V」的交替和融合來看，不一定就是原始漢語語序的殘存。甲骨文「（S）叀 OV」的三個特點表明，這種賓語前置句式的構成和使用是有條件限制的。因此，我們認為這類賓語前置現象，只是一種側重於表達主觀強調的語法手段，不是確立原始漢語為「SOV」型的可靠證據。

總而言之，從「（S）叀 OV」與「（唯）O 是 V」的交替和融合關係看，我們可以對「（唯）O 是 V」句式提出兩點看法：一、「O 是 V」是繼「（S）唯 OV」之後產生的一種新的表達形式，不一定是原始漢語語序的殘存現象；二、「唯 O 是 V」是新舊兩種句式的融合形式，因此，這種格式中的「唯」，不是附加詞頭、副詞或其它，而是由引導前置賓語的介詞逐漸虛化的「語氣助詞」。

---

22 王力：《漢語史稿》，頁357-368。
23 俞敏：〈倒句探源〉，載《語言研究》1981年第1期。

曾姬無卹壺銘文新釋[*]

二十世紀三〇年代，安徽壽縣朱家集楚王墓中出土了一批青銅器，其中有兩件曾姬無卹壺，銘文相同。半個多世紀過去了，不少學者雖對這兩件壺銘作過較為深入的研究，但是銘文中關鍵的幾個字卻一直未得到確解。本文擬對壺銘有關字提出一些看法，並對相關問題予以討論。

首先解釋的是𡏖字。此字劉節釋「望」，[1]楊樹達、[2]郭沫若從之，[3]《商周青銅器銘文選·四》亦從之，並釋「望」為望祭。[4]唐蘭釋「虗」，[5]李家浩從之，並疑此字從「壬」聲，在銘文中讀作「鎮」。[6]劉信芳認為「按此字應從壬（他鼎切）（引者按：當作壬），虍聲，字讀如吾。字又見於郭店楚簡《老子》，蒙荊門市博物館崔仁義先生見告。余初以為字從壬聲，讀如朕，然辭例既多，知該字應是從虍聲。」[7]李零始認為此字「在銘文中是作謂語動詞，大概是哀

---

[*] 原載《古文字研究》（北京市：中華書局，2002年），第23輯。

[1] 劉節：〈壽縣所出楚器考釋〉，見《古史存考》（北京市：人民出版社，1958年）。

[2] 楊樹達：〈積微居金文說·曾姬無卹壺跋〉（北京市：中華書局，1997年），頁159。

[3] 郭沫若：《兩周金文辭大系圖錄考釋》（上海市：上海書店，1999年）（下），頁166。

[4] 馬承源主編：《商周青銅器銘文選》（北京市：文物出版社，1990年），頁454。

[5] 唐蘭：〈壽縣所出銅器考略〉，載《國學季刊》4卷1號（1934年）。

[6] 李家浩：〈從曾姬無卹壺銘文談楚滅曾的年代〉，載《文史》（北京市：中華書局，1990年），第33輯。

[7] 劉信芳：〈蒿宮、蒿間與蒿里〉，載《中國文字》（臺北市：藝文印書館，1998年），新24期。

憐、恤問、賑濟一類的意思」，[8]後有隸作「虘」，讀為「撫」，作謂語動詞。[9]

　　此字亦見於信陽楚簡一之十二號、一之十四號，《古璽彙編》三〇五六、三四一一、三四三三方璽印，舊皆不得確解。在新出郭店楚簡中，此字共出現十四次，有十一例讀為「吾」，三例讀為「乎」，可見此字在戰國文字中多讀為「吾」。驗之於信陽簡及古璽，讀「吾」亦皆文從字順，如信陽一之十二「▲（吾）聞周公」；一之十四「▲（吾）幾（豈）不智（知）才（哉）」；《古璽彙編》三〇五六號「▲▲」、三四三三號「▲▲」均讀為「吾丘」，複姓；三四一一號「▲▲」讀為「分吾」，[10]複姓。

　　此字用法已經基本明瞭，但形體如何分析，卻頗為棘手。古文字中有一種構形現象，或許對此字形體分析有所幫助。

　　湯余惠曾指出：古文字中，寫在下面的人旁，有時變作土，[11]如：

8　李零：〈論東周時期的楚國典型銅器群〉，載《古文字研究》（北京市：中華書局，1992年），19輯。

9　李零：〈讀《楚系簡帛文字編》〉，載《出土文獻研究》（北京市：科學出版社，1999年），第5輯。

10　魏宜輝、審憲：〈古璽文字考釋（十則）〉，載《東南文化》1999年第3期。

11　湯余惠：〈略論戰國文字形體研究中的幾個問題〉，載《古文字研究》（北京市：中華書局，1986年），第15輯。

古文字中存在的這種構形現象，使我們有理由懷疑𡉘字所從的「土」當由「彳」演變而來，擬測其演變過程為：𡉘——𡉘——𡉘。如果此推測不誤，則此字應釋為「虎」。此字在古文字中讀為「吾」或「乎」，均屬於假借。古音「虎」屬於曉紐魚部，「吾」屬於疑紐魚部，二字聲紐均屬於喉音，韻部相同，故可通假。壺銘「虎」亦讀作「吾」，乃第一人稱代詞。金文中常見「𧆀」字，用作第一人稱代詞，字從虍又加魚聲。「魚」「吾」古音聲韻俱同，「虎」用作「吾」，與「𧆀」用作「吾」同理。

其次解釋的是𡩋字。此字兩器中一稍有殘痕，一甚清晰。劉節釋為「守」，[12]楊樹達釋「安」，讀為「按」，[13]郭沫若、《商周青銅器銘文選》、李零等均釋為「安」。其中李零認為「安茲、漾陵、蒿間應是並列的地名」。[14]李家浩提出新說，釋此字為「㝐」。他說：

> 按「㝐」字所從的偏旁與《古璽彙編》〇三六二號印第二字所從的右旁相似，若將〇三六二號印第二字所從的右旁跟燕國文字中的「女」旁比較一下，就可以確定為「毋」。現將壺銘「㝐」字、〇三六二號印第二字和燕國文字中從「女」旁之字揭示如下，以便比較：
>
> 𡩋曾姬無卹壺
> 𡩋《古璽彙編》63‧0362
> 𡩋（妳）《古璽文編》292‧0190
> 𡩋（郔）《古璽文編》147‧3857
> 𡩋（安）《古幣文編》頁75

---

12 劉節：〈壽縣所出楚器考釋〉，見《古史存考》。
13 楊樹達：《積微居金文說‧曾姬無卹壺跋》，頁159。
14 李零：〈論東周時期的楚國典型銅器群〉，載《古文字研究》第19輯。

從上揭示文字可以看出，〇三六二號印第二字所從的右旁與
「女」旁的區別，主要是前者多一橫，顯然應該是「毋」。

又說：

「𡚿」字可能是「廡」字的異體。[15]

上錄諸說中，以釋「安」字影響最大。下面我們就看一下戰國文
字中的「安」。

秦：🔲宜安戈
楚：🔲包山105
　　　🔲　郭店・老子甲25
三晉：🔲《中國歷代貨幣大系》1278
齊：🔲陳純釜
燕：🔲《古璽彙編》3900
　　　🔲《古璽彙編》0012
　　　🔲《古璽彙編》1348

燕文字「安」所從「女」與「🔲」字所從「氐」形體最為接近。
但燕文字「安」所從「女」或「女」旁（如上舉妏、𨟡等字所從）多
作𡚸、𡚩、𡚰，左邊豎筆均向右彎曲，中間豎筆多向上穿透，與
「氐」字明顯不同（或將氐摹作氐，實誤），故釋此字為「安」或
「𡚿」均可疑。

---

15 李家浩：〈從曾姬無卹壺銘文談楚滅曾的年代〉，載《文史》第33輯。

戰國文字中「庀」（宅）字如下各形：

楚：庀包山155
　　庀郭店、成之聞之34
　　庀郭店、成之聞之33
　　庀望山1·113
　　庀望山1·112
中山：庀中山王鼎

「庀」字所從的「庀」與上錄庀、庀、庀形體相近，應是「庀」字，與《說文》古文、三體石經「宅」字相同。郭店楚簡從「乇」之字，「乇」往往作「庀」（宅），如：怤（託）字《緇衣》二一作庀，《太一》一一作庀。由此看來，楚文字從「乇」聲之字可繁化作庀（宅）聲。這樣，此字應當分析為從「宀」，「庀」（宅）聲（相當於「乇」聲），即「宅」之異體。與《古璽彙編》二一從「宀」，「庀」（宅）聲字構形一致，何琳儀釋為「宅」，[16]至確。這與郭店簡字作庀（《緇衣》20），又作庀（五行29）屬同類現象。因此，曾姬無卹壺之庀釋為「宅」字應無疑義。

既然此字釋為「宅」，其在壺銘中的確切含義又如何呢？要想回答這一問題，須對下文的「蒿間」作出確切的解釋。

關於「蒿間」，劉體智認為與草竊伏莽同意；[17]楊樹達讀為「稾幹」，義為箭杆；[18]《商周青銅器銘文選》讀為「告簡」，言望祭祝告

16　何琳儀：《戰國古文字典》（北京市：中華書局，1999年），頁524。
17　劉體智輯：《善齋吉金錄·禮器錄卷三》（上海市：上海圖書館，1998年影印本），頁55。
18　楊樹達：《積微居金文說·曾姬無卹壺跋》，頁159。

之於簡書；[19]崔恒升認為「蒿」是地名，「蒿間」指蒿邑之間；[20]李家浩讀為「郊閒」，義為郊裏；[21]李零據包山楚簡認為「蒿間」是包括許多楚縣在內的地區名，位置在淮水和淮水支流一帶；[22]劉信芳認為「蒿間應指墓區，包括陵寢、管理人員居住區及耕作區」。同時他也認為包山一〇三號、一一五號簡中的「郚邲」應讀為「蒿間」。[23]以上諸說，唯劉說可從。

「蒿間」義為墓區，「宅」字當與墓葬有關。《廣雅‧釋地》：「宅，葬地也。」《儀禮‧士喪禮》：「筮宅，冢人營之。」鄭玄注：「宅，葬居也。」《孝經‧喪親》：「卜其宅兆而安措之。」邢昺注：「宅，墓穴也。」

「漾陵」是地名，其地望問題詳後文。

「無𩵩」，讀「無匹」。楊樹達疑𩵩假為匹，訓匹為敵。[24]郭沫若認為「無匹」「言鰥寡孤獨而無告者」，[25]李家浩、李零從之。崔恒升解「無匹」為「無與匹敵」，[26]可從。《左傳》僖公二十三年：「秦晉，匹也。」杜注：「匹，敵也。」

綜上所述，「虎宅茲漾陵蒿間之無𩵩」應當讀為「吾宅茲漾陵蒿間之無匹」，義為「我（將）葬居漾陵墓區的最好地方」。「我」是指聖赹之夫人曾姬無卹。

以上是我們對壺銘中的幾個字所作的解釋。下面就壺銘涉及的幾

19 馬承源主編：《商周青銅器銘文選》，頁454。
20 崔恒升：《安徽出土金文訂補》（合肥市：黃山書社，1998年），頁73。
21 李家浩：〈從曾姬無卹壺銘文談楚滅曾的年代〉，載《文史》，第33輯。
22 李零：〈讀《楚系簡帛文字編》〉，載《出土文獻研究》，第5輯。
23 劉信芳：〈蒿宮、蒿間與蒿里〉，載《中國文字》，新24期。
24 楊樹達：《積微居金文說‧曾姬無卹壺跋》，頁159。
25 郭沫若：《兩周金文辭大系圖錄考釋》（上海市：上海書店，1999年）（下），頁166。
26 崔恒升：《安徽出土金文訂補》，頁73。

個問題略作討論。

　　壺銘開頭是「隹（唯）王二十又六年，聖趄之夫人曾姬無卹」。學者多認為「王二十又六年」，是指楚宣王二十六年，即公元前三四四年，「聖趄之夫人」是指楚聲王的夫人。這些意見都是正確的。楚聲王元年即公元前四〇七年，聲王六年卒，即公元前四〇二年。李家浩曾作過如下推測：「曾姬無卹壺作於楚宣王二十六年，上距聲王之死五十八年，即使聲王死時曾姬無卹還很年輕，譬方說只有二十歲，到宣王二十六年也是將近八十歲的人了，為什麼還要到漾陵去鎮撫孤寡的老百姓呢？」[27]接著做了如下回答：「宣王滅曾之後，大概礙著祖母曾姬無卹的面子，把曾人由西陽遷到漾陵，保留其宗廟，不絕其祭祀。但是為了防止曾人反抗，特地把既是楚先王的夫人，又是曾國人的老太太請出來，鎮撫他們。」[28]但是讓一個近八十歲的老太太去漾陵鎮撫孤寡的老百姓，有點不太符合情理。不過讓一個近八十歲的老太太去漾陵墓區選擇一塊最好的墓地，應該說是合情合理的。因為選擇了一塊最好的墓地，才製作了宗？尊壺。讓後嗣用之，職（常）在王室，也就是很自然的事了。

　　最後需要討論的，就是漾陵的地望問題。對此各家說法不同。李家浩認為：「也許『漾陵』本應作『羕陵』，其得名根本與漾水無關。」[29]根據我們的考釋，既然漾陵為楚王室墓區所在，當與楚宣王時都城鄰近，一般說來帝王諸侯的陵寢都在都邑近郊。據《史記·楚世家》載，楚文王始都郢（江陵紀南城），楚平王十年因恐吳而修築郢都城牆。[30]楚昭王十年「吳人入郢」，並「以班處宮」，說明宮室完

27　李家浩：〈從曾姬無卹壺銘文談楚滅曾的年代〉，載《文史》，第33輯。
28　同上。
29　同上。
30　事見《左傳·昭公二十三年》、《漢書·地理志》。經考古勘察，紀南城之城垣始建

好無損。次年秦師救楚，敗吳，昭王復「入於郢」。楚昭王十二年吳人復伐楚，昭王去郢，北徙都於鄀。徙都之後，何時遷回，史籍失載，但楚昭王二十一年吳越交惡，「吳由此怨越而不西伐楚」。估計此後不久，昭王當又由鄀徙都返郢，故有楚頃襄王二十一年「秦將白起拔郢，燒先王夷陵」之事。由此而言，宣王時，都城仍然在郢。從吳人入郢「辱平王墓」「白起拔郢，燒先王夷陵」看，楚王墓葬區皆在都城郢之近郊。因此，我們有理由認為曾姬無卹選中的漾陵墓地也在郢附近。

漾陵作為地名多次出現於包山楚簡。「漾」也作「羕」（107、108）、𨙻（117），為一字之異形。據簡文，漾陵曾設有「𥐚大夫」「君」「正」等官職，簡文也有「𨙻陵人××」之稱（166、169）。簡126、127載：「東周之客𥐚（許）缰致脤（胙）於蔵郢之歲，夏栾之月，甲戌之日，子左尹命漾陵之𥐚大夫察州里人陽鏽之與父陽年同室」，「大𥐚疤、大駐師言謂：陽鏽不與其父陽年同室。鏽居郢，與其季父𨞠連𨼊陽必同室。」簡中出現了「漾（羕）陵」和「郢」，似乎表明兩地非常近。東周致胙於蔵郢，說明楚王時居蔵郢，蔵郢或以為即紀南城。[31]簡文中的「郢」，可能取楚都的通稱，也就是當時的蔵郢之省稱。[32]包山楚墓距楚故都紀南城約十六公里，簡文多次出現「漾陵」，甚至與「郢」同見一簡，表明「漾陵」當在郢都近郊，為楚王墓葬區所在之地。這為我們徹底考明漾陵的地望提供了重要線索。

於春秋晚期或春秋戰國之交，可以參證。見湖北省博物館：〈楚都紀南城勘察與發掘〉，載《考古學報》1982年第3、4期。

31 黃錫全：〈「蔵郢」辨析〉，見楚文化研究會編：《楚文化研究論集》（武漢市：湖北人民出版社，1991年），第2集。

32 《說文》：「郢，故楚都。」《史記·楚世家》記「始都郢」「城郢」「入郢」，皆以「郢」指稱楚都城。

附　曾姬無卹壺銘文（一）（二）

蔡侯產劍銘文補釋及其它[*]

　　淮南蔡家崗趙家孤堆戰國墓，曾出土錯金鳥篆蔡侯產劍三件。[1]
其中Ⅲ式劍一件，銘文為「蔡侯產之用劍」（圖一），已釋出；Ⅱ式、
Ⅳ式兩劍銘文相同，前者末一字稍殘（圖二、圖三）。容庚先生認為
兩劍首行三字為「蔡侯產」，次行三字「同不可識」。[2]

　　我們仔細觀察銘文，又於安徽省博物館觀看了實物，次行三字，
結構還是很清楚的，剔除鳥紋飾，兩件銘文應隸定為「蔡侯產
攴戉攴」。「攴」即「作」的異文，鳥蟲書作 （越王州勾矛）、或作
（吳王光逗戈）、 （楚王璋戈），在此作 （去紋飾），多一偏旁
「攴」，與姑氏簠作 、郘王劍作 相同，這種寫法還見於㑣盨、虢
文公鼎。從「攴」只是為了強調「作」的動作性，所以㑣肯鼎等器或
從「又」。[3]此字為「作」字異體無疑。

---

* 　原載《文物研究》，1986年第2期。

1 　安徽省文化局文物工作隊：〈安徽淮南蔡家崗趙家孤堆戰國墓〉，載《考古》1963年
　　第4期。

2 　容庚：〈鳥書考〉，載《中山大學學報》1964年第1期。

3 　編按：本文所引「㑣肯鼎」等器中之「肯」字，應是楚文字「前」。

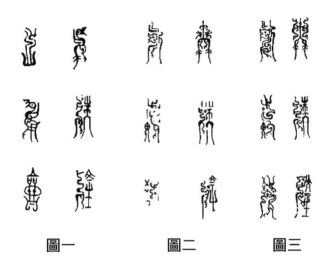

圖一　　　　　圖二　　　　　圖三

「戵」從「鬼」從「戈」，「戈」寫在上部，「鬼」很清晰。盂鼎「鬼」的異體或作，侯馬盟書作，與此結構相同，梁伯戈則作，從「攴」，與王孫鍾「畏」的異體相似。「畏」作，稍一訛變，即與「鬼」寫作相同，而且這兩個字形義上有分化關係，在合體結構中有時可以不加分別。[4] 這種情形與古文字系統中「月、夕」的形義分化關係及其作偏旁時通用無別是相一致的。因此這個字應釋為「畏」的異體，而不是「鬼」的異體。

「戙」為「教」的古文，字形與《說文》古文、散盤的戙小異，從「戈」從「攴」在古文字中每每通用互換，定為「教」的古文是沒有問題的。

那麼，從字形結構看，銘文次行三字按通常寫法應為「作畏教」。

銘文釋定後，偶檢陳夢家〈蔡器三記〉一文，得知陳先生也早把後三字隸定為「乍黃戙」，並認為：「『黃戙』二字，疑與『玄夐』相

4　字形參見容庚編著：《金文編》（北京市：中華書局，1985年），卷九「鬼」和「畏」。

類，乃指鑄器所用材料」，[5]別無說明。我們認為定「畏」為「黃」在字形判斷上是明顯的失誤。「作」字異體所從「攴」未隸定出，「戏」從「戈」隸定為從「攴」都不夠準確。將「黃戏」與「玄翏」相比，認為是鑄器所用材料，也是值得商榷的。

　　郭若愚先生近來發表了舊文〈從有關蔡侯的若干資料論壽縣蔡墓蔡器的年代〉，也談及此二劍的銘文，其銘文隸定與我們大致相同，[6]但有幾點我們不能完全同意：一、他認為此兩劍的「蔡」字是「正體」，作蔡或蔡是「簡體」，這是不妥當的。郭先生所謂「正體」，只見於蔡侯產劍和戈、蔡侯■戈等器，[7]時代較晚，使用也不普遍，而且都是鳥蟲書，是一種變形文字。我們認為，所謂「正體」蔡字下部增添的部分，乃是為了追求對稱性而作的改造，這種情況鳥蟲書中不乏其例。為了字形的裝飾效果和形體美，結構稍作變動，在鳥蟲書中是合法的，不能將這種變動後的字形作「正體」，而將自甲骨文以來一以貫之的「蔡」字稱為「簡體」，那是本末倒置。二、郭先生說「畏」字從鬼從止，並以《汗簡》「由部」■為證。釋「畏」是正確的，但認為從「止」則是不對的，這可能因銘文照片較為模糊所致，應當糾正。三、郭先生說「畏教」應讀為「畏佳」，《莊子‧齊物論》「山林之畏佳」，《釋文》引李注：「畏佳，山阜貌」，此處為劍名，與越王元常造劍曰「巨闕」、楚王造劍曰「太阿」相同，都是用大自然的雄偉來命名的。這一解釋並沒有表明「教」讀「佳」的理由，顯得非常牽強。

　　我們認為「畏教」不是鑄劍材料，也不為劍名，而是一個詞，應

5　陳夢家：〈蔡器三記〉，載《考古》1963年第7期。

6　郭若愚：〈從有關蔡侯的若干資料論壽縣蔡墓蔡器的年代〉，見《上海博物館集刊》編輯委員會編：《上海博物館集刊》（上海市：上海古籍出版社，1983年），第2期。

7　蔡侯■戈及銘文最近由「安徽省文物普查珍貴文物展」展出。

讀為「威教」。「畏」同「威」，古文字材料和典籍材料都可證。盂鼎「畏天畏」，即「畏天威」，毛公鼎「敃天疾畏」，「畏」同「威」。典籍中二字常互訓，《廣雅・釋詁》：「畏，威也。」《詩・常棣》傳：「威，畏也。」所以，將「畏」讀為「威」是沒有問題的。「威」，《左傳》襄公三十一年：「有威而可畏謂之威。」《諡法》曰：「強毅信正曰威。」「教」，《釋名》：「效也，下所法效也。」《說文》：「上所施下所效也。」《禮記・中庸》注更曰：「治而廣之，人放（仿）傚之，是曰教。」根據這些材料，我們大致可以理解「威教」一詞的含義。「威教」一詞先秦書面語未曾見到，《晉書・涼武昭王李玄盛傳》有「點虜恣睢，未率威教」一語，也可備一證。[8]

「威教」一詞在這裏是「作」的賓語，「作」訓「興」，「作威教」即「興威教」。兵器鑄這樣的文字旨在表達以威嚴治軍的思想，這在當時是有代表性的，典籍材料也可以佐證。如《荀子・議兵》談到用兵「六術」，其首要之術就是「制號政令欲嚴以威」。《大略》中又說：「禮之大凡：事生，飾歡也；送死，飾哀也；軍旅，飾威也。」《韓非子・詭使》中說：「威者，所以行令也。」《太平御覽》引吳子語曰：「鼓鼙金鐸所以威耳，旌麾旗章所以威目，禁令刑罰所以威心，三者不立，雖有國必散於敵，故曰心威於形，不可不戰。」[9]《呂氏春秋・蕩兵》也說：「凡兵也者，威也。」凡此，都表明以威治兵的觀點。蔡侯產劍銘「作威教」三字，正與這種思想相一致。

這樣解釋似乎與一般兵器銘文格式有些差別。一般情況下，兵器銘文大都為「某某之用（造）劍（戈），」或「某某之用玄鏐」之

8　一九八四年三月吉林大學何琳儀先生來信提供了這條材料。信曰：「最近見郭若愚讀蔡侯產劍『戲教』為『畏隹』……前者，大作讀『戲戲』為『威教』，我未敢深信，偶檢《晉書・李皓傳》『點虜恣睢，未率威教』，可證大作所釋優於郭釋。」

9　據《太平御覽》卷二七〇敘兵（上）所引。

類，也有單鑄用器者之名。因此，陳夢家定後二字為「黃戉」，認為
與「玄鏐」相類。而典籍中有關吳越南方諸國的鑄劍多有命名，故郭
先生釋「畏隹」，認定為劍名。其實，兵器銘文也不僅僅限於上述格
式，比如中山王墓出土的銅鉞上的銘文為「天子建邦，中山侯□作茲
軍釪，以敬（儆）厥眾」，[10]銅鉞是柄權的象徵，銘文則表明掌握權柄
者的意圖。吳王光劍銘文作「攻敔王光，自作用劍，臺（以）戲
（當）勇人」，[11]也表明吳王光這把劍的作用。梁伯戈：「梁伯作宮行
元用，印（抑）鬼方蠻方□□」，[12]也於兵器銘文中表達了克敵制勝的
願望。「蔡侯產作威教」則以更簡練的言辭表達了蔡侯產的治兵思
想。考察蔡國歷史，自春秋以後，屢受楚人欺凌，曾幾度遷都避敵，
都不能幸免。蔡侯產的祖父蔡昭侯就被楚伐而遷都近於吳的州來。[13]
蔡侯產即位後可能希望有所作為，以雪淩辱之恥，故銘「作威教」於
劍，常以自勉，表現他治兵理國以威，而圖振興蔡邦的宏願。在當時
看來，用劍與治兵、治兵與治國的關係是十分密切的，《莊子・說
劍》一文所謂「庶人之劍」「諸侯之劍」和「天子之劍」，就是說的這
種關係。有關蔡侯產的資料，典籍中保留極少，這兩柄劍上的銘文，
也算是蔡侯試圖治兵興邦所留下的鴻爪雪泥了。

　　根據上述理解，我們認為釋「蔡侯產作威教」，無論從字形、詞
義、當時的治兵觀念，還是從蔡侯產所面臨的歷史現實來看，都是可
能成立的。

---

10 張守正：《中山王^譽器文字編》（北京市：中華書局，1981年），頁99。編按：「釪」
　　當釋「鈲」。

11 劉平生：〈安徽南陵縣發現吳王光劍〉，載《文物》1982年第5期。

12 羅振玉：《三代吉金文存》，卷19，頁53。

13 《史記・管蔡世家》。

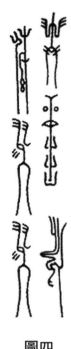

圖四　　　　　　　　　　　圖五

　　這裏附帶討論一下容庚所釋「蔡□戈」之「蔡」字。此戈藏上海博物館，未曾著錄。容庚謂：「銘：『蔡□之用玄鏐（鏐）』六字，四字在援，兩字在胡。」[14]銘文（圖四）第一字釋「蔡」，我們認為是不對的。此字形與上舉諸「蔡」字看似相同，其實不是一字。上文所舉圖一「蔡」是緣正體而變，其餘兩「蔡」字則是鳥蟲書追求對稱性所作的變動（圖二、圖三）。而此字與圖二、圖三兩「蔡」字差別很明顯，乃象一人雙手上舉，分足而立之形。只是兩足稍有訛變，這與「乘」作 （鄂君啟節）兩足的訛變相似。這個字應該釋為「虞」。「虞」，邵鍾作 ，蔡侯 殘鍾作 ，吉日壬午劍作 ，相形之下， 十分接近吉日壬午劍的「虞」，只是少了一個「虍」頭，這正與

14 容庚：〈鳥書考〉，載《中山大學學報》1964年第1期。

「虞」在古璽中作✳（古璽0188）、✳（古璽0187）省虍頭相同。省形正是「舉」的本字，仍保存了早期銘文✳（三代・十四・十二下）、✳（三代・十四・三二上）等形的體勢。[15]《貞松堂集古遺文》有「✳公劍」，容庚先生隸定作「舉公劍」，第一字當為「虞」的又一寫法，與吉日壬午劍相近，「虍」稍有訛變。古文字「虍」頭的草率寫法有✳、✳、✳、✳、✳等形，此字上部為「虍」頭是無疑的。「舉公劍」應釋為「虞公劍」，這個「虞」字省去「虍」頭就與✳很接近了，因而，「蔡□戈」應釋為「虞□戈」。「虞」後一字，形甚奇特，又見於「敂□戈」（圖五）。李孝定疑為「商」，[16]不類。從圖五第二字看，此字疑為「公」的變形，「虞□戈」，可能是「虞公戈」。「虞公劍」「虞公戈」之「虞」應讀為「莒」，即山東之莒。《大系》收鄁侯簋、簹大史申鼎兩器，皆為莒國之器，莒作「鄁」或「簹」，此兩器作「虞」，從字形來源看，三字皆以「虍」注聲，故都可通「莒」，而「虞」的原形「舉」與「莒」，中古同屬見母語韻三等字，上古同屬見母魚部，是同音字，「虞」讀群母系變化後的讀音，但也屬見係。因此，從語音上看，可讀「虞」為「莒」。由於莒國史料極少，「虞公劍」「虞公戈」到底歸於莒國哪一公，其鑄造的確切年代，我們都還無法確定。辨明瞭容釋「蔡□戈」應為「虞公戈」，認出了「虞公劍」不僅確定了這兩件兵器的國別，同時也將鳥蟲書使用範圍進一步擴大到莒國，這一點也是很有意義的。

---

15 于省吾：〈釋✳〉，載《考古》1979年第4期。

16 周法高等編：《金文詁林・附錄》。

《戰國楚竹書》（二）釋文補正[*]

　　上海博物館所藏《戰國楚竹書》（二）最近面世，¹這是中國學術界的一件大事。這批新公佈的戰國楚竹書，不僅包含了《民之父母》《子羔》《魯邦大旱》等一批非常重要的儒學著作，還有《容成氏》這樣系統記載上古帝王傳說的篇章，文中所涉及的古史傳說，有的傳世典籍從未記載，對西周武王以前的歷史研究具有重大的價值。這批竹書的發現、整理和公佈，對我國學術史的研究意義深遠。出土戰國古書的文本研究是學術研究的基礎和前提。該書的整理、研究者，大都為海內外名家，全書考釋精審，解決了許多有難度的問題，為進一步研究和發掘這批楚竹書的價值做出了重要貢獻。然而，殘章斷簡的整理是一件非常艱難的工作，不可能期望一舉解決所有疑難問題。我們初步研讀這批竹簡後，對原書釋文有疑義或缺釋字提出一些不成熟的意見，供研究者參考。引文一般據原書釋文，並在（）中注明篇章、簡號與注釋頁碼。為了便於印刷，一般不嚴格隸定，直接寫出通行字。

　　○奚（係）耳而聖（聽）之，不可得而聞也；明目而見之，不可得而見也（《民之父母》第六、七簡／164頁）

---

* 原載《簡帛研究網》，2003年1月21日；另載《學術界》2003年1月。
1 馬承源主編：《上海博物館藏戰國楚竹書》（上海市：上海古籍出版社，2002年）（二）。

按：注釋讀「奚」為「係」，非是。《禮記·孔子閒居》《孔子家語·論禮》此字均作「傾」，「奚」為「傾」之通假字。「奚」，古音為匣紐支部，「傾」為溪紐耕部，聲紐同係，韻部為陰陽對轉關係。《禮記·祭義》：「故君子頃步而弗敢忘」，「頃」《經典釋文》「讀為跬」，「跬」屬溪紐支部；《說文解字·言部》「謑」或作「諉」，從奊聲。「奊」《說文》謂「從圭聲」，「圭」屬見紐支部。凡此均可證「奚」讀為「傾」。「傾耳而聽」為先秦常語，讀「係耳」則不合常理。兩「見」字，原簡均寫作從目從人（直立），這種寫法由郭店楚簡與上海博物館所公佈的簡文看，均應讀作「視」。《孔子閒居》《論禮》作「正明目而視之，不可得而見也」，表明第一字應釋作「視」，第二個「見」當承上字「視」之形而訛寫。

○亡（無）聖（聲）之樂，亡（無）體之禮，亡（無）服之喪，可（何）志（詩）是㲒（《民之父母》第七、八簡／165頁）

按：最後一字，濮注讀「迡」。《孔子閒居》《論禮》作「何詩近之」，可見讀「迡」，訓「近」有據。作者分析字形為「從辶、從匸，匸聲，不見於字書，『匸』字作匸或匸，內增小黑點指事」，以為即《說文·匸部》之「匸」，其音與「尼、迡」可通。該書《從政》甲第十三簡「君子相就也，不必才（在）近樂藥（樂）」，張注甚詳，並謂「匸當『耳』形之訛」，遂隸定出三形，並以為「尼」從匕是由「耳」訛變而來。張注讀此簡㲒為「昵」或「邇」近是，但分析字形可商。[2]我們以為「匸」與「耳」字形分別明確，而「尼」之淵源有

2　張光裕注釋，見《從政》甲，見馬承源主編：《上海博物館藏戰國楚竹書》（二），頁226。

自。[3]由「耳」訛為「匕」似不大可能。濮注分析其字從「匚」聲比較接近。進而言之，我們認為匸很可能是「匿」的省寫（加點以標示）。《說文》：「匿，亡也，從匚若聲」，段玉裁謂「讀尼質切」；又「匽，匿也」，段注：「匽之言隱也」。郭店楚簡《緇衣》三十四號簡：「言從行之，則行不可匿」，上博楚竹書《緇衣》與此同，「匿」，《廣雅·釋詁》「藏也」，字從匸。《說文》：「匸，……有所俠藏也，從乚上有一覆之……讀與傒同」。匿、匸音義皆近，故可省匿為匸。如此，則惩、𠀔、𰑈可分別隸定為遰、傽、遰。簡文「可（何）志（詩）是惩」，惩通暱。《說文》：「暱，日近也。」《爾雅·釋詁》：「暱，近也。」「暱」與「昵」每互作，《說文》引「春秋傳曰：私降暱燕」，《左傳》昭公二十五年文作「昵」。《說文》以「昵」為「暱」之異體。《從政》甲「君子之相就也，不必才（在）近𰑈樂」，「樂」應屬下讀。「相就」而「不必在近暱」文義順暢。《左傳》僖公二十四年：「庸勳、親親、暱近、尊賢，德之大者也。」《從政》之「近暱」，與《左傳》「暱近」同。《左傳》成公十三年：「諸侯備聞此言，斯是用痛心疾首，暱就寡人。」「暱就」連用與《從政》之「君子之相就也，不必才（在）近暱」可相印證。《郭店楚墓竹簡·尊德義》第十七簡：「察𠀔則亡避，不黨則亡怨」。「察𠀔」疑讀為「察暱」，尚待進一步證實。

○亡（無）體之禮，日述月相，亡（無）體〈服〉之〔喪〕，屯（純）德同明。（《民之父母》第十一、十二簡／171、172頁）

按：「日述月相」，注者謂「意日聚月扶」，又說「或讀為『日就月

3　于省吾：《甲骨文字釋林·釋尼》（北京市：中華書局，1979年），頁303。

將』」。《孔子閒居》正作「日就月將」。我們以為釋「逑」之字當釋作
「格」（或迲），郭店楚簡《緇衣》三十八號：「君子言有勿（物），行
有𤟭」，上博楚竹簡《緇衣》作「行有𧾷」；同篇三十九號簡「精智
（知），𤟭而行之」，上博簡作「𤟭而行之」。傳世本《緇衣》兩處一作
「格」、一作「略」。被釋作「逑」的這個字，作𤟭形，所從之形與
「求」明顯不同（見同書《從政》甲十八），其字右部所從與《緇
衣》讀作「格、略」的兩字所從相同，與上博簡《緇衣》所從也相
同。故此字當隸定作「迲」，讀作「格」。《尚書・堯典》：「格於上
下」，孔傳：「格，至也」。《爾雅・釋詁》：「格，至也」。《經典釋
文》：「或作佫」。《方言》：「假、佫……至也。邠唐冀兗之間曰假或曰
佫」。郭注：「古『格』字」。「格」與「佫」是今字與古字的關係，其
訓相同。楚簡「迲」當是「佫」的異文。「日格月相」，其義當與「日
就月將」相近。「屯（純）德同明」，注釋說：「純美之德，與天同
體，與日月同明。」《孔子閒居》此句作「純德孔明」。「同」與
「孔」是近義之詞，讀作「通」，而非「共同」之「同」。本書《容成
氏》簡二十六「禹乃通三江五沽（湖），東注之海」，「通」，以「同」
為聲符，故「同」可讀作「通」。「同明」即「通明」，也即「孔明」，
《說文》：「孔，通也」可證。

○伊堯之德則甚㬎與彝孔子曰：鈴也；舜來於童土之田（《子
　羔》第二簡／186頁）

按：注釋謂「伊堯之稱為初見」，非是。東漢王符《潛夫論》卷八
《五德志》云：「（神農）後嗣慶都與龍合婚，生伊堯，代高辛氏，其
眉八彩，世號唐。作樂大章，始禪位。」可見到東漢伊堯之稱依然流
傳。又釋「㬎」為「溫」非是，郭店楚簡之「慍」（《性自命出》三十

五），從囚不從日。此字當分析為從日從皿，為「盟」的異體，此處讀為「明」。「盟」「明」相通，古籍為常例。[4]「鈞」字為誤釋，其字從金從勻而不是從「今」。楚簡從「勻」聲之字如「均」（郭店《老子》甲十九）、「軍（《老》丙九）等所從與此同，都作⿰勻形。此字當釋為「鈞」，讀作「均」，非子羔之名字。「均也！」當是對上句子羔之問「伊堯之德則甚明與」的回答。本書《容成氏》第三十二簡：「天下大和均，舜乃欲會天地之氣，而聽用之」，「和均」連用可為參考。「來」字之釋，也可商。此字雖可隸作從來從田，但讀作「徠」則未必恰當。郭店楚簡《窮達以時》謂「舜耕於鬲山，陶拍於河浦，立而為天子」。此簡謂「舜畬於童土之田」，「畬」字當與農耕相關。郭店《老乙》一號簡「嗇」字兩見，均作⿱來田，與此對勘，此字也可釋作「嗇」，《說文》「嗇」的古文作⿱來回，正是此形的傳寫。「嗇」當通「穡」。[5]《說文》：「穡，谷可收曰穡」，段玉裁注曰：「毛傳曰：斂之曰穡」。《詩・魏風・伐檀》：「不稼不穡，胡取禾三百億兮。」「穡」用作動詞。《尚書・盤庚》上：「若農服田力穡，乃亦有秋」。《正義》曰：「種之曰稼，斂之曰穡。穡是秋收之名，得為耕獲總稱。」綜之，此簡之釋文當為：「伊堯之德則甚明與」孔子曰：「均也！舜穡於童土之田……」

○吾昏（聞）夫舜其幼也，每以□寺其言……（《子羔》第四簡／187頁）……或以廎而遠。堯之取舜也，從者（諸）卉茅之中，與之言禮，悅□（《子羔》第五簡／189頁）

4　高享纂著：《古字通假會典》（濟南市：齊魯書社，1989年）「陽部」第九下，頁321。何琳儀認為上字讀「盟」，通「明」，二〇〇三年元月三日上博竹書（二）研討會發言。

5　嗇與穡相通之例甚多，可參見高享纂著：《古字通假會典》之部第十一，426頁。又徐在國也釋此字為嗇，通穡，見徐在國：〈上博竹書〈子羔〉瑣記〉（待刊稿）。

按：《子羔》第四簡之缺釋之字，細審殘形作⿰，當是「學」字。第五簡「麿」應讀「文」。[6]最後一字缺殘，釋文引《容成氏》第八簡「與之言禮，悅敀以不逆」相印證，甚是。殘缺之字，當即「專」字，與「敀」蓋為異文。「敀」，《說文・攴部》：「迮也。從攴白聲。周書曰：常敀常任（博陌切）。」白聲與專聲字互通，如《老子》二十章「我獨泊兮」，馬王堆帛書乙本「泊」作「博」，《左傳》文公十二年：「薄諸河」，《說苑・至公》「薄」作「迫」。第四、五簡皆言舜之故事，連綴合理。我們以為可以讀作：「吾聞夫舜其幼也，每（敏）以學寺（詩），其言……或以文而遠。堯之取舜也，從諸卉茅之中，與之言禮，悅〔專以不逆〕……」《論語・季氏》：「不學詩無以言也」；又《左傳》襄公二十五年：「仲尼曰：「志有之：『言以足志，文以足言。』不言，誰知其志彝言之無文，行而不遠。」正可作「敏以學詩，其言……或以文而遠」之註腳。《左傳》載仲尼引《志》之說，表明古人對言語技巧的重視。[7]此簡所說舜之幼年學詩而言「文而遠」，顯然是受當時語言觀的影響而附會其說。故何琳儀同意我們的釋文，但認為可讀作：「敏以學，持其言；其言……或以文而遠。」[8]如按這種讀法，則「以文而遠」，相當於《論語》「故遠人不服，故修文德以來之」。此亦備一說。「從諸卉茅之中」，同篇第八簡作「穗諸畎畝之中」，釋文讀「穗」為「播」或「布」是明顯錯誤。郭店楚簡《唐虞之道》第十二簡有「咎穗」，裘錫圭按語謂

---

6 此字讀作「文」，李天虹、李學勤、李零等均有論說，參見李零：〈郭店楚簡中「敏」字和「文」字〉，載《古文字研究》（北京市：中華書局，2002年），第24輯。

7 這種重視在《詩經》《周易》等先秦典籍中均有記載，詳見楊曉黎：〈試論漢民族言語交際準則〉，載《江淮論壇》1993年第2期；易蒲等：《漢語修辭學史綱》（長春市：吉林教育出版社，1989年），第二章。

8 何琳儀二〇〇三年元月三日上博竹書（二）研討會發言。

「穗，讀為『由』」。《忠信之道》第六簡「君子弗穗也」，也讀為「由」。第八簡也當讀作「由」，[9]與本篇「從諸卉茅之中」的「從」可以對讀。《爾雅・釋詁》：「由、從，自也」，郭注：「自猶從也。」由、從同訓，典籍每互用無別。

　　○孔子曰：「庶民智（知）說之事，視也，不知型（刑）與德」（《魯邦大旱》第二簡／205-206頁）

按：釋文認為「說」，是古代求雨祭祀的一種，甚是，但「視」字釋文可商。其字作𥄂，從「示」無疑。被隸作「見」的部分，就形而言自然也有道理，但讀「視也」，文辭不通。我們以為此字應當分析為從示、鬼聲，即「鬼」之異文。一是「視」字在郭店、上博楚簡中均從目從人作，與「見」之別在「人」之腿部的彎曲與否，這已是大家的共識，尚未見從「示」的「視」。二是此字的寫法與郭店簡《老子》乙之「畏」作𥄂，本書《民之父母》中的「威」作𥄂，構形非常接近，不同之處在於一作鬼頭，一作目。其實古字中「目」寫作「田」司空見慣，該書之「胃」多次出現，或作𥄂，或作𥄂。這種寫法在該書中有其對應性，《民之父母》「胃」作𥄂，則「威」作𥄂（十三簡）。因此，我們有理由認為此處所謂的「視」，與《民之父母》的「威」和《老子》乙篇的「畏」是一個字的不同寫法和用法。《陳方簋》「恭盟鬼神」之「鬼」也從示、鬼聲，故可將此字讀作「鬼」。如此，此簡意謂：「庶民只知道求雨而事鬼神，卻不知道刑與德」，文意通暢明白。

9　徐在國二○○三年元月三日研討會上認為此字當讀「由」，甚是。

　　○從正（政），亯（敦）五德，固三折（誓），除十怨。（《從
　　政》甲第五簡／219頁）

按：釋文讀「亯」為「敦」，誤。字即《說文》「墉」之古文，與
「敦」無涉。此簡讀作「庸」，也即「用」也。釋「除十怨」甚是。
郭店楚簡《尊德義》三：「殺戮，所以除怨也。不繇（由）其道，不
行」。「除」後一字舊未敢定，由「除十怨」，可以釋《尊德義》簡
「除」後一字為「紆」，讀作「怨」。「紆」之形體見紆簋銘文，「夗」
則見於甲骨文，金文盠須「夗」讀作「怨」。[10]由「除十怨」，可印證
讀「除怨」有據。如此，則楚簡之「怨」又多一異文。釋出《尊德
義》「怨」字，則同篇三十四簡「夗則民悝，正則民不吝」句中之首
字，也可能是「夗」之變形。「夗」，「《說文》『夗轉臥也』，夗轉即
宛轉」。[11]此簡「夗」與「正」相對為文，意近「曲」。

　　○其使人器之，小人先之，則壴敬之。（《從政》甲第十七簡／
　　230頁）

按：釋文謂「壴字不識」，不識之字，乃「弁」字。該書《容成氏》
第五十二簡「冠壴」二字，釋文讀「冠冕」，第一字讀「冠」是，第
二字也當讀「弁」，從「元」乃蒙「冠」字而類化訛變。郭店楚簡
《性自命出》第三十六簡「弁」作壴，楚簡或作壴（包山二四○），戰

---

10 于省吾：《商周金文錄遺・序言》（北京市：中華書局，1993年）；劉釗：〈釋甲骨文
　　中從夗的幾個字〉，見《第二屆國際中國古文字學研討會論文集續編》（香港：香港
　　中文大學，1995年），頁153-172。
11 于省吾：《商周金文錄遺・序言》。

國文字中其形多有變化。[12]此字本從人戴弁形，如郭店簡。《說文》：「弁，冕也」，其小篆字形尚存原意。「人」在下部或加一小橫，為古文字之常例。故此簡不識之字即「弁」字。

　　○聞之曰：行險至（致）命，饑滄而毋會，從事而毋詾（？），君子不以流言傷人。（《從政》甲第十九簡／232頁）

按：釋文「饑滄」等兩句「待考」。「饑」隸定有誤，此字應分析為從食、日、幾聲，即「饑」字。「幾」字寫法，楚文字常見。《說文》：「饑，餓也。」「滄」從水，倉聲。郭店楚簡《老子》乙十五簡：「燥勝蒼（滄），青（清）勝然（熱）。」注謂「蒼」讀作「滄」。該書《容成氏》「冬不敢以蒼辭」。注謂「楚簡多用『蒼』『倉』為『寒』，蓋形近混用。」此說本諸《郭店楚簡校讀記》。[13]此篇「饑滄」連用，即「飢寒」，先秦典籍「滄熱」「饑滄」為常語，不必以「混用」說之。「詾」，釋者疑惑不定，即「訩」之異文，見《說文》，又省作「訩」，訓作「訟」。段玉裁：「訟各本訛說，今依《篇》《韻》及《六書故》所據唐本正。《爾雅·釋言》《小雅·魯頌》傳箋皆云：『訩，訟也』。」訟，《說文》：「爭也。」如此這兩句可讀為「饑而毋會，從事而毋訩」，意謂「飢寒之歲不要舉行會同，行事之時不要爭訟。」

　　○君卒。太子乃亡聞亡聖（聽），不聞不命（令），唯哀是思，唯邦之大雩是敬。（《昔者君老》第四簡／246頁）

12　李家浩：〈釋戰國文字中的「弁」〉，載《古文字研究》（北京市：中華書局，1979年），第1輯。

13　李零：《郭店楚簡校讀記》（北京市：北京大學出版社，2002年）。該書第二十三頁校讀《老子》乙篇時直接改「倉」為「寒」。

按：「大甹」，釋文謂「甹字未詳，待考」。其字作𡥈，乃「伇」字，讀作「務」。該書《從政》第十簡：「曰從正（政）所務三」，「務」作𡥈；《從政》乙第一簡「曰犯人之務」，「務」作𡥈；郭店楚簡《老子》丙篇：「其即（次）侮之」，注曰：「簡文從『矛』從『人』。《古文四聲韻》引《古孝經》『侮』即從『矛』從『人』與簡文同」；又《尊德義》一：「為人上者之務也。」《成之聞之》第十三簡「戎（農）夫務食不強」。「務」字均從矛、從人作。從以上材料可知，郭店竹簡隸作「伇」更合乎字形，其字確實讀「務」，郭店楚簡《老子》丙篇讀「侮」，《古孝經》之「侮」，均為借字。「矛」及從「矛」字楚簡及其它戰國文字多次出現，「矛」作𢧄、𢧄、𢧄等形，一般不從「人」，楚簡從矛從人之字，當是「敄」之省形。金文作𢼢、𢼢等形，右從攴，左所從本象人戴飾物之形，並非「矛」字，只是與「矛」形近，戰國文字漸訛從「矛」。中山王方壺「𢼢在得賢」，讀為「務」，「人」上部與「矛」相同，中山王圓壺「茅」作𦬉可證。《古文四聲韻》卷四「務」作𢼢，省「矛」下「人」形。據此，可知楚簡從人的「𡥈」都應釋作「敄」，則此簡「𡥈」字可知即為「敄」省，當讀作「務」。「邦之大務」，即「邦之大事」。「大務」一詞，傳世文獻多次出現。如：《墨子・耕柱》「為義孰為大務」、《韓非子・難二》「不以小功妨大務」、《管子》卷十五「粟者王之本事也，人主之大務」、《呂氏春秋・博志》「五曰先王有大務」、《六韜・國務》「文王問太公曰：『願聞國之大務……』」、《潛夫論・考績》「凡南面之大務，莫急於知賢」，等等，皆可證讀此簡「大𡥈」為「大務」確定無疑。「邦之大務」同《六韜》「國之大務」。「唯邦之大務是敬」，表明太子居喪並非完全「無聞無聽」，只是敬守「邦國大事」而已。

新蔡葛陵楚簡所見「穴熊」及相關問題[*]

　　新近出版的〈新蔡葛陵楚墓〉公佈了該墓所出楚簡一千五百餘枚，文字數量近八千個，簡文包括卜筮祭禱記錄和遣策兩大類，對研究楚國歷史文化具有重要的價值。[1]尤其值得注意的是，這批竹簡首次出現了見於《史記・楚世家》等史籍記載的楚人先祖「穴熊」。楚人先祖名，已多次發現於古文字資料中，已考證出的楚先祖有老童、祝融、吳回、陸終等，[2]而「穴熊」的發現則為楚先祖世系的研究提供了寶貴的新資料。[3]

　　「穴熊」主要見於以下各簡：[4]

　　……〔老〕童、祝融、穴熊芳屯一……（甲三：35）

　　……〔祝〕融、穴〔熊〕、昭王、獻〔惠王〕……（甲三：83）

　　……有（祟）見於司命，老嬞、祝融、空（穴）酓（熊）……

---

[*]　原載《古籍研究》（合肥市：安徽大學出版社，2005年），卷下。

1　河南省文物考古研究所編：《新蔡葛陵楚墓》（鄭州市：大象出版社，2003年）。

2　參見王國維〈邾公鐘跋〉（《觀堂集林》卷十八）、李學勤〈談祝融八姓〉〈論包山簡中一楚先祖名〉（收入《李學勤集》，哈爾濱市：黑龍江教育出版社，1989年）等文。

3　或以為此批簡中還有「顓頊」，見董珊〈新蔡楚簡所見的「顓頊」和「睢漳」〉；何琳儀將所謂「顓頊」二字釋作地名「均陵」，見〈新蔡竹簡選釋〉等文，二人之文均已在《簡帛研究》網上發表。

4　〈新蔡葛陵楚墓〉有賈連敏對此批簡的整理和釋文，本文引用時凡能以通行字體代替的，均改為通行字，如「融」「就」等。

（乙一：22）

……〔祝〕融、空（穴）畬（熊）各一𦍒，瑷（嬰）之㹺玉，

壬辰之日禱之。（乙一：24）

……〔祝〕融、穴畬（熊），就禱北……（零：254、162）

……〔祝〕融、空（穴）畬（熊），各……（零：288）

……〔祝〕融、穴熊、昭〔王〕……（零：560、522、554）

「穴熊」的「穴」在以上各簡中或從「土」，當是一個異體，增加義符以求字義表達更為完密，這在戰國文字中為常例；「熊」又作「畬」，相通無別，此前發現的楚文字資料中，凡是楚王姓氏用字均作「畬」，只有秦《詛楚文》用「熊」。[5]對這種用字現象郭沫若在《詛楚文考釋》中解釋：「楚人自稱其氏為畬而不為熊……此疑楚人入後開明，恥以獸類圖騰為氏而文飾之，秦人則無須諱也。」[6]過去在楚文字中未見到用「穴熊」的實例，郭沫若的推論頗得到一些學者的贊同。新蔡簡「穴熊」的發現，表明至少在戰國中期，楚人依然「熊」「畬」並用，不存在「文飾」之說。不過從數量上看，用「畬」多於用「熊」。李學勤考證包山楚簡時指出：「既然楚文字把熊某的『熊』寫作『畬』，某熊的『熊』也可能寫作『畬』。由世系知道，楚先祖名某熊的有穴熊、鬻熊二人。」[7]新蔡簡「穴熊」「穴畬」並用，為這一觀點提供了確切無疑的證據。

「穴熊」在先秦傳世文獻中並沒有保留太多的記錄。《史記．楚世家》關於楚先祖世系有如下記載：

---

5 胡小石：〈壽春新出楚王鼎考釋〉，見《胡小石論文集三編》（上海市：上海古籍出版社，1995年）。

6 郭沫若：《詛楚文考釋》（北京市：科學出版社，1982年），頁303。

7 李學勤：〈論包山簡中一楚先祖名〉，見《李學勤集》，頁234。

> 楚之先祖出自帝顓頊高陽……高陽生稱，稱生卷章，卷章生重
> 黎。重黎為帝嚳高辛居火正，甚有功，能光融天下，帝嚳命曰
> 祝融。共工氏作亂，帝嚳使重黎誅之而不盡。帝乃以庚寅日誅
> 重黎，而以其弟吳回為重黎後，復居火正，為祝融。吳回生陸
> 終，陸終生子六人……六曰季連，羋姓，楚其後也。……季連
> 生附沮，附沮生穴熊。其後中微，或在中國，或在蠻夷，弗能
> 紀其世。

　　這段記述楚人先祖的文字，與《世本》《大戴禮記・帝系》《山海經・大荒西經》等所記可以比勘，《史記》「卷章」，《世本》《帝系》《大荒西經》作「老童」，由新出楚文字資料可以證實「卷章」乃「老童」因形近傳抄而訛誤。[8]「穴熊」《帝系》作「內熊」，由新蔡簡不僅可以證實「內」為「穴」的形誤，而且首次以地下出土資料證明文獻記載的可信，意義非常重大。

　　新蔡簡「穴熊（酓）」共七次出現，作為祭禱對象均在「祝融」之後，其中有兩支簡則完整保存「老童、祝融、穴熊」的組合排列（甲三：35;乙一：22）。從《楚世家》可以看出，老童、祝融在楚諸先祖中具有重要地位，老童生重黎，重黎為祝融（吳回繼為祝融），故老童可能因祝融的突出地位連及而祭，穴熊與他（她）們並祭，表明他（她）在楚先祖中也非同一般，這可以從《楚世家》記述楚先祖世系到「穴熊」為止，並稱「其後中微……弗能紀其世」，尋繹出一些線索。《大戴禮記・帝系》：「付祖（即《史記》之附沮）氏產內（即《史記》穴）熊，九世至於渠婁鯀出自……熊渠有子三人。」穴熊之後，熊渠之前，難以句逗，疑有脫漏錯訛，這與《史記》穴熊之

8　李學勤：〈論包山簡中一楚先祖名〉，見《李學勤集》，頁234。

後「弗能紀其世」的記述一致。[9]

「老童、祝融、穴熊」可能是楚人祭禱先祖時的一個固定排列。考察新蔡簡，老童五見，祝融八見，穴熊卻七見，其中有三支簡三人並見，反映了這種排列是遵循一定規則的。考慮到竹簡的殘損，以「祝融」出現的次數為參照，我們推測此批竹簡「老童、祝融、穴熊（䄗酓）」並祭的組合大概是八次，而至少有七次確定無疑是「穴熊」與「老童、祝融」合祭的，只有甲三：一八八、一九七簡「祝融」之後作「䄗酓」而不是「穴熊」。新蔡簡有時將祭禱對象簡稱為「三楚先」，當也是這種搭配比較固定的反映。

「三楚先」出現在以下各簡：

……薦三楚先，客（各）……（甲三：105）

……就禱三楚先屯一𤪌，緅之𤣩玉；就禱……（甲三：214）

……就禱三楚先屯一𤪌，瓔之𤣩玉。壬辰之日禱之。（乙一：17）

……就禱三楚〔先〕……（乙三：31）

……玉，舉禱於三楚先（從示）各一𤪌，瓔之𤣩〔玉〕……（乙三：41）

……三楚先、地主、二天子、𡴥山、北〔方〕……（乙四：26）

……之，就禱三楚〔先〕……（零314）

「三楚先」作為祭禱對象共出現了七次。「楚先」一稱已見於包山楚簡，證之文獻，可知「楚先」即指楚人之先祖。《楚世家》「楚之

9　引文從《四部叢刊》本。

先祖出自帝顓頊高陽」「吾先鬻熊，文王之師也」以及《楚辭‧離
騷》王逸注「老僮」「是為楚先」等皆可證。[10]新蔡簡中的「楚先」指
的就是老童、祝融等，如：

> ……鋆禱楚先老童、祝融、祼畲（熊），各兩样。（甲三：
> 188、197）
> ……是日就禱楚先（從示）老童、祝〔融〕……（甲三：268）
> ……乙亥禱楚先與五山，庚午之夕內齋……（甲三：134、108）
> ……於楚先與五山……（零：99）

「三楚先」作為固定的簡稱，被省略的先祖之名必然是大家已經
熟悉的對象。從新蔡簡三位「楚先」同時出現的情況來看，最可能指
的是老童、祝融和穴熊，這一點已有學者指出。[11]不過這裏有一個需
要進一步討論的問題，新蔡簡甲三：一八八、一九七號三位「楚先」
中老童、祝融之後是「祼畲」，這與包山楚簡一致：

> 禱楚先老僮、祝融、從畲，各一样。（217）
> 禱楚先老僮、祝融、從畲，各兩样。（237）

望山楚簡120和121號可能為一簡之殘，與包山二一七號相同，作：

---

10 陳偉：《包山楚簡初探》（武漢市：武漢大學出版社，1996年），頁170；李家浩：〈包
　山竹簡所見楚先祖名及其相關的問題〉，載《文史》（北京市：中華書局，1997年），
　第42輯。
11 董珊說：「三楚先分別對應文獻中的老童、祝融、穴熊」，見〈新蔡楚簡所見的「顓
　頊」和「雎漳」〉，載《簡帛研究》網。

〔楚〕先老童、祝〔融〕、（120）𩵋酓，各一牂。（121）

　　新蔡簡「祂酓」，與包山、望山簡「𩵋酓」顯然是同一位先祖的名字，而這位先祖是否與「穴熊」是同一個人，學術界尚無定論。《望山楚簡》注釋一〇一條說：「簡文媸酓是指《山海經》的長琴，還是指《史記》的穴熊或鬻熊，待考。」注釋作者持比較慎重的態度，只提出了文獻記載的三位元祖先中有一位是其人的可能。「長琴」見於《山海經‧大荒西經》，其文曰：「顓頊生老童，老童生祝融，祝融生太子長琴。」李家浩認為此先祖名第一字應分析為從二蟲「女」聲，疑即「蚕」或「蝨」的異體，與《大荒西經》「老童、祝融、長琴」的排序對照，這位先祖與「長琴」相當，並進而論證「蚕」讀作「長」、「酓」讀作「琴」，「蚕酓」即《山海經》中的「長琴」。在看到報導新蔡簡的消息後，他又補充說明新蔡簡老童、祝融之後的「穴熊」所從「土」，是一個聲符，與「蚕」通用，證明自己釋「蚕酓」為「長琴」合理，同時指出《楚世家》的「穴熊」的「穴」即其訛誤，與《山海經》的「長琴」是同一個人。[12]由於當時所見材料有限，以上觀點，現在看來是不能成立的。一是新蔡簡出現了一個「老童、祝融、祂酓」的組合，而「祂」從「示」不從「女」，表明「示」或「女」是義符，這與老童的「童」有時作「僮」、又作「褈」（望山120）、「嬞」（甲三：268；乙一：22）是一樣的，從「示」表明作為祭祀對象，就像將「楚先」的「先」加義符「示」一樣（甲三：268），從「女」與從「人」無別，也可能從「女」表明這位楚之先祖當係「女性」。如果這樣分析不錯的話，以「女」為聲符釋「嬞」為「蚕」或「蝨」就失去了依據，通「長」之

12 李家浩：〈包山竹簡所見楚先祖名及其相關的問題〉，載《文史》，第42輯。

說就無法成立。而新蔡簡的「穴熊」共七見，其中從「土」的三見，這表明從「土」是附加的義符。新公佈的上博所藏楚簡《周易》五六號「取皮才空」，後一字馬王堆帛書、今本《周易》都作「穴」，也是一個有力的證明。這樣新蔡簡「穴熊」的出現，只能證明《史記・楚世家》的正確，將「穴熊」作為「長琴」的訛誤同樣也沒有根據。

李學勤將「嬎」字分析為從「女」，「蟲」省聲，指出其古音在冬部，與「鬻」（喻母覺部字）為入陽對轉關係，因此「嬎酓」就是「鬻熊」，並引證《左傳》僖公二十六年「夔子不祀祝融與鬻熊，楚人讓之」等史料為證。《楚世家》記載鬻熊為季連苗裔，曾子嗣文王，早卒。楚先公先王世系自鬻熊以下延續不絕，李釋「嬎」無論從字形分析、古音通假，還是從史料證明看，應該說都顯得很有說服力。[13]但郭店楚簡、上海博物館藏楚簡陸續公佈後，學者注意到「流」字作𣹶又作𣹶，因而對「嬎」的字形提出了新的看法，以為字當從「女」從「流」（省水），即「毓」字，新蔡簡作𣹶從𣹶，為釋「毓」提供了新的字形根據。「嬎」釋作「毓」從字形上看似較合理。李說分析字形雖然不及釋「毓」，但其字讀為「鬻」依然得到多數學者認可。[14]從典籍資料看「毓」通「鬻」有例可尋。《經典釋文・春秋左傳音義》之二「鬻熊」，注「音育」，「育」與「毓」同。《大戴禮記・帝系》：「孕而不粥三年，啟其左脅，六人出焉。」「粥」即「鬻」之聲符（或其省形），通「育」（毓）。「育（毓）、鬻」均為喻母覺部字，音同相通。由郭店、上博楚簡的「流」字，進而釋楚先祖名「嬎」（𣹶）者，即「毓」（𣹶）字，讀為「鬻」是一個進步。

如果「毓（𣹶）酓」即楚先祖「鬻熊」，那麼很自然與「穴熊」

---

13 李學勤：〈論包山簡中一楚先祖名〉，見《李學勤集》。

14 各家說詳見蘇建洲：〈試論《上博（三）・周易》的「融」及相關的幾個字〉，載《簡帛研究》網。

就非一人。[15]望山、包山和新蔡簡又確實出現了「老童、祝融、鬻熊」三位元先祖的組合,這就與新蔡簡「老童、祝融、穴熊」的組合形成並列,「三楚先」是指前者還是指後者目前還難以確定。按漢語表達的慣例,只有在對象明確的情況下,才會有以數字稱代這樣的簡稱,「三楚先」應該只會指代其中一組祭祀對象,而不大可能是兩組中的任意一組。由此觀之,應當只有一組經常使用的組合可以簡稱「三祖先」。從新蔡簡看,以「穴熊」與「老童、祝融」組合為祭禱對象者占絕對優勢;而從分佈看,三批出自不同地點的楚簡(望山、包山、新蔡)卻都有以「鬻熊」與「老童、祝融」組合的,也不能排除「三楚先」中最後一位可能指的是「鬻熊」。因此,看似明確的「三楚先」問題,實際上並未真正解決。

由於「穴熊」是確定無疑的,也不能排除另一種可能,即所謂「鬻熊」的「毓(㳅)」,不讀「鬻」而讀為「穴」。但是,李學勤認為「它和在質部的『穴』字不會有什麼關係,因而簡上這一楚先祖名是穴熊的可能性應該排除」。[16]如果從古音學家對「穴」的歸部看,李說是合理的。不過古音學家將「流(省水)」聲的「流」「旒」「琉」等歸入幽部(來母),而從「穴」聲的「㳅」(狖)也在幽部(喻母),因此,讀「毓(㳅)」為「穴」也不是完全沒有可能。如果這種解釋正確,那麼「三楚先」就是「老童、祝融、穴熊」,與新蔡簡以此組合為絕對優勢的情況就比較吻合了。這個問題尚待進一步討論。

---

15 蘇建洲就認為「就《葛陵簡》而言,『鬻舍』『穴舍』所指應是不同一人」。載《簡帛研究》網。

16 李學勤:〈論包山簡中一楚先祖名〉,見《李學勤集》。

《老子》校讀二題[*]

一　虛詞刪省與古本失真

　　《老子》一書傳本眾多，文字歧異十分突出。據不同版本自題和我們的統計，傳世代表性版本，如傅奕古本五五五六字，河上公本五二七二字，王弼本五二八六字，景龍碑本五〇三八字，法京藏敦煌殘卷末尾題四九九九字，這些版本字數的差異，反映了文字上的歧異之甚。因此，歷代治老學者，都特別重視文字的校勘，欲去偽存真，以接近《老子》的本來面貌。一九七三年馬王堆漢墓帛書《老子》甲、乙本的發現，使我們重睹西漢早期的古抄本，《老子》的校勘與研究也因此而獲得許多突破性進展。

　　帛書乙本自題五四六七字，與傳世本相校讀，後世對虛詞的刪省是最為突出的問題。因此，恢復《老子》的「古本之真」，首先當參照帛書甲、乙本，恢復被刪去的虛詞。虛詞在漢語系統中具有十分重要的作用，是漢語最重要的語法手段。《馬氏文通》說：「構文之道，不外虛實二字，實字其體骨，虛字其神情也。」[1]在先秦漢語書面語中，豐富的虛詞系統不僅是語言表達不可或缺的手段，也是語言理解賴以實現的憑藉。虛詞的刪省不僅會改變原文的神情風貌，還會違背先秦語言運用的習慣，甚至造成表達的含混不清，理解的偏差和困

---

* 原載《原學》（北京市：中國廣播電視出版社，1996年），第4輯；上篇又載《中國典籍與文化論叢》（北京市：中華書局，1995年），第3輯。

1 馬建忠：《馬氏文通‧例言》（北京市：商務印書館，1983年）。

難。研讀《老子》諸校本，我們感到虛詞的校勘還沒有得到應有的重視，故略陳數例，以明校補被刪虛詞對恢復「古本之真」的重要性。

　　一、刪省虛詞，導致語法標誌消失，違背先秦漢語的表達習慣。先秦漢語中許多虛詞的使用，只是起語法形式上的標誌作用，利用這種形式標誌，使語言結構更為嚴密，表達更為精確。這類標誌如果刪省，就不合先秦漢語的表達習慣。

　　第二章：「〔故〕有無（之）相生（也），難易（之）相成（也），長短（之）相形（也），高下（之）相盈（也），音聲（之）相和（也），先後（之）相隨（也），（恒也）。」²引文中六個「之」和「也」字，王弼、河上公、景龍碑本皆無，廣明、景福、慶陽、磻溪、樓正、室町、彭耜、傅、范、高翿、趙孟頫諸本「之」字均有，李道純認為：「『有無相生』已（以）下六句，多加一『之』字者，非也。」³帛書甲、乙本均有「之」及「也」字，並有「恒也」二字。張松如、陳鼓應取「恒也」兩字，「之」「也」皆不取。⁴此章各句「之」字，就文意而言，省略無妨，就先秦漢語的表達習慣而言，則不能省。此六句，是就本章首兩句鋪陳開來，論述事物之間對立統一、相反相成關係的普遍性，故六句之後，以「恒也」予以判斷。按漢語語法結構分析，這是一個複雜的判斷句，「有無之相生也」六句是並列關係，作主語，「恒也」是決斷之辭，作謂語。先秦漢語凡主謂結構作句子成分，一般都在主謂之間加「之」字，作為語法形式的標誌。因為「句子形式有主語有謂語，本來具備句子的資格，包含在別的句子裏面時，暫時失去這個資格，加一個『之』字就是在形式上

2　此六句中加方括號之字當刪，加圓括號之字當補，後文同此，不另加說明。

3　詳見朱謙之：《老子校釋》（北京市：中華書局，1984年）。下文所引同。

4　張松如：《老子說解》（濟南市：齊魯書社，1987年），下文同；陳鼓應：《老子注譯及評介》（北京市：中華書局，1984年），下文同。

確立它的地位」。[5]這種表達在先秦漢語中為常例，以上六句如省「之」字，就失去了形式上的標誌，語句間的內在關係也就缺乏明確的體現。類似這種情況的還有第三章「聖人（之）治（也）」，第二十五章「道（之）出言（也）」，第四十九章「聖人（之）在天下（也）」，第七十六章「柔（之）勝剛（也），弱（之）勝強（也）」等，景龍碑等本皆刪「之」「也」，其它諸本或有「之」無「也」，按先秦漢語習慣，均應恢復。

　　介詞「於」用於被動句引進動作發出者，是一種重要的古漢語語法形式，倘若這種用法的「於」刪去，就會造成正確理解原文的障礙。第六十一章：「大國以下小國，則取小國；小國以下大國，則取（於）大國。故或下以取，或下而取。」此「於」字，帛書甲、乙本、傅本皆有，而王弼、景龍諸唐本皆無，下一「取」字或作「聚」。注家或謂「聚」猶言「附保」，或謂仍當為「取」即「趣」義。[6]細審文意，兩個復句相對為文，一為主動，一為被動，下文用「下以取」和「下而取」與之呼應，「以」作連詞表示順承，「而」則為轉折，以示「被取」之意。陶紹學《校老子》，馬敘倫《老子校詁》早已指出「於」不當刪，與帛書相合。諸本異文「聚」字，當是因「於」字省略，語義理解易誤而妄作更改。張松如取「於」字，譯文暢達；陳鼓應不取「於」，從「取」通「聚」之說，譯文則體現被動之意；任繼愈不取「於」字，譯文似不及張譯準確。[7]

　　二、刪省虛詞，使稱代關係不明，句子殘缺。《老子》諸本中刪省代詞的，以「者」「之」字為多。「者」字在古漢語中主要用於稱代和提頓。用於稱代時如刪省，有時會造成句子的殘缺，語義的改變。

5　呂叔湘：《文言虛字》（上海市：上海教育出版社，1962年），頁4。

6　朱謙之：《老子校釋》，頁250-251。

7　任繼愈：《老子新譯》（上海市：上海古籍出版社，1982年），下文同。

如第二十七章：「善行（者），無轍跡；善言（者），無瑕讁；善數（者），不用籌策；善閉（者），無關鍵而不可啟（也），善結（者），無繩約而不可解（也）。」其中五個「者」字，帛書甲、乙本、傅本、景福、廣明、室町諸本都有，河上、王弼、景龍碑本皆無，張松如、陳鼓應皆不取「者」字。這些「者」皆為稱代詞，不應刪省。陳鼓應譯文皆用「的」字結構（如「善於行走的」「善於言談的」等），甚為恰當，如此相一致，原文均應校補「者」字，否則譯文就無所憑依了。第五十五章：「含德之厚（者），比於赤子」，此句「者」字，帛書甲、乙本、傅本、範本都有，而河上公、王弼、景龍碑等通行本都刪去。第八十四章：「為學（者）日益，為道（者）日損」，兩「者」字，帛書甲、乙本、傅、範本均有，河上公、王弼、景龍碑諸本皆無。以上各章「者」字，張松如均加校補，譯文也很準確地體現了「者」的稱代義；陳鼓應不取「者」字，譯文卻能將稱代義表現出來；任繼愈也不取「者」字，稱代義不能從譯文中表現出來。此兩章「者」字刪省，語句殘缺，且文意不達甚明，當校補。

代詞「之」的刪省，也會造成指代關係不明。如第十四章：「名（之）曰夷」「名（之）曰希」「名（之）曰微」，三「之」字分別代表「視之而不見」「聽之而不聞」「搏之而不得」，諸本皆省「之」字，據帛書甲、乙本均應校補。張松如、陳鼓應均未取「之」字。第三十五章：「道之出言也，淡乎其無味。視（之）不足見（也）。聽（之）不足聞（也）。用（之）不可既（也）。」帛書甲、乙本及河上公、王弼諸本都有「之」字，景龍、敦煌本皆無。此三「之」字均代指「道」，刪去則指代不明。第七十章：「吾言甚易知（也），甚易行（也）。天下莫（之）能知（也），莫（之）能行（也）。」兩「之」字帛書甲、乙本、傅本有，而河上公、王弼、景龍碑本皆無。「之」指代「吾言」，分別為「能知」「能行」的賓語前置，省去則指代義不

能反映。張松如取兩「之」字,陳鼓應不取。以上各例中的「之」字,按先秦語言的習慣,均應予以校補。

三、刪省虛詞,使語言起承轉合關係標示不明,結構失調。某些虛詞用以表達句法關係,在句中發揮起承轉合的作用,使語句諧調通暢,刪省不僅有違先秦語言習慣,而且會影響句法關係的明確體現。如「若」是先秦通用的假設連詞,第七十四章:「(若)民(恆且)不畏死,若何以殺懼之(也)?使民(恆且)畏死,而為奇者,吾(將)得而殺之,(夫)孰敢(矣)?」此參照帛書甲、乙本,句首「若」字,傅本、河上公、王弼本等皆無。此章「若民恆且不畏死」,與「使民恆且畏死」相對為文,「若、使」均為假使連詞,具有相同的語法功能,「若」不應刪省。張松如、陳鼓應等依然不取「若」字,似有未當。

連詞「而」在句中表示轉承關係,這種關係有時為順承,有時為逆接。「而」字的運用可以在語法形式上恰當地體現語義之間的細微關係,刪省不當不僅不符合語言規則,而且影響傳情達意的明確性。如第十四章:「視之(而)弗見」「聽之(而)弗聞」「搏之(而)弗得」,三個「而」用於表示兩種行為間的輕微轉折關係,頗能見語言運用的起伏跌宕之妙。帛書甲、乙本皆有,諸本皆無。張松如、陳鼓應皆未從帛書校補。第七十二章:「是以聖人自知(而)不自見(也),自愛(而)不自貴(也)。」兩「而」字,帛書甲、乙本、傅本、範本均有,河上公、王弼、景龍碑諸唐本均無。「自知」與「不自見」,「自愛」與「不自貴」有語意轉折關係,「而」應校補,陳鼓應卻仍從舊本,不取「而」字。

四、刪省虛詞,致使語言的聲氣情貌無以表達,文氣不暢,辭藻受損,理解分歧。語氣詞在先秦語言運用中有著特殊的功能,肯定、陳述、疑問、猜度、感歎等語氣,均依靠語氣詞得以生動體現。劉淇

論及語氣虛詞的功用時說：「得其氣之輕重緩急於毫釐之間，而後其說之也詳，知之也密，而於其用之也，亦隨所施而得其當。」[8]而《老子》諸本虛詞刪省最多的莫過於語氣詞了。如「也」字，《老子》作為哲學著作，使用特別頻繁，以帛書甲、乙本與傳世本比勘，刪省也最多。有些刪省造成了理解上的嚴重分歧。第一章：「道，可道（也），非恒道（也）；名，可名（也），非恒名（也）。無名，萬物之始（也）；有名，萬物之母（也）。故恒無欲（也），以觀其妙；恒有欲（也），以觀其（所）徼。」諸本將「也」字刪省無餘，於是長期以來句讀和理解均不一致。宋代始即有一種讀法：「無，名天地之始；有，名萬物之母。故常無，欲以觀其妙；常有，欲以觀其徼。」[9]這種讀法與「也」字的省略有直接關係。前兩句「也」不省為判斷句，謂語是名詞性的短語，兩「名」字絕不能作動詞看，就不會於「無、有」處點逗。後兩句「欲」下「也」字為句中語氣詞，以表示語氣停頓，「也」字不省，也絕不會發生於「常無」「常有」處點逗的誤會。張松如校讀本章不取諸「也」字；任繼愈依然從舊說，在「常無、常有」處點逗；陳鼓應則疑帛書兩「欲」字後「也」為衍字，主張不當以帛書為定本，故不取諸「也」字，而仍從宋人說。

更多「也」字的刪省則影響原文語氣的表達。如第二十九章：「（夫）天下，神器（也），非可為（者也）。」帛書甲、乙本如此，其它諸本或無前「也」，如王弼、傅奕本；或兩「也」字皆無，如景龍、遂州、景福、敦煌諸本。又如第三十三章：「知人者智（也），自知者明（也）；勝任者力（也），自勝者強（也）；知足者富（也）；強行者有志（也）；不失其所者久（也），死而不亡者壽（也）。」以帛

8　劉淇：《助字辨略》（北京市：中華書局，1954年）。

9　參見《老子校釋》、《老子說解》本章注。

書甲、乙本合校，此章共用八個「也」字，傅、範本同，傳世諸本並無「也」字。范應元以為：「古本每句下有『也』字，文意雍容。」朱謙之認為：有「也」字本是受江南風俗語言影響，「實以意改之，不可不辨」；無「也」字本，則「字數與《五千言》古本相近」。[10]張松如、陳鼓應也不取諸「也」字。揆之文例，上引第二十九章為典型的先秦判斷句，語氣詞為習慣用法，刪省不妥。第三十三章八句一氣呵成，「也」的運用使論斷語氣溢於言表，流暢自然，刪省則難以傳達原文語氣。諸如此類的「也」字刪省隨處可見，均應從帛書予以校補。

語氣詞「乎」表示疑問語氣而被刪省者，如第十章：「載營魄抱一，能無離（乎）？專氣致柔，能嬰兒（乎）？滌除玄覽，能無疵（乎）？愛民治國，能無以智（乎）？天門開闔，能為雌（乎）？明白四達，能無以為（乎）？」六個「乎」字均見於帛書甲、乙本、傅本、王弼本，而河上公、景龍、御注、敦煌諸唐人寫本均省。作為表示詰問語氣的標誌，「乎」的刪省，容易造成理解的歧義，均當校補。

「其」用於句中表示測度、疑惑語氣，如第四章：「吾不知（其）誰之子也，象帝之先。」帛書乙本有「其」字，而傅本、王弼諸本，景龍、御注諸唐本皆無。張松如據帛書校補，陳鼓應不取。「其」在句中加強疑惑不定語氣，刪省後這種語氣就不能體現，應予校補。

上舉數例，足見虛詞校勘對恢復《老子》本來面貌的重要性。魏維新說：「道學事功，興亡治亂，憑意見以成辭章，亦可謂之文矣；苟無之乎者也諸語辭，以起承轉合其中，將見斷斷續續，意不宣而語不貫，又烏可謂之文哉！是以上自經史，下迄稗俚，於助語辭均不能

---

10 並見《老子校釋》本章注。

闕。」[11]《老子》本先秦論著，語言優美流暢。後世傳本，拘於太史公「五千餘言」的記載，大量刪省虛詞，以合「五千言」之數，遂使虛詞缺失，古本失真。因此，校讀《老子》，不應忽視虛詞的校補。

二　「萬物作而不辭」申說

第二章「萬物作而不辭」，河上公、王弼本並作「萬物作焉而不辭」，景龍、御注、景福、遂州各本及陸希聲《道德真經傳》、《太平御覽》所引皆無「焉」字，帛書乙本、傅本也無，故多數學者認為「焉」為衍文。「不辭」，遂州、敦煌、傅、範各本作「不為始」，帛書乙本作「弗始」。石田羊一郎《老子說》：「『不治』本作『不為始』」，是『不辭』又作『不治』」。[12]石田羊一郎、高亨[13]等以為「為」字係後人所增，與帛書乙本相合。「不辭」「不始」（弗始、不治）同詞異文，長期以來理解不一，或以「不辭」為是，或以「不治」為憂，而同主一說，理解也未必盡同。比如：河上公注「不辭」曰：「不辭謝而逆止」，以「辭」為「辭謝」；憨山則引申為「不以物多而故辭」，以「辭」為「推辭」；[14]吳澄、王道則以「辭」為「言辭」之「辭」；[15]畢沅以為「古始、辭聲同，以此致異，奕義為長」，取「始」字義；[16]石田羊一郎《老子說》以為「始」「辭」均應作「治」，取「治理」之義；馬敘倫則以「辭」為治亂之本字；于省吾

11 魏維新：《助語辭補義・序》，頁49，見盧以緯，劉長桂、鄭濤點校：《助語辭》（合肥市：黃山書社，1985年）。

12 據馬敘倫：《老子校詁》（北京市：古籍出版社，1956年）引。

13 高亨：《老子正詁》（北京市：中國書店，1988年）。

14 〔明〕釋德清（憨山）：《道德經解》。

15 〔元〕吳澄：《道德真經注》；〔明〕王道：《老子億》。

16 〔清〕畢沅：《老子道德真經考異》。

以為「始、辭」均「司」之借字,「司訓主」;[17]高亨也主此說。[18]以上各說孰是孰非,令治老學者難以酌定,故王力主編《古代漢語》文選部分注曰:「『不辭』二字不好懂。」[19]

自馬王堆帛書《老子》發現以來,新出或新修訂的校釋注譯《老子》的各種本子,似乎意見漸趨一致,均從「不辭」為「不始」說。比如:張松如校作「萬物作而弗始」,譯為「任憑萬物興起而不宣導」;校釋曰:「用勞健說:『不為始者,謂因其自然而不先為之創也。』」[20]任繼愈《老子新譯》作「萬物作焉而不為始」,譯為「〔任憑〕萬物生長變化,而不替它開始」。陳鼓應《老子注釋及評介》原文從張松如校改,譯作「讓萬物興起而不加宣導」,而該書前六版則取于省吾說,譯為「任萬物興作而不加主宰」。許抗生《帛書老子注譯與研究》校作「萬物作而弗始也」,譯為「萬物自然生長而不用事先替它創造」,注引勞健說。盧育三《老子釋義》校作「萬物作焉而不為始」,釋曰:「聖人無為,萬物興化,聖人循道為萬物始,但又不自以為始」。馮達甫《老子譯注》校取「不為始」,譯為「萬物自然地發生著而不去創始」。徐興東、周長秋《道德經釋義》取「為始」,注曰:「即『為〔之〕始』,替〔它〕開始」,譯文與任繼愈近同。由此看來,儘管近出各本原文校改互有異同,譯文也各有高下,但校「辭」為「始」,並以為「始」讀如本字,義為「創先(創造)、宣導、開始(創始)」等,則大同小異。然而,權衡諸家釋義和譯文,琢磨《老子》文意,似乎皆不如于省吾所說暢達,故旁索先秦語言文字資料,再予申論,以證其是。

---

17 于省吾:《老子新證》,見《雙劍誃諸子新證》(北京市:中華書局,1962年)(下)。
18 以上所引各說詳見朱謙之《老子校釋》、張松如《老子說解》本章下。
19 王力:《古代漢語》(北京市:中華書局,1981年),冊2,頁373。
20 張松如:《老子校讀》(長春市:吉林人民出版社,1981年)、《老子說解》。

　　于省吾主「辭」讀「司」，依據「辭、嗣金文同用」。典籍「司馬、司徒、司空」之「司」，金文均作「嗣」。「嗣」為《說文》「辭」的籀文，故「辭」讀「司」順理成章，且驗之於本章及三十四章語例，文皆通暢。[21]但對於他本「辭」作「始」，於先生則未作進一步論說。高亨《老子正詁》「不辭」注曰：「司臺二聲係之字，古韻並屬之部，古書往往相通」，並援引「嗣」通「怡」，「詒」、「辭」通「怠」，「治」通「祠」等為證，正可補充於說。

　　典籍「司」「辭」「始」（或從臺得聲字）的糾葛由來已久，反映了古代漢字發展演進和運用的複雜關係。下面我們從梳理這種複雜關係入手，作進一步的討論。《說文》：「司，臣司事於外者，從反後」；「辡，不受也，從辛從受，受辛宜辡之。辤，籀文辡，從臺」；「辭，訟也，從𤔔。𤔔猶理辜也，𤔔，理也。嗣，籀文辭，從司」。按諸《說文》，「司」為「主」義，「司事」即「主事」，典籍「有司、司馬」等均用此「司」。《詩・羔裘》：「邦之司直」，毛傳：「司，主也。」「司」引申之義為「察」，故分化出「伺」。[22]《說文》以「辡」為「辭讓、辭謝」本字，《左傳》哀公六年：「五辭而後許」，《釋文》：「本又作辡」。段玉裁注曰：「經傳凡『辭讓』皆作『辭』，說字固屬假借，而學者乃罕知有『辡讓』本字。」[23]《說文》「辭」（「辞」為魏晉後出現的簡體，後文如非必須，則用簡體），即「言辭、文辭、訟辭」之「辭」，經傳通用。就傳世典籍而言，「司」「辭」分別清楚，而「辭」與「辞」混而不別。證之古文字資料，「司」義同「嗣」，見《毛公鼎》《獣鍾》《叔向簋》；或同「事」，見《揚簋》等，戰國時期始用作「有司」之「司」。《說文》「辭」籀文「嗣」早

21 於說詳見《老子新證》。

22 〔清〕段玉裁：《說文解字注》（上海市：上海古籍出版社，1981年），九上，頁429。

23 同上書，十四下，頁742。

期作▨、▨，西周中晚期以後才出現「嗣」這種寫法。其用法均同於典籍「司」，如《康侯簋》之「嗣土」，《盂鼎》之「易（賜）屍嗣王臣十又三白（伯）」，《頌壺》之「命女官嗣成周貯廿家」，《靜簋》之「王令靜嗣𢍰學宮」，《令鼎》《散盤》之「有嗣」，《毛公鼎》之「嗣公族雩（與）參有嗣」等，皆相當於經傳之「司」字。戰國時期《大樑鼎》《中山王𨮑壺》《鄂君啟節》、璽印文「平陰都司徒」「聞司馬璽」等均已用「司」為「嗣」，與傳世文獻一致。「辭」的典型字形，古文字資料尚未發現。《兮甲盤》「嗣」作▨、《司工丁爵》作▨，代表了「嗣」到「辭」的過渡形態。《儝匜》：「女既從辭從誓」，「牧牛▨誓成」，分別作▨、▨，唐蘭指出這就是「辭」字，其字較後來的形體多加「言」或「口」旁，即《說文》「訟也」、《書‧呂刑》「有辭於苗」之「辭」。[24]這是目前發現的「辭」的最早用例，約當於夷王厲王時期。《中山王方壺》有「諝（嗣）禮敬則賢人至」句，「辭」字從言從辛厶（臺省）聲，也即《說文》「辝」字，與「辭」之籀文作「辤」相近。《伯六辭鼎》作▨，從辛，厶（臺）、司皆聲，即「辝」之異體。《䣈鎛》、《邾公牼鍾》作▨，與「辭」的籀文同，用作《爾雅‧釋詁》「臺，我也」之「臺」。《徐王義楚耑》「用保臺身」之「臺」作▨，《齊鮑氏鍾》「於臺皇且文考」，《王孫鍾》「餘㐘臺心」，兩「臺」皆作▨，從心從口（二者古文字可互換通用），厶（臺）、�皆聲，「辝」作「台」或「怠」，與「嗣」（辤）作「辭」同例，均為「辛」與「司」（�）互換而形成的變體字。「辤」始見於秦《兩詔橢量》，「皆有刻辤焉」作▨，從受從辛，《元年詔版》「皆有刻辭焉」作「辭」，二者相同。《睡虎地秦簡》用於獄訟之「辭」「辭曰」之

---

24 唐蘭：〈陝西省岐山縣董家村新出西周重要銅器銘辭的釋文和注釋〉，載《文物》1976年第5期。

「辭」都作「辝」。馬王堆漢墓帛書、漢碑石刻等「辭讓」「辭退」與
「言辭」之「辭」，均以作「辝」為多，且二者同用無別。

　　要之，古文字資料表明，兩周以前「司」並不用於表示「主」之
意，專用於表示「主、治」之意者是「嗣」，到戰國時期二者混同。
西周中晚期由「嗣」分化出「辭」字，並逐步定型。戰國時期，在
「嗣」或「辭」的字形上加聲符「厶（臺）」，而省減有關部件，遂出
現「辝、𤔲、䛐、㕹、𤔲」等變體。在這類變體中「辝」最為典型，
在省略「𤔲」旁之後，它同時兼有「厶（臺）、司（𤔲）」兩個聲符，
是「嗣」與「辝」的省形糅合體。「辤」出現於秦，在出土的秦漢文
字資料中與「辭」通用無別，從「受」之形，由「嗣」因義訛形。[25]
由於戰國以後「司」承擔了「嗣」的作用，「辭」趨向定型，「嗣」
「辝」先行退出使用領域；隸楷轉變之後，「辭」「辤」由互用無別到
合而為一，秦漢流行的「辤」形因不再使用而淘汰。因而經過一個漫
長的發展和優化過程，傳世典籍中只保存了「司」與「辭」。在這一
發展過程中出現的文字資料，也因此給後人留下許多的疑惑，《老
子》本章「不辭」即屬此類情況。闡明了「司、辭、嗣、辝、辤」諸
字形的發展聯繫，更可證于省吾讀「辭」為「司」的合理性。

　　他本「辭」作「始」或「治」，畢沅、高亨均曾指出其語音上的
關係，就字形而言，古文字資料也充分體現其內在的聯繫。「辝」形
以「臺」為聲符，「辭」的諸種變體都加「厶、臺」為聲符。夏竦
《古文四聲韻》「始」引古《孝經》作𤔲；引《道德經》「辭」作𤔲，
並云「《汗簡》作𤔲」；引《石經》「詞」作𤔲，《王庶子碑》作𤔲。凡
此皆可證古文「始」「辭」「詞」字形可通，而所引《老子》「辭」與
戰國中山王器銘文相近。兩周金文「始」原作「厶」，又作「𤔲（省

_____

25　「嗣」與「受」秦漢時期形體相近，因「辭謝」義而訛同。

人）、始」，異體或從女、以「厶、臺、司（司）」為聲符，與「辭」之異文相同。[26]而「似」字金文作𢀷、𢀷，用作「以、臺、怡」等，其形與「辭」之異體也相同。因此，戰國之際，「辭」「始」或從「臺」聲字，每有混用。《老子》他本「不辭」作「不始」「不治」，正是這種現象的遺存。

古漢字階段，「辭」等字的運用之所以出現如此複雜的情況，除字形的發展演變、字音間的相互關係外，字義方面也有可說。「嗣」從「矞」，《說文》「矞，理也」。古文字形作𥇛、𥇛，正像兩手理絲之形，故「嗣」本義為「治理」，引申為「主持、主管」。「亂」字，篆文作𤔔，《說文》：「治也」。「亂」為何有「治」意？訓詁學家以「反訓」為說。林義光《文源》曰：「字從司得聲，與治音近，嗣當即治之本字，也變作𤔔，與亂形合」，「秦以後嗣形訛為𤔔，音訛為𤔔，亂始兼治亂兩義。」[27]典籍用於表示「治理、主」等語義時，每有「始（治）、亂」相混之例，如《書・盤庚序》「將治亳殷」，阮元《校勘記》「按：《疏》云：壁內之書『治』皆作『亂』（亂），蓋古文《尚書》也……《群經音辨》云：『亂』，古文《尚書》『治』字也。」《正義》引束晳說：「孔子壁中《尚書》云：『將始亳殷』」，並指出：「壁內之書，安國先得，『始』皆作『亂』。」此例對我們理解《老子》「不辭」又作「不始」「不治」很富有啟發意義。因此，他本作「不始、不治」，與「不辭」實文異而義同，不能簡單就「始」字字面義而作解。《管子》《墨子》等先秦典籍中「司、辭、始、治」相互通用之例常見，舊多被誤解，于省吾《雙劍誃諸子新證》多處證說，也可為「不辭」為「不司」說佐證，不煩贅引。

26 容庚編著：《金文編》（北京市：中華書局，1985年），頁802-803。
27 林義光說轉引自周法高等編：《金文詁林》（香港：香港中文大學，1975年），頁5558。

　　綜上所述，我們認為于省吾說「不辭」為中的之論，因其言簡意賅，學者未能盡從，故再申而論之。由此字的發展及其在典籍中留下的糾葛，啟示我們：在校讀古籍時，對地下發現的古文字資料必須予以足夠的重視，而且在處理地下資料時，還要注意揭示其發展演變的內在關係和規律。

漢字闡釋與文化傳統[*]

中國文化乃是依賴於中華各民族運用符號的能力而形成的超有機體的存在。它包括制度、工具、居所、語言、哲學、信仰、風俗以及行為模式等種種要素。它是一個富有生命活力的動態系統，是各種要素互相作用的流程。在這一流程中，每個要素都衝擊著其它要素，有些要素因日益陳舊被剔除，而新的要素則不時地被結合進來，發明與發現作為文化要素的新型綜合體，也在這一流程中不斷產生。本文所說的「文化傳統」，正是特指這一富有活力的動態系統。[1]漢字無疑是中國文化傳統中的根本要素之一。

即使從商朝算起，漢字的發生、發展也已經有三千多年的歷史，然而，它的價值迄今為止並沒有得到清醒的、全面的反思。

我們認為漢字的價值不是後人主觀隨意的「給定」，而是特定歷史——文化中的固有內涵。它表現在兩個互相聯繫卻並不相同的層面：

首先，形成完整符號系統的漢字，使漢語這種文化要素超越了自身的時空局限而物化為一種可以視覺感知的形式，並以此貯存、呈現著文化傳統生息嬗變、日積月累的過程。早在東漢時期，漢字在這一向度上的價值便被人們清醒地認識和表述過。許慎《說文·敘》即云：「蓋文字者，經藝之本，王政之始，前人所以垂後，後人所以識

---

* 本文與常森合作，原載《學術界》1995年第1期。

1 〔美〕L. A. 懷特，沈原等譯：《文化的科學：人類與文明研究》（濟南市：山東人民出版社，1988年），頁72、120；〔美〕菲力浦·巴格比，夏克等譯：《文化：歷史的投影》（上海市：上海人民出版社，1987年），頁86-112。

古。」許慎以降，以漢字為根基、以經典為關鍵、以通古賢聖之心為目的，便成了傳統文字學追索漢字價值的鮮明軌跡。

其次，作為文化傳統合規律發展的結果，漢字自身實際上積澱著中國文化的深幽奧秘，並在客觀上充當著文化傳統的生動提示和指向。例如從商代甲骨文中至少可以靜觀古人在文化心理方面的具象性。從發生學的角度看，實際上幾乎所有早期漢字的構形都根源於對具體事物或現象的感知。假如沒有高度的具體把握並傳達事物或現象特徵的能力，「初造書契」的人們根本不可能通過漢字構形來呈現如此多姿多彩的事物形象。

在通常的情況下，思維的具象性使古人難以從同類事物或現象中抽繹出某種共同的、一般的特徵，因此，早期漢字往往存在著大量的所謂的「異體」。《甲骨文編》歸屬於「牢」字的種種異構是極為典型的例子。[2]許慎釋「牢」云：「牢，閑養牛馬圈也，從牛冬省，取其四周匝也。」(《說文》二上)甲骨文「牢」的確像養畜的圈欄，但是它所關注的卻並非圈欄本身的抽象功能，而是圈欄養畜的種種具體的情境。對初造書契的古人來說，不存在抽象的「牢」，只有養牛、養羊、養馬的具體的「牢」。將這些字簡單地歸為異體字並不科學，從牛字的「牢」字與從羊的「宰」字在當時實際具有本質的不同。[3]

甲骨文字無疑已非漢字在發生時的原始狀態，但是它卻顯然貯存著這樣一個文化學事實，即對於在蒙昧之中創造文明的古人來說，周圍的一切都是具體的、形象的，古人只是憑藉對具體形象的感受、視辨、判斷、記憶等把握著自身的周圍的各種對象。[4]這樣說並非意指

2 字形見中國科學院考古研究所編：《甲骨文編》(北京市：中華書局，1965年)，卷二・五。

3 姚孝遂：〈牢宰考辨〉，載《古文字研究》(北京市：中華書局，1984年)，第9輯。

4 鄧福星：《藝術前的藝術：史前藝術研究》(濟南市：山東文藝出版社，1987年)，頁104。

遠古祖先沒有任何抽象能力。以對禽獸的感知來說，人們甚至不可能對任何兩隻雞擁有完全相同的視覺表象，而早期漢字卻可以把握並傳達大多數雞的共同形態特徵，這便是一種「抽象」，但這種抽象卻根本沒有超出具象層次。歷史地看，人類語言均由較為具體的狀態進展到較為抽象的狀態，最初的名稱無不「依附於對特殊事實或特殊活動的領悟」，後人在具體經驗中可以發現的「一切細微差別」，都曾被古人用種種名稱精密而又詳盡地描述過。而且彼時這些名稱「並未被歸於共同的種屬之下」。[5]《爾雅‧釋獸》中保留的馬的特稱竟有五十多個，各因不同的毛色、形狀、性別、高矮等命名。

由漢字本身不僅可以窺見古人特有的文化心理，而且可以窺見工具、居所、制度、語言、哲學、信仰、風俗、行為規範等文化要素及其流變。因此可以說，漢字從本身內容到形式都標誌著中國文化鮮活的存在。遺憾的是，過去研究者對漢字自身文化價值的理論自覺卻顯得十分不夠。

漢字的兩種價值具有不同的特點。由於每個漢字與文化傳統的原初關係固定不變，故漢字自身即漢字構形或讀音所反映的文化信息具有明顯的單一性；而由於文化傳統不斷地賦予語言並從而賦予漢字新的東西，故漢字作為語言符號的價值處於不停地增殖之中。為了履行自身的符號職能，漢字跟文化傳統的關係日漸發生著深刻的轉換。例如，「日」由太陽的象形演進為表示「白天」這一時間概念，這是「引申轉換」；「其」由簸箕的象形演進為抽象的語詞，這是「假借轉換」；「甲」「乙」由鎧甲、魚腸的象形[6]演進為天幹用字、演進為陰陽

5　〔德〕恩斯特‧凱西爾，甘陽譯：《人論》（上海市：上海譯文出版社，1985年），頁172。

6　釋「甲」參見朱駿聲：《說文通訓定聲》；釋「乙」采自郭沫若：《甲骨文字研究‧釋干支》，見《郭沫若全集‧考古編》（北京市：科學出版社，1982年），卷1，頁169-170。

運行的表徵，這是「強制轉換」——在強制轉換之中，漢字與文化傳統之間的關係並非原初關係的自然發展，因而不存在本形、本義、本音方面的基礎或依據。經過上述轉換，漢字悄悄地建構或重建著它對語言乃至整個文化傳統的適應。

　　不過，這些轉換客觀上使得漢字自身價值的凸顯常常以漢字在語言符號系統中所獲得的完整功能的淡化為前提。甲骨卜辭「其自西來雨」一句凡五字，其中只有「雨」字的兩種價值功能完全一致，「其」本為簸箕之象卻用為語詞，「自」本為鼻子之象卻用為介詞，「來」本為來麰之象卻用為動詞，「西」本為宿鳥棲於樹上之象（姑從舊說）卻用為方位名詞。由此可以看出，當漢字被納入特定的語言系統之中，其自身的價值常常被不同程度地遮蔽。

　　所以只有全面地觀照漢字的價值，才能發現漢字在文化傳統中的定位不僅依賴於它作為語言符號的功能，還可以超越或部分地超越自身跟語言的聯繫，而相對獨立地接受人們的觀照。[7]在通常情況下，一個不能傳達完整語言信息的漢字卻可以呈現出相對完整的文化內涵。

　　漢字的兩種價值之間並不存在絕對的疏離或間隔，二者實際可以通過漢字闡釋這一中介環節聯繫在一起。漢字闡釋即依據漢字本形、本義、本音而作出的解釋，它既可以揭示漢字自身與文化傳統的原初關係，亦可以間接地表明這種關係的引申轉換、假借轉換以及強制轉換。

　　傳統語言文字學具有幾種與漢字闡釋相關的重大誤解：其一，僅僅把字義視為漢字的自身的屬性。科學地說，字義歸根結底乃文化傳

7　譬如我們可以把早期象形文字當做造型藝術來觀照。作為「藝術」，這些形象實在不遜於美國人類學家弗朗茲・博厄斯《原始藝術》一書所收錄的象形符號。參見〔美〕弗朗茲・博厄斯，金輝譯：《原始藝術》（上海市：上海文藝出版社，1989年），頁153-154。

統的賦予。圓形與太陽之間並沒有必然的、不可變更的聯繫，是文化傳統規定著圓形作為語言符號的意義（或稱價值）；其二，僅僅把漢字闡釋視為字形、字音、字義範圍以內的事情。然而，正如字形與字義之間一樣，字音與字義之間亦沒有必然的、不可變更的聯繫。規定字形價值的是文化傳統，規定字音價值的也是文化傳統。

漢字闡釋與其說是人的行為，不如說是文化的行為。這樣說並非指從事闡釋的主體不是「人」，而是指單純的從有機體方面不能對漢字闡釋作出準確、合理的說明。漢字闡釋說到底是主體對種種文化誘導的反應，是字形這種文化要素與其它文化要素在主體身上的綜合或結合。以釋「甘」為例，字形的誘導是：「甘」從口含一。其它文化要素的誘導是：一、「甘」有美的意思；二、「一」常常被用來指稱獨立無待的「道」；三、儒家的「道」主要是指禮、讓、忠、信等道德規範或品性；四、儒學傳統中的美感不僅包括感官的快適，而且包括道德給予的主體心靈的愉悅。《說文》釋「甘」云：「甘，美也，從口含一；一，道也。」寥寥數語，實際是對以上諸種文化要素的整合。

可見漢字闡釋是在文化傳統支配下的複雜的主體行為過程。在這一過程中，闡釋者雖能擺脫某種文化要素的制約，卻無以超越所有文化要素的誘導或羈束。文化傳統既可以成全闡釋者追索漢字原初內涵的初衷，又可以使闡釋者自覺不自覺地偏離自己的初衷；既可以成為闡釋者的正確導向，又可以成為闡釋者難以擺脫的局限。

于省吾《甲骨文字釋林》一書體現了一種重要的觀念，即甲骨文時代的社會是階級社會，「階級社會，都是在政治上人壓迫人、在經濟上人剝削人的社會」。正是在這種觀念引導下，于省吾考定了甲骨文「尼」字的構形及其含義，並認定「尼」字象一個人坐或騎在另一人的背上，是階級社會人壓迫人、人踐踏人的極其殘酷的「具體事例」。[8]

8　于省吾：《甲骨文字釋林》（北京市：中華書局，1979年），頁303-308。

在我們看來，於說的意義不僅在於給予「尼」字一種新的解釋，而且在於為人們提供了文化傳統制約漢字闡釋的典型事例。許慎釋「尼」云：「從後近之，從屍匕聲」；（《說文》八上）段玉裁《六書音均表》推定「尼」字古音在十五部，故可用同部「匕」（卑履切）作聲符。許、段兩家均以為在「尼」字中，「匕」之本形本義並無實質作用，起作用的只是與之凝結在一起的讀音。即便將「匕」視為人形，各家的看法也大不相同。王筠《說文句讀》以為：「匕者比也，人與人比，是相近也；人在人下，是從後也。」林義光《文源》則說「尼」字「象二人相昵形，實昵之本字」。王、林二家顯然將「尼」字的構形視為日常經驗的表徵。于省吾視「匕」為「反人」，視「尼」為一人在另一人背上。這種論斷與王說、林說相近，然而他進而將「尼」字理解為「人壓迫人」「人踐踏人」，王、林二人則將其理解為「親昵」，[9]其間相去何止千里！這說明闡釋者對某種文化要素的體察愈深刻明晰，便愈難保持相對於這種要素的必要的超脫。就這一例子而言，若於說正確，那只是因為文化傳統中的某些要素在主體面前彰明瞭漢字的真實內涵；若於說錯誤，那只是因為文化傳統中的某些要素遮蔽了漢字真實內涵的外呈。

文化傳統對漢字闡釋的支配作用，可以分為以下三個主要方面。

其一，從字義方面言，漢字闡釋乃漢字構形功能在特定文化背景之上的顯現。許慎釋「日」云：「日，實也，太陽之精不虧，從口一」（《說文》七上）；唐人李陽冰謂：「古文正圓，象日形，其中一點，象烏。」[10]段玉裁認為《說文》所收「日」之古文，即象日中有烏之

9　王筠《句讀》之說申《說文》「從後近之」，實亦暗示親昵之意，《說文》七上釋「昵」云：「日近也」（段注：「日謂日日也，皆日之引申義也」），由此顯然可知。

10　〔南唐〕徐鍇：《說文解字系傳》（北京市：中華書局，1987年），頁320。

形。[11]許慎又云：「叒，日初出東方湯谷所登榑桑，桑木也」（《說文》六下）；「榑，榑桑，神木，日所出也」（《說文》六上）；段玉裁以為，「杲、東、杳」三字中的木皆指榑桑，其整體構形生動地呈現了太陽出入於榑桑的情景。[12]顯然，規定以上解釋的不是字形或主體自身，而是文化傳統中與太陽有關的神話傳說。《山海經·大荒東經》云：「湯谷上有扶木，一日方至，一日方出，皆載於烏。」戰國時期屈原的長詩〈天問〉涉及后羿射日、陽烏墮羽的傳說。[13]金烏載日的觀念至漢代而極盛，南陽兩漢畫像石或於一圓輪內雕一金烏，或於一金烏身上雕一圓輪，都是這種觀念的直觀體現。[14]

其二，從主體方面看，所有的闡釋者都為特定的文化傳統所支配，因而在闡釋過程中，人們往往把某種文化要素視為漢字構形、讀音等指向的內容；闡釋過程，實際上是主體將支配自身的文化傳統不斷地投注於漢字之中的過程。例如，許慎生活於以血緣為基礎、以等級為特徵的儒家傳統之中，在那裏，父親乃「家之隆」，人們普遍認為「隆一而治，二而亂，……未有二隆爭重而能長久者」。[15]唯其如此，許慎才認定「父」字象以手持杖，指示的是父親在一家之中的地位與威嚴。（《說文》三下）

其三，從字形方面看，對漢字構形的認知有待於主體對文化傳統的「預先知識」。例如「婦」字何以「從女從帚」？許慎解釋說：「婦，服也，從女持帚灑掃也。」（《說文》十二下）許慎指明「婦」的構形為「從女持帚」自然十分準確，但關鍵的問題卻在於這一構形

---

11 〔清〕段玉裁：《說文解字注》（上海市：上海古籍出版社，1981年），頁302。

12 同上書，頁252。

13 〈天問〉有云：「羿焉彃日？烏焉解羽？」

14 參見王建中、閃修山：《南陽兩漢畫像石》（北京市：文物出版社，1990年），圖版179、269、271、274、275、279、280。

15 《荀子·致士》。

的功能何以被主體確定。「持帚灑掃」最淺顯明白地體現了特定歷史
時期女性在社會中的勞動分工，這一點無論在現代還是古代都不難理
解，然而許慎卻取「服」字來界定其意義。這種界定顯示出闡釋者對
字形的認知游離了字形構成這一「淺顯明白」的表層，進入文化傳統
為之設定的預先知識領域。以「服」訓「婦」並非簡單地表明二者音
近，為聲訓關係。不管「服」字取古漢語常用的「使用、服事」義，
抑或取「順從」義，都表明女性在家庭和社會中獨立人格的喪失。許
慎對字形的認知、對字形功能的界定，只是當時一種普遍的社會觀念
的反映。這充分說明：是文化傳統的預先知識誘導許慎放棄了「子之
妻」或「已嫁之女」這些古代婦孺皆知的通常含義，而選取了最能體
現當時觀念的解釋，並試圖尋求它與字形構成的關係，以揭示「婦」
字構形的理據性。

　　總之，脫離了漢字得以產生與發展的文化傳統，漢字便不可能獲
得正確的闡釋；漢字闡釋亦只能產生於某一文化傳統之中。也許，有
些闡釋對後世來說已多少有點兒隔膜甚或荒唐可笑，那是因為與之相
關的文化要素已在漫長的歷史行程中流失，或者是當時文化傳統誘使
闡釋者陷入重重迷障的結果。

　　受文化傳統支配的漢字闡釋過程可以表述為如下模式：

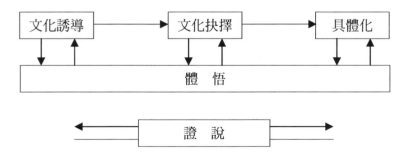

　　這一模式包括幾種重要因素。

其一，文化誘導。「文化誘導」指文化傳統對漢字闡釋的導向作用，它是潛伏於漢字闡釋背後的無形之手。

在漢字闡釋過程中，排斥文化誘導不僅不科學，而且不可能。一方面，漢字與文化傳統的聯結乃客觀事實；另一方面，文化傳統又是諸多漢字闡釋者存在的表徵。就前一側面而言，只有文化傳統可以提供正確認知漢字的種種可能，除非深刻把握文化傳統，否則人們將無以科學地理解漢字。就後一側面而言，漢字闡釋不論正確與否都可以歸結為對某種文化要素的認同。任何一個嚴肅的闡釋者，都不可能在實際上拒斥文化傳統的誘導作用。

其二，文化抉擇。「文化抉擇」是指對誘導闡釋過程的不同文化信息的選擇與取捨。

文化誘導並非總是單向的，多向乃至反向的誘導不可避免。漢字以形表義的不確定性，使來自不同文化要素的不同誘導都可能對認知過程發揮重要作用。譬如，「閩」「蠻」二字何以從蟲呢？雖然「蟲」字的古文字形生動地呈現事物的形體特徵。但除此以外，它顯然不能呈現與「蟲」字有關的其它任何內涵，悠久的圖騰遺風提示「閩」「蠻」從蟲，是因為閩蠻俱為蟲生，即為「蛇種」；儒家人文意識則提示：以「蟲」或「犬、豸」為意符與以「人」或「大」為意符的民族具有對立性的內容，「閩」「蠻」從蟲顯示了閩蠻不像夷人那樣稟有仁厚的道德品性。

從理論上說，闡釋者不應在多種文化誘導並存的情況下對漢字構形的功能作出不同的分析、界定。因為造字之初，人們只會採取種種辦法來排除字形的多義性，而不會使之同時擔任幾種不同的角色。然而許慎釋「閩」「蠻」卻接受了上述兩種實質不同的誘導，從而使這些解釋呈現出明顯的混雜狀態。[16]這種情形，跟他對天幹用字的解釋

---

16 參見《說文》十三上釋「蠻」、釋「閩」，四上釋「羌」，十上釋「狄」，九下釋「貉」。

一樣，究其實，「甲」字無論如何不會像許慎所說的那樣，既「象人頭」，又指示草木「戴孚甲之象」。認定許慎沒有意識到這種簡單的道理恐怕不能令人信服，但許慎卻的確無法擺脫自相矛盾的困窘狀態。文化抉擇並非一件輕鬆的事情，所有的闡釋者都有可能被紛繁的誘導投入兩難處境之中。經過正確的抉擇，文化傳統可以成為使人洞見漢字幽隱意旨的火燭。經過錯誤的抉擇，文化傳統則可以成為闡釋者的「普羅克拉斯蒂鐵床」。許慎用陰陽二氣在時空中的不停消長、流轉來闡釋干支用字的構形，實際上正反映了漢字闡釋中的「普羅克拉斯蒂鐵床」現象。

　　文化抉擇，它總是依循著漢字與文化傳統在某一歷史層面上的關係：或者是原初關係，或者是次生的引申轉換關係、假借轉換關係與強制轉換關係。文化抉擇歸根結底是必然的，也是不自由的。

　　其三，具體化。「具體化」是指把漢字指向的文化信息落實到漢字構形或讀音之中的過程。

　　文化抉擇的目的是為了明確漢字指向的文化信息，具體化的目的則在於為這種信息尋求字形、字音方面的具體證明。例如，許慎認為「父」字指示一家中的權威。這種意義同字形並沒有直接的聯繫。《說文》云：「父」「從又舉杖」，即象以手舉杖之形。在中國，以手舉杖正是權威的經驗表徵。

　　需要說明的是，漢字闡釋過程中的具體化不等於對字形的具體化（或具體性）的理解，它包括對字形的具體化、抽象化、虛化三種不同的途徑。一般來說，漢字闡釋過程中的具體化便意味著對漢字構形的具體性的理解，例如「不」為否詞，「至」有到達之意，這在兩漢乃人之共識。但這些意義與二字的構形並非完全契合無間，於是許慎將「不」字的構形解釋為「鳥飛上翔不下來」，將「至」字的構形解釋為「鳥飛從高下至地」。（《說文》十二上）這樣一來，表示否定的

「不」便成了某種具體情境中的否定性內容，而表示到達的「至」則成了「到達」的某種具體可感的方式。愈是靠近漢字發生時期，對漢字的具體性理解愈合理。但是在闡釋過程中，對字形的抽象化理解同樣不可避免。當許慎將「至」「旦」之中的「一」解釋為地（《說文》十二上，七上），將「不」字中的「一」解釋為天（《說文》十二上），將「亟」字中的上畫解釋為天，下畫解釋為地的時候（《說文》十三下），他對「一」的理解來自具體化。但許慎同時又把「一」解釋為「造分天地，化成萬物」的獨立無待的道（《說文》一上），把「毋、乍、甘、正」之中的「一」解釋為規範人類道德行為或價值觀念的道（《說文》十二下，五上，二下），這些解釋明顯來自對字形的抽象化。[17]

另外，漢字闡釋的具體化過程不能排除對字形的虛化。當闡釋者將某一漢字視為記號字，或者將某一漢字中的某一筆劃、某一字元視為標指、記音符號的時候，他們實際上既拒絕對這些字元的具體化理解，又拒絕對這些字元的抽象化理解。他們的論斷意味著這些字元的形象或抽象特徵完全外在於字義。

因此嚴格地說，漢字闡釋過程中的「具體化」範疇實際概括了這一種過程，即通過對字形的具體化、抽象化乃至虛化的理解，使漢字的構形的功能同某種文化信息達成一致。

其四，體悟。「體悟」是指闡釋者對漢字構形的直觀感知，它雖然為文化誘導、文化抉擇、具體化等過程包容，但卻具有鮮明的相對獨立性。

首先，體悟可以引發其它文化要素對漢字闡釋的誘導。例如，幾

---

17 對「毋」字構形的理解，參見段玉裁的說法而不依大徐本《說文》，見〔清〕段玉裁：《說文解字注》，頁626。

乎所有的闡釋都認為甲骨文「乘」字象人張足立於木上。[18]歷史地看來，這種體悟至少曾經引發過兩種不同的誘導因素，一是人爬樹這種日常經驗；二是有巢氏構木為巢、以避禽獸蟲蛇的古史傳說。

其次，在缺乏其它文化要素誘導的情況下，對字形的體悟可以直接由誘導變為抉擇。如楊樹達釋「甬」云：「『甬』象鍾形，乃『鍾』字之初文也，知者：『甬』字形上象鍾懸，下象鍾體，中橫畫像鍾帶。」[19]在古往今來的有關著論中，類似情形可謂比比皆是。

最後，體悟常常極大地影響具體化的過程。從《說文》可以看出，有些已知的遠離其原初狀態的漢字形義關係往往直接由文化誘導變為主體的抉擇。在這種情況下，將文化抉擇具體化的過程明顯取決於主體對字形的體悟。

其五，證說。「證說」是指漢字闡釋對自身合理性的證明。它應當展示闡釋過程及結果的理據和可靠性。為此，闡釋者常常要追索漢字早期構形及其種種發展形態，常常要考察與漢字密不可分的時代情狀以及歷代典籍。證說使種種文化要素成為漢字闡釋的支持。

「文化誘導」「文化抉擇」「具體化」「體悟」與「證說」五個範疇，構成了一個完整的模式化過程。雖然並非每一個漢字的闡釋都涵蓋這一模式的全部內容，但幾乎連最簡單的闡釋都必然包含其中的部分實質。

中國文化有一個個難解之謎。迄今為止，人們依然不知道龍的真相，不知道饕餮的真相。尤其重要的是，人們依然不知道貯存於一大批漢字之中的文化奧秘，漢字闡釋便致力於破解漢字之謎，因此，它具有極為重要的歷史、文化意義。本文首先從漢字價值入手為漢字闡

---

18 字形見《甲骨文編》，卷五‧二七。

19 楊樹達：《積微居小學述林‧釋甬》（北京市：中華書局，1983年）。

釋定位，繼而討論了漢字闡釋的文化學特質以及闡釋過程中的完整模
式，其主要的目的在於使漢字闡釋由自發昇華為自覺，從而糾正傳統
文字學的某些根本性偏失。時至今日，人們再也不應當把漢字闡釋僅
僅視為一種具體的實踐，必須把它當做一門科學，從理論高度上認真
地加以反思。

歷史性：漢字闡釋的原則[*]

　　程樹德《說文稽古篇‧凡例》云：「《說文》為漢人所作，其中字義，可以發見漢以前之逸史、制度、風俗者不少，亦斷代為史之一種。」[1]實的確如此，《爾雅》之後，最能從小學上體現中國文化特色的著作，首推許慎的《說文解字》。[2]但是在以漢字闡釋為立足點來證說古代「逸史」「制度」「風俗」的時候，必須要排除主觀隨意性，必須要追溯漢字與漢文化在特定歷史層面上的客觀、真實的聯繫。

　　甲骨文「乘」字像人張足立於木上，故或謂：「上古之世，人民少而禽獸眾，人民不勝禽獸蟲蛇」，「乘」字便反映了有巢氏「構木為巢」，以避禽獸蟲蛇的史實；篆文「炙」字像肉在火上，意為「炮肉」，故或謂：上古之世，人民茹毛飲血，「食果蓏蚌蛤，腥臊惡臭，而傷害腹胃，民多疾病」，「炙」字便反映了燧人氏「鑽燧取火，以化腥臊」的史實。如果這種申說能夠成立，那麼它必須具有下列歷史、邏輯前提：或者二字的構形產生於「構木為巢」「火化腥臊」的歷史背景之中，或者二字的構形反映了古人對這一段歷史的記憶。然而，前者無以得到古典文獻與考古發掘的必要證明；後者則顯然有乖於常情常理：當登高於樹、炙肉於火成為一種平凡、普通的日常經驗的時候，人們不會捨棄自身熟悉的經驗，而去追尋日漸遙遠、日漸陌生的「歷史」。

---

[*]　本文與常森合作，原載《人文雜誌》1996年第2期。

[1]　程樹德：《說文稽古篇》（北京市：商務印書館，1957年），頁3。

[2]　胡奇光：《中國小學史》（上海市：上海人民出版社，1987年），頁78。

　　漢字是伴隨歷史發展而次第產生並逐步完成的符號系統，它天生具有歷史層次性。然而，當漢字作為一種系統、完整的文化遺存留傳後世的時候，人們已幾乎無法再現其中暗含的、井然分明的歷史層次。

　　許慎釋「貝」云：「貝，海介蟲也……象形；古者貨貝而寶龜，周而有泉，至秦廢貝行錢。」（《說文》六下）許慎寥寥數語，幾乎可以充當古代貨幣演變史的提要。《鹽鐵論・錯幣》云：「夏后以玄貝，周人以紫石」，大約夏人已用海貝作商品交易的媒介。殷商時期，海貝依然充當商品交換的等價物。但真貝產於南洋，似乎須經南太平洋係人種傳入，得之甚為不易，故殷人後來嘗改用珧制、骨製、銅製之貝。[3]周代有泉（即錢），而未嘗廢貝。至秦，「珠玉、龜貝、銀錫之屬為器飾寶藏，不為幣」。[4]新莽嘗一度發行錢、金、銀、龜、貝、布六種新幣，凡二十八品，時稱「寶貨」。[5]

　　貝用作商品等價物對古代社會生活的影響至深至巨。這一點明顯地表現於漢字構形之中：買賣以貝為媒介，故「貿、贖、賣、販、買、購」等字取義於「貝」，故表示物類價值高低的「貴、賤」等字取義於「貝」，故表示商品交易贏餘的「贏、賴」等字取義於「貝」，故表示人之貧富的「賑、貧」等字取義於「貝」，故表示財物、蓄積的「貨、賄、賢、貯」等字亦取義於「貝」。另外，借債用貝，故「貸、貣、賒、賞」諸字取焉；抵押用貝，故「贅、質」諸字取焉；送禮、慶賀用貝，故「賀、齎、贈、賂、贊、賧」諸字取焉；繳租、納稅用貝，故「貢、賦、賨」諸字取焉；賞賜用貝，故「賞、賜、贛、賚」

3　參見羅振玉：《殷虛古器物圖錄・附說》；翦伯贊：《先秦史》（北京市：北京大學出版社，1990年），頁187-188。

4　《漢書・食貨志》；〔英〕崔瑞德、魯惟一編，楊品泉等譯：《劍橋中國秦漢史》（北京市：中國社會科學出版社，1992年），頁75-76；翦伯贊：《秦漢史》（北京市：北京大學出版社，1983年），頁37。

5　翦伯贊：《秦漢史》，頁228。

諸字取焉；贖罪、求卜用貝，故「貲、疋（從貝）」二字取焉；貝為人之大欲，故「貪」字取焉。[6]不能否認「貝」在有些漢字之中可能只是某種性質的表徵，這是一個極為複雜的問題，此文不論。

對於這一組漢字，《說文》只能告訴人們「貝」字產生於諸字之先，它根本沒有展示其間存在的複雜歷史層次。像《說文》（或某些以《說文》證說有關史實的論著）那樣，將該組漢字及其反映的社會現象籠統地歸屬於「古者」或「古代」，顯然不科學、不嚴密。因為「古今」乃一相對的、沒有定指的概念，所謂「古今無定時，周為古則漢為今，漢為古則晉、宋為今」。[7]

貝用為商品交換的媒介歷夏、商、周三代，至兩漢尚有餘緒。可人們卻沒有確證，「貝」以及與「貝」有關的一系列漢字究竟產生於哪一具體的歷史階段；沒有確證在這些漢字之中，「貝」字究竟是海貝的象形，還是殷商時期曾一度流行的玩、骨貝或銅貝的象形。[8]

在這一方面，傳統文字學的重大弊端不在於它不能再現漢字發生的歷史層次，而在於它根本無意於再現這種層次。商代已成熟的漢字與它在後世的流變，以及兩漢以來日益豐富的漢字闡釋等，或被用來證說三皇時期的「史實」，如「構木為巢」「火化腥臊」；或被用來證說有關五帝時期的神話，如漢儒王育以為「無」之古文奇字像「天屈西北」。[9]人們曾用漢字「圖解」過幾乎每一個時期的歷史——文化現象，這是一個尚未得到認真反思的驚人的事實。許慎《說文》用殷商時期便已存在的漢字來圖解春秋戰國時期定型的陰陽五行觀念，這不

6　參見《說文》六下貝部。

7　〔清〕段玉裁：《說文解字注》，頁94，「誼」字條。

8　羅振玉：《殷虛古器物圖錄·附說》云：玩制、骨制、銅制之貝，「狀與真貝」不異。書中圖錄之真貝與玩制之貝俱出土於殷墟。眾所周知，殷墟還出土了迄今為止發現最早而又最成熟的漢字——甲骨文。這種考古學上的發現，實在發人深思。

9　關於「無」字的解釋可以參見徐鍇：《說文解字系傳》，頁248。

可接受，卻可以理解。匪夷所思者，乃漢字早期構形竟至被附會於某些歐美風俗，如有人用「一火不點三煙」來穿鑿籀文「災」字。[10]彷彿漢字產生於一種縱貫古今、橫跨中外的巨大時空背景之中。迄今為止，傳統文字學理論無意於遏制這種現代神話的產生。

漢字的歷史層次性絕不是一種主觀的認定。它在一條歷時性軸線上呈現著漢字與漢文化之間固有的、不容分割的聯繫。漢字發生的上限尚未探明，但它成熟於商代卻是一個基本的歷史──文化事實。當然，漢字的歷史層次並不以朝代的更替為表徵，而以漢字發生的早晚與其發生、發展過程中的某些深刻變異為標誌。隨意將漢字安置於三皇時期、五帝時期或夏、商、周、春秋、戰國的做法，不僅不能彰明漢字的層次，而且適足以掩蓋這種層次。

就《說文》而言，將漢字自覺不自覺地置於同一歷史層面上，時常淹沒或淡化傳統觀念中的根本性的變異。考察一下《說文》中能夠反映古代宗教意識的內容，便可以明晰地看出這一點。

許慎釋「巫」云：「巫，巫覡也，女能事無形，以舞降神者也，象人兩袖舞形，……古者巫咸初作巫」；[11]釋「覡」云：「覡，能齋肅事神明也，……從巫從見。」（《說文》五上）徐鍇解釋「覡」字從見的原因說：覡，「能見神也」。[12]巫覡能同神明進行視覺、聽覺的交流，這是先人一種極為古老的觀念，《國語・楚語》即云：「……其明光照之，其聰能聽徹之，如是則明神降之，在男曰覡，在女曰巫。」

巫的職能，主要在於溝通神、人關係，將神明的意志傳達於世

---

10 《新民晚報》一九九三年十二月二十二日第十一版姚志衛〈中國也有點煙習慣〉一文云：美國人有一種習慣，即點煙至第三人，須將火柴熄滅，再重新劃燃；中國早就有這種習慣，繁體「災」字（實為籀文之變）的形象是「三人合一火」，意謂點煙三人就會有災。是為不祥，故常以為忌諱。

11 大徐本「巫覡也」作「祝也」，段注改。

12 〔南唐〕徐鍇：《說文解字系傳》，頁90。

間。清儒王夫之雲：「楚俗尚鬼，巫或降神，神附於巫而傳語焉」；[13]
這與《國語》明神降於巫覡的說法完全一致。可以說，在歌舞婆娑的
事神活動中，巫常常一身二任，他首先是巫，其次又可代表神。[14]巫
之事神，其來有自。論者或以為黃帝、帝堯以及夏、春秋之時均有巫
名咸。[15]《山海經・大荒西經》之「靈山十巫」徑以巫咸為首。看
來，許慎所謂「初作巫」的巫咸似不會遲於夏代。

　　殷商時期，稽考神明意志的最為普遍的途徑則是占卜。據甲骨文
記載，商人的一切行事如祭、告、征伐、田獵、行止、年、雨、霽、
瘳、夢、命、旬等，幾乎無所不卜。[16]占卜的主要程序是：在龜甲或
獸骨的背面（間有在正面者）鑽出一個個圓孔，有時兼鑿出一條條長
槽；灼炙孔槽以使龜甲爆裂；然後視正面角質的坼紋來確定吉凶休
咎。占卜的主要目的在於決疑。

　　許慎認為：「卜」象灼龜之形；「兆（篆文從卜）」指龜甲因灼炙
而出現的裂紋，古文「兆」（不從卜）字即裂紋之象形；「卟、貞、
占、召（從卜）」諸字則意指占問或卜問。（《說文》三下）

　　占卜乃「所以卟之於先君，考之於神明」[17]的途徑。卜者普遍認
為，神靈或人鬼可以用龜甲、獸骨上或縱或橫的裂紋來傳達自己的意
願。因而，占卜的結果決定著先民的基本現實抉擇。《尚書・洪範》
記載：禹興，天予之洪範九疇，其七「明用稽疑」即指卜龜與占筮。
自此而下，從卜而行者史不絕載。《史記・田敬仲完世家》載齊懿仲
卜妻完，《趙世家》載趙衰卜事公子重耳，《秦始皇本紀》載始皇卜遊

13　〔清〕王夫之：《楚辭通釋・離騷》釋文。
14　錢鍾書：《管錐編》（北京市：中華書局，1979年）（二），頁598-600。
15　程樹德：《說文稽古篇》，頁18。
16　翦伯贊：《先秦史》，頁235。
17　〔南唐〕徐鍇：《說文解字系傳》「用」字條，頁62。

徒等，都是極為典型的例子。許慎以這種經驗事實為背景，闡釋了「用」字的特有意蘊和構形：「用，可施行也，從卜從中。」（《說文》三下）就是說，「用」字的構形包含著占卜而可，方能施行的意思。南唐徐鍇深知許慎之意，有「先人不違卜」云云。[18]

宗教哲學中的核心概念是「神」或「上帝」，宗教哲學中的核心理論則是神或上帝的性質以及神或上帝與世界、與人類的關係。[19]巫覡降神跟占卜稽疑雖有表層上的巨大差異，但卻內含明顯一致的神——人關係：神或上帝，乃與人類對立的異物；兩種活動固可呈顯神靈的意志，但活動的主體卻永遠不能真正與神靈合而為一。因此，我們可以從較為寬泛的意義上將上述漢字或它們所積澱的兩種文化現象歸於同一歷史層面。

遺憾的是，許慎對另一組漢字的解釋，卻突然使這一歷史層面涵蓋了另一種截然不同的異質宗教觀念。

許慎《說文》云：「偁，神也，從人身聲。」「偁」為「神」意而字從人，這顯然暗示二者在某種情況下可以彌合其分際。許慎之意正在於此。在他眼中，「偁」既是神的世俗化、人化，又是人的神聖化、神化；其內涵與「仙」最近。仙者，人「長生仙去」也。《說文》「同牽條屬，共理相貫」（《說文・敘》），[20]將「偁、仙」二字編排在

---

18 〔南唐〕徐鍇：《說文解字系傳》「用」字條。許慎對「用」字的解釋也許並不準確，但「用」字與占卜的密切關係似乎可由甲骨刻辭中的用辭證明。甲骨蔔兆旁邊除刻寫卜辭外，間或還刻用辭，如「用」「不用」「茲不用」「茲勿用」等。大約商人並非每卜必「用」。參見吳浩坤、潘悠：《中國甲骨學史》（上海市：上海人民出版社，1985年），頁91-92。

19 何光滬：《多元化的上帝觀：二十世紀西方宗教哲學概覽》（貴陽市：貴州人民出版社，1991年），頁30。

20 「同牽條屬」段注本作「同條牽屬」，此依大徐本。

一起。[21]許慎釋「真」又云：「真，僊人，變形而登天也，從匕從目從
ㄴ；八，所乘載也。」（《說文》八上）這一解釋，再一次反映了許慎
「人神相通」的觀念。

「人神相通」實產生於戰國，盛行於兩漢，乃漢末道教思想的起
源。先秦思想家莊子及其後學較早地給予世人昇天成仙的許諾：「千歲
厭世，去而上仙；乘彼白雲，至於帝鄉；三患莫至，身常無殃。」[22]
莊子學派所說的「神人、真人、至人、聖人」，都是「知之登假於
道」者，都是「神」化之「人」；莊子認為古之狶韋氏、伏羲氏、黃
帝、顓頊、彭祖、傅說等莫不以得「道」而變為神仙靈明。[23]逮止秦
皇漢武，得道成仙的觀念進一步世俗化。世人可不必汲汲以求「登假
於道」，只須服用某種藥物便可以「修成正果」，故始皇、武帝孜孜以
求「不死之藥」，希圖「服食求神仙」。[24]漢武帝竟至感慨：「吾誠得如
黃帝（成仙而登天），吾視去妻子，如脫躧耳。」[25]羽化成仙、變形成
仙的觀念，至此可謂盛極。《抱朴子·對俗》云：「古之得仙者，或身
生羽翼，變化飛行」；在後世出土的兩漢畫像石中，「身生羽翼」的僊
人觸目皆是。[26]

21　《說文》：「偵，神也」，段注云：「按『神』當做『身』，聲之誤也。……《玉篇》
　　曰：『偵，妊身也』。……『身』者，古字；『偵』者，今字。一說許之『神也』蓋
　　許所據古義。今不可詳」；段注《說文》「佋，廟佋穆，父為佋，南面，子為穆，北
　　面」云：「……且生曰父曰母，死曰考曰妣；考妣則字當從鬼、從示，從人何居？當
　　刪去。」（《說文解字注》頁383）段注實未得許旨。許意人神、人鬼、鬼神在某種
　　情形下可以彌合為一。《說文》將「佋、偵、仙」先後相次，蓋有深意焉；《說文》
　　以「魖」為神、以「䰰」為鬼（九上）亦可作為旁證。

22　《莊子·天地》。

23　《莊子·大宗師》。

24　《古詩十九首》「驅車上東門」。

25　《史記·孝武本紀》。

26　王建中、閃修山：《南陽兩漢畫像石》，圖版185、198、199、244、248、253、
　　254、262、264。

如果許慎對「佾、仙、真」諸字的解釋正確無誤，那麼三字理應產生於戰國宗教觀念轉型以後，這樣，三字便不可能與「巫、覡、占、卜」等字處於同一層面。如果「佾、仙、真」與「巫、覡、占、卜」等字同處一個層面，那麼許慎對這一組字的解釋肯定只是歷史的誤會。由此看來，許慎既無意於分界兩組漢字，又無意於分界兩段歷史；許慎既泯滅了漢字的歷史層次，又泯滅了漢文化的歷史層次。

漢字的歷史層次與漢字跟漢文化的歷史關係，在一定程度上可以互相證明、互相界定。對前者的無知，可以使人們在漢字與漢文化之間「亂點鴛鴦譜」；對後者的無知，同樣可以使人們隨意將漢字許諾給自三皇、五帝直至春秋、戰國的傳說或歷史。

漢字研究無疑應當恢復漢字與漢文化之間的歷史聯結。這實際上是漢字研究的必然的方向。只是在這條路上，人們會遇到很多困難。

困難之一：漢字（尤其是早期漢字）之形、義、音本身都是需要證明的東西。

近百年來，人們已從十數萬片甲骨刻辭中整理出四千多個形體符號不同的漢字，其中可以準確辨識的僅一千餘。而且，人們對這批有限的一千多個漢字多半也是知其然而不知其所以然。譬如，人們知道甲骨文「一、二、三、四」是積畫記數字，卻不知道四個字為何採取這種構形方式，不知道這四種概念的最早起源與經驗背景。

困難之二：迄今為止，出土最早而且最完整的漢語言符號系統甲骨文已經呈現出相當成熟的體態，其中一部分已可納入「甲骨文——金文——小篆——隸書」這一對應體系中。但人們對前甲骨文階段（尤其是發生階段）的漢字蒙昧無知，無法重建它與甲骨文之間的對應關係。

困難之三：人們幾乎無以完全呈現漢字本身固有的歷史層次；或

者說，人們幾乎無法將漢字重新安置在它們所由產生、具有「編年」意義的歷史背景上。

從許慎《說文解字》開始，傳統文字學對漢字的研究主要是共時性研究，相對缺乏趨向歷時性研究的努力。共時性研究所關注的是既定漢字系統內部的種種關係，歷時性研究所關注的則是處於形成狀態的漢字系統的變化與發展。六書理論基本上是共時性研究的結果；漢字形體演變的理論雖以歷時觀照為主，但它直到今天仍主要是對漢字發展的一種殘缺不全的描述而非「解釋」。就科學的目的來說，「解釋」不是指對有關理由的爭辯，而是指對規則的闡明。[27]

困難之四：傳統文字學並沒有為漢字的發生學研究提供充分準備和必要的基礎。有關漢字發生的「鳥獸足跡說」經不起實證的考驗，「書畫同源說」「書源於畫說」等實際上是對漢字發生問題的迴避或擱置。

然而，漢字發生問題卻是漢字科學最為根本的問題之一。一旦求得這一問題的正確答案，其它所有重要問題都將迎刃而解。沒有哪一種研究可比科學揭示漢字的發生更能彰明漢字的本質屬性和價值。遺憾的是，人們幾乎不能肯定日後的漢字研究可以上溯到一些確定無疑、具有典型發生學意義、處於原生歷史層次的「漢字字原」。

困難之五：由於歷史——文化的斷裂與流失，相伴於漢字產生與發展、變化的漫長歷史——文化背景存在著很多混沌不明的領域；因此，文化本身也需要證明。

殷商以上的文化尤其缺乏物化的表現形態。司馬遷博覽經傳古籍，博覽「金匱石室」之書，集數代文化之大成，並歷游長江中下游、淮河、黃河流域乃至巴、蜀之地；但他卻無奈地感慨：「五帝、

---

27 〔美〕菲力浦・巴格比，夏克等譯：《文化：歷史的投影》，頁159。

三代之記，尚矣。自殷以前，諸侯不可得而譜。周以來，乃頗可著」，[28]「書缺有間矣。」[29]

　　無情的歷史使最為重要的東西成了最缺乏的東西；蒙昧不明的夏商文化，正是漢字發生發展的最重要的母體。

　　幸而「書」「記」只是文化的外在表徵。文化的實質則在於它因標誌人類存在而獲得的頑強生命力，它「是歷史的幽靈，是社會的魂魄；它存在於典籍，也存在於人民的生活之中；它有它的物質性，也有它的精神性。能夠用火燒掉的只是它的物質形象，至於文化的精神則不是人間任何暴力所能消滅的。」[30]在正常的情況下，文化代代相嗣不絕。每一個個體成員的社會化過程都是個體在不同程度上認同群體文化模式的過程：「個體生活歷史首先是適應由他的社區代代相傳下來的生活模式和標準。從他出生之時起，他生於其中的風俗就在塑造著他的經驗與行為。到他能說話時，他就成了自己文化的小小的創造物，而當他長大成人並能參與這種文化的活動時，其文化的習慣就是他的習慣，其文化的信仰就是他的信仰，其文化的不可能性亦就是他的不可能性。」[31]文化的這種特徵使人們有幸可以跨越遙遠的歷史間隔，找到自己的「生命之根」。

　　另外，原始民族[32]面對類似的社會、自然問題，往往形成類似的思維、行為方式和觀念。因而，反思中國文化傳統的時候，我們可以借鑒世界各國的文化學成果。

28　《史記‧三代世表》。
29　《史記‧五帝本紀》。
30　翦伯贊：《秦漢史》，頁81。
31　〔美〕露絲‧本尼迪克，何錫章、黃歡譯：《文化模式》（北京市：華夏出版社，1987年），頁2。
32　文化學意義上的「原始民族」並不等同於通常所說的原始社會的民族。

　　《詩・鶴鳴》有云：「它山之石，可以攻玉。」西方文化學理論常常能使我們豁然明白古代某些文化現象的意義。《呂氏春秋・順民篇》云：「昔者湯克夏而正天下，天大旱，五年不收。湯乃以身禱於桑林……於是翦其髮，磨（從邑）其手，以身為犧牲，用祈福於上帝。民乃甚說，雨乃大至。」[33]《史記・魯周公世家》云：「初，成王少時，病，周公乃自揃其蚤，沉之於河以祝於神。」《尚書・金縢》記載同一件事，而云周公「自以為功」，亦即自以為質、自以為犧牲。這裏顯然有一個極為重要的問題：為何商湯、周公剪髮、斷爪以祭，而典籍卻每每稱之自以為犧牲呢？原始文化研究的諸多成果使我們明白：斷爪、剪髮這類看似平常的行為對先民的靈魂具有強大的震撼力。

　　英國最著名的文化學家詹姆斯・G・弗雷澤經過深入研究，將巫術活動分為模仿巫術與感染巫術兩類。感染巫術（又稱接觸巫術）基於原始思維中的這樣一種原則：凡接觸過的事物，在脫離接觸以後仍可繼續發揮作用；只要對其中一物施加影響，便必然會影響到另一物。

　　澳洲土著部族在為青年人舉行成人禮時，常常要打掉他們的一隻或幾隻門牙，並且認為這些門牙必須妥為保管，否則就會使它的主人陷入巨大的危險：連螞蟻在上面爬都會使他的牙痛。澳洲土人還認為，只要在人的腳印上放置玻璃、尖石、骨頭或木炭，便可以使這人變成瘸子。新南威爾士的土人也堅信：只要在動物足印上撒下熱的木炭，便可以使它熱得喘不過氣來。[34]

　　這種文化學背景，可以顯示商湯、周公剪髮、斷爪的深層意義，

---

33 「磨（從邑）其手」當為「厤（從邑）其手」，形近而誤。《論衡・感虛篇》徑作「麗」。厤（從邑）、麗音近而通，亦剪割之義。

34 朱狄：《原始文化研究》（北京市：生活・讀書・新知三聯書店，1988年），頁51-52；〔法〕列維布留爾，丁由譯：《原始思維》（北京市：商務印書館，1981年），頁227。

可以說明古人何以將這種行為視作「以身為犧牲」。最能使先人驚恐的，不是永恆沉默的宇宙，而是永恆沉默的終極存在，萬能的神。把斷爪沉於河中，便意味著將自己整個生命授於河神。巫術心理對漢字發生的影響極為深遠，本文不能申論。

由此可見，對傳統文化的反思不僅有待於對古典文獻、考古發掘等的深入理解，而且有待於對文化學成果的深刻領會、把握和運用。對文化的反思，說到底是對一個民族自身的反思。與此相關，漢字研究的實踐與理論不惟必須向漢文化開放，而且必須向世界文化開放。

困難之六：建立在漢字與漢文化之間的關係必須得到有力的證明。與其無力地表達，不如沉默；與其闡釋某字卻不能排除其它不同的認知結果，不如不予闡釋。

困難之七：漢字與漢文化關係的歷史層累。

古文字中的「一、二、三、四」為何以積畫排列呢？郭沫若認為，古文「一、二、三、四」本為手指的象形。[35]這種說法頗有見地。

豐富的文化學材料證明，原始民族並沒有脫離具體事物的抽象的數的觀念。甲骨文「一、二、三、四」像手指之形，計數便是建立事物與一隻、兩隻、三隻、四隻手指之間的對應。

認定從「一」到「十」的數目同時產生並不科學。在非常多的原始民族中間，用於數的單獨名稱常常只有「一」和「二」，間或有「三」；超過這幾個數時，人們便說「許多、很多、太多」，或者將「三」說成「二、一」，將「四」說成「二、二」等。澳大利亞土人計數實為建立事物跟身體諸多部位的聯繫：從左手小指始，次無名指，中指，食指，拇指，再轉腕，肘，腋，肩，上鎖骨窩，胸廓，接下去按相反方向從右上鎖骨窩數到右手小指，可計數到二十一；然後

---

35 郭沫若：《甲骨文字研究‧釋五十》，見《郭沫若全集‧考古編》，1卷，頁115-134。

再用腳趾，又可計數到十。英屬新幾內亞人計數時也用過類似的方法。[36]

可以肯定地說，甲骨文「一、二、三、四」反映的最早文化內涵，乃字形對手指的表徵。[37]

隨著歷史的發展，「一」字抽象為純粹的數目之始。這是「一」字與傳統文化的第二層關係。

春秋戰國至秦漢時期，人們賦予「一」字更多的內涵。《老子·十四章》，《管子·法法》《內業》，《韓非子·揚權》，《呂覽·論人》《君守》，《淮南子·精神》《原道》《詮言》等，或以之指「無敵、無雙、混而為一」、為「萬物之本」的「道」，或以之指「氣質未分」、化成萬物的「元氣」或「太和之精氣」。這兩個方面的內容緊密相連，顯示了「一」字與傳統文化的第三層關係。

漢儒高誘注《淮南子·墜形訓》「天一，地二，人三」云：「一，陽；二，陰也」；《大戴禮記·易本命》云：「天一，地二，人三，三三而九，九九八十一。一，主日。」「一」指陽、指天、指日，這是它與傳統文化的第四層關係。

漢字與漢文化的關係便處於這種緩慢的層累過程中。這一過程有時與詞義的自然引申一致，有時則只是歷史——文化的硬性給予。[38]天干、地支用字脫離其原初內涵而演化為陰陽流轉的表徵，是後者的典型例證。

---

36 更為豐富的材料參見〔法〕列維布留爾：《原始思維》，頁175-187。

37 由兒童的認知心理常常可以推知人類童年時期各種觀念的發生。兒童借助手指計數在今天依然是隨處可見的經驗事實。

38 這意味著由那些表示複雜哲學概念的漢字的構形和本意，「多半無法引申出哲學思想的全貌」。杜維明在揭示儒學研究的語言文字障礙時幾乎觸及這一規律。杜維明：〈有關「儒學研究」的幾重障礙〉，見《儒家傳統的現代轉化》（北京市：中國廣播電視出版社，1992年）。

漢字與漢文化的關係層累過程有其根本的方向，即由具體到抽象，由非理性或原始、樸素到理性或文明、科學。第一種方向可以用「一」字與漢文化的上述層累關係來證明。第二種方向則可以用某些表徵動物、植物的漢字吐故納新、日益獲得科學內涵的過程來證明。

同一草木、同一鳥獸在不同的文化層面上會被賦予截然不同的含義。這種現象不是由知識的多少所致，而是由不同文化層面的異質內容造成。《說文》釋「萑」嘗云：「萑，鴟屬，從丫，有毛角，所鳴其民有旤。」《說文》的解釋顯然不科學。但就某一特定的歷史階段而言，它卻比任何有關萑鳥的科學認知更真實。萑似鴟鴞而小，頭部有角狀的羽毛，鳥綱，鴟鴞科，為貓頭鷹的一種。古人以貓頭鷹為不祥之鳥。漢儒賈誼因鵩鳥集於舍而有「野鳥入處兮，主人將去」的感慨。[39]鵩鳥，即俗之貓頭鷹。《說苑・談叢》有寓言「梟將東徙」，云：「鄉人皆惡我鳴，以故東徙」；梟即鴞，亦貓頭鷹也。晉張華《博物志》則云：「鵂鶹一名鴟鵂，晝目無所見，夜則目至明；人截爪甲棄露地，此鳥夜至人家拾取爪，分別視之，則知有吉凶，凶者輒便鳴，其家有殃。」[40]鵂鶹與萑鳥同屬鴟鴞科。《說文》揭示了萑鳥與古代民俗的特殊關係。與對萑鳥的科學知識相比，這種關係無疑產生於更早的歷史——文化層面。

漢字闡釋必須清醒地剝落層層的歷史沉積，以追索漢字與傳統文化之間的最初關係，唯這種關係具有發生學意義；唯這種關係能顯示漢字構形的功能與內涵，顯示漢字的價值與實質。這是漢字闡釋所必須堅持的原則和應該明確的方向。

---

39 〔西漢〕賈誼：《鵩鳥賦》，見《史記・屈原賈生列傳》。

40 此為《博物志》逸文，見新文豐出版股份有限公司編輯部編：《叢書集成新編》（臺北市：新文豐出版公司，1985年）（四三），頁74。

關於漢字構形功能的確定[*]

　　若從字形著眼，我們以為漢字闡釋的終極目的在於明確字形的功能，即明確字形與字義、字音的結合究竟是偶然的還是必然的，明確字形究竟是暗示意義還是標誌讀音，究竟暗示何種意義，以及用何種方式來暗示這種意義。

　　漢字構形功能的確定是漢字研究中最充滿魅力又最複雜、困難的命題。

　　漢字永遠不可能自我表述，因此，其構形功能的蒙昧、混沌常常成為闡釋者最大的苦惱。例如，《說文解字》卷八所引古文「裏」，段注云：「不能得其會意形聲所在」；[1]卷九：「㐆，闕」，段注云：「謂其義其形其音說皆闕也。」[2]由此可見，作為漢字闡釋的根本目標，對漢字點畫的功能作出明晰、合理的界定是相當困難的。當人們審視甲骨文「單」字的時候（字形見《甲骨文編》卷二・十四），最容易感知到的信息無疑是樹杈或小草，但有人卻認為它可能是雄鼉洞穴的象形；而對甲骨文「喪、噩」二字（字形見《甲骨文編》卷二・十四），人們肯定會產生更為豐富的聯想，僅其主體部分即可想像為數種槎枝參差錯見、枝幹屈曲盤回的樹木，但有人卻認為它們很可能不過是雌性鼉鼉巢穴的象形，其中「口」字形的東西與「單」字上部的

---

* 　本文與常森合作，原載《安徽教育學院學報》1995年第2期。
1 　〔清〕段玉裁：《說文解字注》，頁394。
2 　同上書，頁448。

圓圈一樣，暗示黿鼉出入的洞口。[3]事實上，由古文字學家作出的與此大異其趣的另一種解釋已經為大家廣泛接受。「單」原為先民狩獵的工具，係取一枝杈，並縛以石塊而成；「喪」之主體部分乃桑樹之象形，眾「口」乃採桑所用之器，喪之本義指採桑，後來才借為喪亡之喪；[4]「噩」即《說文》之「咢」字，意為嘩訟。[5]上述解釋至多只有一種相對正確。然而錯誤的解釋在這裏亦並非毫無意義，它們的存在起碼可以說明：古文字的構形功能就其表象而言，具有闡釋或說解的多種可能性。

漢字構形的功能非常繁複，其遵循的內在標準並不劃一。我們姑且借用傳統所謂的象形字、指事字、會意字、形聲字、記號字等名目對此加以具體的說明。

一、象形字。許慎雲：「乙，玄鳥也……象形」（《說文》十二上）；「冊，符命也，……象其劄一長一短，中有二編之形」（《說文》二下）；「出，進也，象草木益滋上出達也」（《說文》六下）。在許慎看來，「乙」字形體絕非曲蠖之類拳曲前行之貌，而是玄鳥於飛之側影；「冊」字形體絕非摹擬依圍院落的籬笆，而是編連簡劄之形；「出」字形體亦非火苗伏竈之狀，而是草木出地、益滋之象。許慎《說文》的解釋，既排除了對「乙、冊、出」等字形的可能的歧解[*]，也表明了象形字所具有的特殊性，即以字形摹狀對象的形象特徵。從一定意義上可以說，象形字的原初意義內含於字形之中，其形、義之間的聯繫並非純粹偶然的、全靠後天反覆強化才得以明確的硬性規定。當

3　甲骨文「單、喪、噩」等字因印刷困難，不直接引用。

4　于省吾：《甲骨文字釋林》，頁74-77。

5　徐中舒主編：《漢語大字典》；容庚編著：《金文編》。

*　三字篆文字形分別見於《說文》同字之下。實際上許慎釋「乙、出」並不準確，但這是另一問題，本文不論。

然，作為視覺圖像，象形字本身並不能使這種聯繫不證自明，揭示這種聯繫正是漢字闡釋義不容辭的重任。

值得注意的是，象形字各部分構形的功能可能具有極其微妙的差異。下引甲骨文「頁、身、聞」（見圖一）三字無疑都只能作為一個完整不可分割的視覺形象，但在這一整體形象之中，其頭部、腹部、耳部卻顯然居於更為突出的地位。

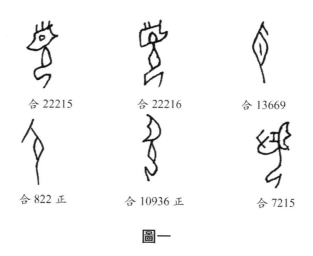

合 22215　　　　合 22216　　　　合 13669

合 822 正　　　　合 10936 正　　　　合 7215

圖一

古人用這種方式，表明類似漢字的各個部分併非均衡地傳達整個文字所負載的信息；可以說，這裏身體的其它部分只不過是一種初步的界定，被突出的部分才是對該信息的更為具體的指向。

相似的情形還有很多，如果只保留下文「眉、須、齒」（見圖二）三字中描摹眉毛、面毛、牙齒的部分，人們無疑會產生很多不同的聯想；創造漢字的人們為力求字形導致預期的讀解，便採用與之密切相關的事物的圖像，來暗示、界定、闡明「眉、須、齒」之形所要傳達的語義信息。因此，有關眼、面、口的圖像並未與其它部分一起平等地參與整個漢字的意義構成；它們雖然不可缺少，但卻不過是次要的表義成分。這類次要表義成分與上文「頁、身、聞」中的主要表

義成分一樣，具有某種類似指示符號的功能，但它們又絕非純粹的指示符號，作為視覺形象，它們與字義之間畢竟存在著一定程度的內在關聯。

合3421　　　　　鄭義伯盨　　　　合3523

圖二

　　二、指事字。《說文》云：「本，木下曰本，從木一在其下。」「末，木上曰末，從木一在其上。」「朱，赤心木，松柏屬，從木一在其中。」（六上）指事字的意義同樣內含於其字形之中，但其構形卻可以離析為兩部分，一是象形符號；二是標指符號。前者是對字義範圍的大致界定，如「本、末、朱」三字中的「木」字；後者則是對字義的具體標指，如「本、末、朱」三字中的「一」，指事字中的標指符號並非以形見義，它完全可以被其它形狀不同的符號取代。如果像在某些民族的古文字中那樣不同的顏色可以表示特定的字義，便可用某種顏色在漢字象形符號上標明字義所在，從而導致標指符號被徹底取消。如納西東巴文字可以利用塗黑來區別意義與讀音。[6]因此，標指符號的感性特徵是偶然的；對字義來說，更重要的是它的位置以及它與象形符號所構成的位置關係。

　　三、會意字。許慎釋「折」云「從斤斷草」（《說文》一下），釋「秉」云「從又持禾」（《說文》三下），釋「伐」云「從人持戈」（《說文》八上），類似的字常常被人們視為會意字。但這種看法明顯

6　王元鹿：《漢古文字與納西東巴文字比較研究》（上海市：華東師範大學出版社，1988年），頁88-95。

缺乏科學性。「折、秉、伐」等字雖然涉及並呈現了兩種不同事物的圖像，但其意義內涵卻絕非兩種事物的單純相加；從意義方面看，其各個部分必須被組合，還原為一個視覺整體，根本不存在所謂「會」的問題。這一特徵，在甲骨文字形（見圖三）中表現得非常鮮明。

合 7924　　　　　合 17444　　　　　合 888

圖三

可見，這類視覺符號雖與象形字有別，一象「事形」，一象「物形」，但其功能卻並無差異。因此，視之為會意字的傳統說法必須糾正。會意這一概念如意欲表徵漢字的構形方式，就必須著眼於漢字的內部屬性，而不能著眼於漢字表面上是否可以離析為兩種或兩種以上的、有關事物的視覺形象。當建立在字形與字義之間的聯繫，與其說以幾個相對獨立的視覺形象為中介，不如說以這幾個形象之間主施和受施等諸種不可分割的關係為中介的時候，漢字根本就不應該被表述為所謂「會意字」。

通常所說的會意字基本上可以分為以下三類。

第一類，由象形符號加象形符號構成，而且每一個象形符號都以獨立的視覺圖像的身份呈現整個漢字的部分意義。

許慎云：「吹，噓也，從口從欠。」（《說文》二上）甲骨文「欠」字本身便象張口噓吹之形（字形見《甲骨文編》卷二‧七），但這一圖像既可理解為人之噓吸，亦可理解為噓吸之人，故又附以「口」形，以使其內涵更為確定。

此類會意字跟象形字非常相似，它們的根本區別在於會意字所包含的幾種視覺符號，不能如象形字那樣組織為一個有機整體。

　　第二類雖由象形符號加象形符號構成，但其中某一（或某些）象形符號卻並非以形象顯示意義，而是以其後起的借用義或引申義參與整個漢字意義的合成。

　　《說文》釋「馴」云：「馬八歲也，從馬從八。」（《說文》十上）「馬」字的形象呈現了「馴」字所指代事物的部分特徵，然而「象分別相背之形」的「八」字（《說文》二上）卻只不過　是以其假借義（即數目八）來標示「馴」字的某些內涵。又如許慎釋「雀」云：「雀，依人小鳥也，從小佳。」（《說文》四上）按照許慎的解說，「佳」字以其形象提示了雀作為短尾鳥的感性特徵；「小」字本作散落之細小沙粒形，後來引申為表示凡物之小，參與「雀」字意義合成的，顯然不是「小」字作為視覺形象的特徵或其原初內涵，而是「小」字的引申義。[7]

　　第三類，各組成部分均已超越其原初構形和內涵，完全以其後起的假借、引申義參與整個漢字的意義合成。

　　例如「尖」從小從大，「小」本象散落的細沙，「大」本象正面而立的人，二者均以引申義會而為「尖」。又如「歪」從不從正，「不」字本指種子萌發時向地下生長的胚根，「正」字本指示一隻腳走向前面的城邑，二者分別以假借義與引申義會合為「歪」。

　　四、形聲字。形聲字由形符與聲符組合而成，其中形符以自身的形象特徵展示了該字的部分內涵，而聲符則僅僅用以提示該字的聲讀。當然，追究起來，聲符亦常常為象形字、指事字或會意字，但它的構形與意義卻並沒有參與到這一形聲字的整體意義之中。

　　許慎云：「鳳，神鳥也，……從鳥凡聲」（《說文》四上），實際上，「鳥」乃類形符，甲骨文中「鳳」本為象形，或加注「凡」聲，

7　從古音學角度看，實際上「小」在這裡更有可能是表示「雀」的讀音的，「雀」應該是一個形聲字。

此後用「鳥」為形符以提示鳳鳥的類屬特徵;「凡」字從一開始就只用於標誌讀音,其構形與鳳鳥無涉。又如,犬肥者可以獻於宗廟,故「獻」字從犬鬳聲(《說文》十上),然「祔」字的意義卻絕非以肥犬獻祭神主(《說文》十上),因為這裏的「示」字僅以識音,其形象、意義與「祔」字並無半點關聯。在此我們不取「形聲兼會意」之類的說法,這並非僅僅是為了表述的明晰。在所謂的形聲兼會意字中,某一符號的作用既可以理解為表義,又可以理解為識音;事實上我們首先應當把這類字視為會意字。因為漢字歸根到底並不具有表音的功能,形聲字中的聲符之所以可以識音,只不過是在歷史發展過程中字形與字音之間的聯繫被反覆強化的結果。

五、記號字。記號字的構形不僅外在於其意義,而且與其讀音無涉。當初,其字形與意義、音讀之間的聯繫純粹是偶然的,當然,形聲字之中的聲符與其自身讀音的結合,在一開始也是偶然的;只不過當它參與構造一個新字的時候,它已經在實踐中經反覆強化而變成了一個固定的結合體。記號字必須經歷反覆的強化才能使形體、意義、讀音凝成一個牢固的整體。數目字中的「五、六、七」等很可能是典型的記號字。

上述論列無疑並不完備,但卻已經可以使我們從中窺見漢字構形功能的複雜性、多變性。因此,在漢字闡釋過程中,要明確漢字構形的功能,對不同的字形必須經歷一個複雜的「辨析 —— 比較 —— 排除 —— 確認」的判斷過程,必須對其形音義作出一種符合構形準則的闡解。這一過程的完成及其獲得的結果,還往往滲透著個人的、時代的種種因素。

具體說來,應如何明確漢字構形的功能呢?這實在是一個非常重要卻又不曾得到應有重視的、與理論和實踐都有重大關涉的問題。

一、就最一般的意義而言,明確漢字構形功能的根本途徑在於建

立漢字構形與某種經驗背景的聯繫；換句話說，明確漢字構形的功能，必須關注漢字跟包圍漢字的外部文化系統之間的、深刻的相關性。許慎《說文》從古代民俗出發，闡釋了一系列漢字；雖然其說是非駁雜，卻均可啟人深思。

　　許慎云：「棄，捐也，從丌推𠦒棄之，從𠫓，𠫓，逆子也。」（《說文》四下）「棄」之篆、籀、甲骨文字形（見圖四）無疑都可以理解為以雙手持箕中新生兒；然而這種構形卻具有明顯的多義性，除可以理解為「捐棄」外，或許還可以理解為「安置」或其它。歷來說者俱從「捐棄」義出發來闡釋其字形的功能，但「棄」字的構形所內含的原初意義很可能不是「捐棄」。

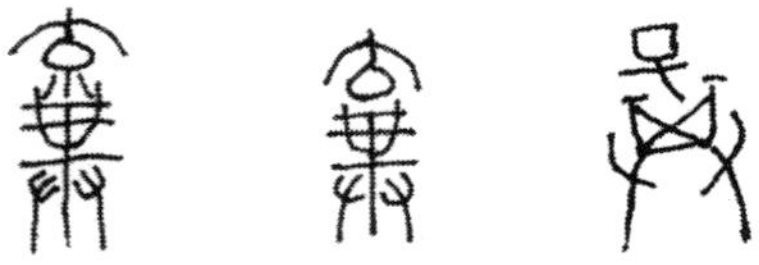

「棄」之篆、籀與甲骨文字形

圖四

　　據《詩・生民》記載，周始祖后稷初生時曾有「誕寘之隘巷」「誕寘之平林」「誕寘之寒冰」的獨特經歷。漢人對此不能深知，故有「初欲棄之，因名曰棄」的說法。[8]「棄」的早期構形所反映的，很可能是一種古老的民俗──試子之俗。人類的發展從來都是充滿艱難與險惡的，追溯歷史的早期，諸多材料都表明了人類生存所面臨的巨大壓力。有些人類學家曾對北京人頭骨上的一些傷痕作過分析，他們認為這些傷痕乃人為所致，很可能與食人之風有關。通過對三十八個北京人個體的研究，人們還發現：這些北京人除十六位死於成年期

8　《史記・周本紀》。

並難以確定歲數外，其餘二十二人中竟有十五位夭折於十四歲以前。[9]
這種殘酷的事實，可以使我們從側面瞭解：后稷之時，生存並非一件
輕鬆的事。嬰兒的降生所帶來的與其說是興奮，不如說是憂慮；因此
將他們置於箕中（或其它東西之中）放到某一地方，並通過各種偶然
的事件來推測其命運、前途的吉凶便成了情理之中的一椿大事。這種
風習雖早已衰歇，卻依然可以從後代某些民族的習慣中找到其餘緒和
佐證。晉張華《博物志》卷二云：「荊州極西南界至蜀諸民，曰獠
子，婦人妊娠七（當為「十」誤，引者注）月而產臨水，生兒便置於
水中，浮則收養之，沉便棄之。」又苦聰人「孩子生下後用水洗過便
用芭蕉葉包裹好放於大塘邊」。[10]《顏氏家訓・風操》記載的江南「試
兒」風俗，又稱「試晬」「抓周」，則可能是試子古風的另一種演化形
式。凡此種種，對我們揭示「棄」字所傳達的民俗學內容均不無啟發。

與試子之風相映成趣的是有關喪葬的禮俗。許慎云：「葬，藏
也，從死在茻中，一，其中所以薦之。《易》曰：『古之葬者，厚衣之
以薪』」（《說文》一下）；「弔，問終也，古之葬者，厚衣之以薪，從
人持弓會毆禽。」（《說文》八上）

僅就字形而言，「葬」字中的「茻」完全可以視為僅僅標誌聲讀
的音符；但正如許慎所說，「葬」字的構形反映了古代那種以草薪覆
薦屍體的風習，因此，「茻」無疑以其形象特徵呈現了「葬」字的部
分意義。許慎稱引的野葬之俗記載於《周易・繫辭下》，所謂「古之
葬者，厚衣之以薪，葬之中野，不封不樹……後世聖人易之以棺
槨」。然葬之中野便難免鳥獸之災，《莊子・列禦寇》所謂「在上為烏
鳶食」，故古代又有守喪毆禽之風。《吳越春秋・句踐陰謀外傳》載楚

9　鄧福星：《藝術前的藝術：史前藝術研究》，頁45。

10　徐志遠、楊毓驤：《拉祜族社會歷史調查》（二），轉引自全國民俗學少數民族民間文
　　學講習班：《少數民族民俗資料》上，頁305。

人陳音謂越王曰:「古者人民樸質,饑食鳥獸,渴飲霧露,死則裹之以白茅,投於中野。孝子不忍見父母為禽獸所食,故作彈以守之,絕鳥獸之害」,因而弔者亦常常持弓往助之。[11]許慎之說可能未必真確,然而如果沒有所謂弔者「持弓會毆禽」這一經驗背景作參照,則小篆「弔」字從人、從弓何指,均不得而知。

與「葬」字相似,「婚」亦由二字組合而成,從女之意,自可了然,但從昏之意實難猝然作解。「婚」字中的「昏」完全可以理解為單純的記音符號,可這種觀點顯然跟自許慎以來的傳統說法迥異。可見,如果不將「婚」字同其背後潛在的古代社會習尚相聯結,便很難明確「昏」的具體功能。許慎云:「婚,婦家也,禮娶婦以昏時,婦人陰也,故曰婚,從女從昏,昏亦聲。」(《說文》十二下)「婚」字既然反映了古代黃昏婚嫁的禮俗,則黃昏之「昏」參與了「婚」字整體意義的合成,斷然可知。

除以上論列的生、死、婚嫁之俗曾被許慎視為相關漢字的經驗背景以外,古代民俗中某些特有的思維方式亦曾為許慎《說文解字》提供過不可缺少的參照。許慎釋「腥」云:「腥,星見食豕,令肉中生小息肉也。」(《說文》四下)參照段注,可知「息」指寄肉,而「腥」則指豬肉中如米而似星者。許慎認為「腥」之生成,與「星見食豕」有關,「星」字與「肉」字一樣呈現了「腥」的部分意義。

許慎絕非強為解人,或故作高深之語,其背後實潛藏一饒有興味的民俗心理傳統,即一種跟弗雷澤所謂「模仿、感染巫術」極為相似的異類相感觀念。張華《博物志》卷二云:「婦人妊身,不欲令見醜惡物、異類鳥獸,食當避其異常味」,「故古者婦人妊娠,必慎所感,感於善則善,感於惡則惡矣。妊娠者不可啖兔肉,又不可見兔,令兒

---

11 〔清〕段玉裁:《說文解字注》,頁383。

唇缺；不可啖生薑，令兒多指」。這正是異類相感觀念的典型體現。它如「白鶂雄雌相視則孕」「兔舐毫望月而孕」等，亦可見其一斑。異類相感觀念的根本特徵，在於把某種偶然的相似性視為物物「感應」的必然結果。豬肉中米粒般的息肉如星，故被牽合為豬豖見食於星空之下的特定感應；這與上述有關孕婦的種種禁忌實乃異曲同工。

此外，漢字構形有時極其相似，很難看出其功能的細微差別；只有揭示它們與特定背景的關聯，才能使這種差異變得具體明晰。譬如「集、梟」二字[12]，前者既然可以理解為短尾鳥停於木上，後者為何不能相應理解為長尾鳥停於木上呢？

許慎云：「梟，不孝鳥也，日至捕梟磔之，從鳥在木上。」（《說文》六上）[13]梟之不孝，以其食母，段玉裁《說文注》以為黃帝欲絕其類，故或磔之於木上，逮至漢代，猶於五月五日作梟羹以賜百官。[14]以這種背景觀照「梟」字的構形，方能發現其具體功能與「集」字似同實異。

《說文解字》的突出特徵和巨大意義之一，便是注重從漢字的經驗背景出發來考析漢字，注重對漢字構形的直覺感悟和體認，注重漢字構形同某種經驗背景的聯繫與契合。證據俯拾皆是，不煩一一列舉。

二、更深一層說，與漢字構形聯結在一起的經驗背景必須具有某種普遍意義。

漢字構形不能自行呈現其功能。這樣說，並不意味著明確漢字構形的功能可以依靠個人的、純粹主觀的認定。事實上，作為記錄語言的符號系統，漢字具有也必須具有毋庸置疑的社會普遍性。漢字乃某一社會集團所共用的文化機制的產物，其定型亦不能脫離廣大社會成

---

12 篆文見《說文解字》。大徐本「鳥」篆無足，段注本已正。
13 大徐本作「從鳥頭在木上」，此依段注改。
14 〔清〕段玉裁：《說文解字注》，頁271。

員的認同。因此，明確漢字構形的功能，必須從具有一般意義的、為廣大社會成員共用的文化傳統出發。

《說文》云：「禿，無髮也，從人，上象禾粟之形……王育說：蒼頡出，見禿人伏禾中，因以制字。未知其審。」王育提供的這種「經驗背景」只不過是一種極其個別、偶然的現象，它沒有構成漢字所指事物或現象的任何層次上的特徵，根本不可能影響漢字的構形。故段玉裁曾譏之云：「因一時之偶見，遂定千古之書契，禿人不必皆伏禾中，此說殆未然矣。」段玉裁又云：「象禾粟之形」當作「象禾秀之形」，以避諱改之，「象禾秀之形者，謂禾秀之穎屈曲下垂，莖屈處圓轉光潤如折釵股，禿者全無髮，首光潤似之，故曰象禾秀之形」。[15]段氏此注雖多想像之辭，但他所提供的經驗背景卻比王育所說具有更明顯的一般性。這已經暗含了接近事實真相的巨大可能。

許慎《說文解字》在這一方面也顯示了其特有的深刻性。許慎已經或多或少地意識到影響漢字構形和內涵的經驗背景絕非種種孤立、偶然的現象，而是具有明顯普遍內涵的東西。他用以說文解字的古代風俗以及圖騰遺風、宗教信仰、神話傳說、陰陽五行思想、儒學傳統、日常經驗等都是為某一社會部落或集團所共用的、滲透於該部落集團的思維和行為之中的一般特徵。許慎對王育那種以一時之偶見來定千古之書契的做法流露了明顯的懷疑。

三、值得注意的是，建立在漢字構形與某種經驗背景之間的聯繫還應當具有一定的歷史性。

漢字不僅在特定的歷史經驗背景之下產生，而且以自己的形體呈現了這一背景的某些內容，因此字形與字義的結合，常常具有不可逾越的歷史層次性。甲骨文「監」字的構形只能產生於「以水為鏡」的

---

15 〔清〕段玉裁：《說文解字注》，頁407。古文字「禿」與「秀」字形密切相關。

那一特定歷史階段（字形見《甲骨文編》卷八·九）；《說文》所收古文「社」字的構形，亦只能產生於古代那一「樹其土所宜之木」為社的特定歷史環境中（字形見《說文》一上）。許慎在說解文字之時，顯然已經意識到了這種樸素的道理。例如，許慎釋「表」云：「表，上衣也，從衣從毛，古者衣裘，以毛為表」（《說文》八上）；釋「姓」云：「姓，人所生也，古之神聖母感天而生子……從女從生，生亦聲。」（《說文》十二下）類似材料，都說明了許慎把漢字構形跟可能與之共生於同一歷史層面之中的民俗聯結起來考察的努力。

不過這種努力具有一定的限度。當許慎用成熟於春秋戰國並盛行於兩漢時期的陰陽五行學說來闡釋天干、地支乃至某些數目字的時候，他似乎對漢字構形同某種經驗背景的歷史的結合一點都不關注。當然，許慎所審視、觀照的主要是小篆，這種漢字書寫體系曾經秦人李斯等有意識地改定、劃一，陰陽五行學說等文化思潮完全可能構成這次字形改定的錯誤導向；但歷史的誤會絕對不等於歷史的真實。更何況就基本情形而言，小篆只是由甲骨文、金文演變而來的字形的對應性規整。因此，漢字闡釋必須注意這一事實，即漢字從產生以後，便不可避免地要與種種文化思潮發生極為密切的關係，譬如「一、二、三、四、甲、乙、丙、丁」之於陰陽五行，但是這種關係卻並非字形的內在屬性，相反，它只不過是外在於漢字構形的、歷史的反覆強化的結晶；漢字闡釋根本不應立足於這種關係而強為其說。

我們上文之所以說許慎有時「似乎對漢字構形同某種經驗背景的歷史的結合一點都不關注」，是因為這一傾向只表現於許慎說文解字的某一閾限之內，在其理性層面上，他完全可能把「歷史性」作為漢字闡釋的基本前提。只不過有時他眼中的「歷史性」說到底乃一種假象或者一種錯誤的認定而已。

四、必須說明，即便上述三個方面都可以做到，亦很難確保漢字

闡釋正確無誤。因為正確的闡釋還有一個不可缺少的前提條件,即建立在漢字構形與某種經驗背景之間的聯繫必須具有真實性。

從表面上看,漢字構形有時可以與同一歷史層面之上的、多種具有一般意義的經驗背景建立聯繫,然而對其原初構形與意義而言,其中至多只能有一種聯繫真實可靠。因此,科學的漢字闡釋還必須確證它自身的真實性。

最能反映其原初意義的漢字構形常常能夠更為確切、形象、直觀地顯現它與歷史經驗背景的聯結,所以闡釋漢字首先必須盡量從各種文化遺存中追索漢字的早期構形。許慎釋「美」云:「美,甘也,從羊從大,羊在六畜主給膳也。」(《說文》四上)「美」字身後潛藏的日常經驗背景真的是許慎、徐鉉等所說的「羊大則美」嗎?「美」字的構形真的反映了人們對羊肉的味覺感知嗎?在這些問題得到肯定的答覆以前,許慎、徐鉉所說的只不過是一種主觀的假定。

「美」字的甲骨文、金文字形(見《甲骨文編》卷四‧一四,《金文編》卷四‧二六二)雖與《說文》中的小篆寫法極為相似,但卻更明顯地可以還原為一個完整的視覺形象。這從一定程度上排除了「大」字由其引申義參與「美」字原初內涵的可能性。事實上「美」字原本象一個正面而立、首戴羊頭或羊角的人;其分展的兩肢與叉開的雙腿雖與「大」字極似,但準確說來應為歌舞之象。對「美」字早期構形的這種分析,無疑已經動搖了許慎等人的解釋。

進一步說,與漢字密不可分的時代情狀,亦可以從一定程度上證明建立在漢字構形與歷史經驗之間的聯繫是否是一場誤會。仍以《說文》釋「美」為例。如果「美」字的內涵誠如許慎所說,意指人的味覺感知,那麼它為何取意於「羊」而非「馬、牛、豕、犬、雞」呢?《說文》云「羊在六畜主給膳」,然《周禮‧膳夫》謂「膳用六牲」,何獨羊哉?徐鉉「羊大則美」等,不過是想像之詞耳。段玉裁《說文

解字注》云：「羊者，祥也，故美從羊」。[16]段氏之說顯然更接近歷史的真實。可進一步追究下去，人們依然可以問：「羊」何以包含「吉祥」之義呢？

「美」字的原初構形或為先民扮作圖騰神明投足歌舞之狀。對先民來說，圖騰神明可以為本部族成員帶來福祐，而圖騰歌舞則常常可以給世人以近似迷狂般的陶醉。在前一種意義上，羊被很自然地目為吉祥的象徵；在後一種意義上，圖騰歌舞又很自然地充當了美感意識的最初起源。[17]于省吾認為「美」從「羊」為戴羊角偽裝狩獵，進而發展為一般裝飾、美觀尊榮和禮神裝飾，[18]古代以羊為圖騰的部族很多：上古的鬼方氏（即羌族的先民）以羊為原生態圖騰，共工氏以羊為準原生態母系圖騰，炎帝族和周族亦以羊為準原生態母系圖騰。[19]總之，以羊為圖騰神明乃影響先民生活至深至廣的一種風俗。由此看來，許慎等對「美」字的闡釋只是一種想當然的主觀設定。

此外，先秦文化典籍中運用漢字的種種具體情形，亦往往可以證明有關漢字闡釋是事實還是謬誤。但運用古文之義例來作漢字原初構形或內涵的佐證必須慎之又慎：在不能多方證明某一義例反映了漢字原初內涵的情況下，不可輕易地將其作為闡發字形功能的出發點；同樣，在不能多方證明某一義例完全外在於漢字早期構形的情況下，亦不可輕率地抹煞字形對漢字構形功能的提示作用。

在確證漢字經驗背景的真實性方面，許慎《說文解字》無疑存在著種種缺陷。許慎既不可能擺脫自身稟有的個人局限，亦不可能超越

16　〔清〕段玉裁：《說文解字注》，頁146。

17　李澤厚、劉綱紀主編：《中國美學史》（北京市：中國社會科學出版社，1984年），卷1，頁79-81。

18　于省吾：〈釋羌、苟、敬、美〉，載《吉林大學社會科學學報》1963年第1期。

19　龔維英：《原始崇拜綱要》（北京市：中國民間文藝出版社，1989年），頁6、10、28、42。

當時為人們共用的歷史、文化規定。許慎只能是許慎,只能是根植於特定歷史土壤中的許慎;《說文》亦只能是《說文》,只能是漢字意義與功能在特定個人 —— 歷史層面中的顯現。

漢字形義關係的疏離與彌合[*]

「漢字以形表義」這一根深蒂固的觀念，使傳統語言文字學將形義統一性視為研究文字和古代文獻語言的不容違背的原則。這一方面為中國文字學和語言學的研究提供了相當堅實的基礎並使之獨具特色；另一方面卻窒礙著古代語言文字學的理論思維視野，使人們對許多重要的語言文字現象不能作出深入的理論思考與探求，以致對語言文字學的一些基本問題造成種種誤解。這種情況至今尚未得到根本的改變。實際上，漢字形體並不能獨立規定其自身的功能。從闡釋角度看，在單純觀照那些陌生的漢字形體時，人們常常無法完成由字形到字義的正確轉換，而且漢字構形及其發展也越來越背離其早期構成的形義統一性原則。

就現存最早、最成熟的漢字系統來看，漢字構形確實從一開始便自覺不自覺地遵循了以形表義的原則。但是，漢字從產生之日起便無法擺脫這樣一種困擾，即它無法排除種種視覺圖像的多義性。比如將「至」字詮釋為「矢遠來降至地之形」¹固然很有道理，但就小篆字形而言，像許慎那樣釋之為「鳥飛從高下至地也」，也未必沒有相關的經驗背景。

這種歧解產生的根本原因，並不在於漢字構形不能更準確、更細膩地呈現它所要傳達的對象或信息。實際上，即便是對事物的高度寫

---

* 本文與常森合作，原載《語文建設》1994年第12期。

1 徐中舒主編：《甲骨文字典》（成都市：四川辭書出版社，1989年），頁1272。

實的圖像，有時也不能徹底排除觀照者的歧解，更何況漢字。[2]漢字既不可能也沒必要將其所要傳達的對象無微不至地呈現在人們面前，它只能也只須概括表現對象的某些基本形象或感性特徵。這無疑增加了漢字構形作為視覺圖像的多義性。[3]在漢字的構形部件中，一個方框既可以被理解為一方城邑，也可以被理解為一塊田地、一領席子或一個豬圈，例如它在「邑、囿、因、圂」等字中便是如此。古文字形既可以理解為手有所執的樣子，如在「埶」中；又可以理解為跪拜祈禱的樣子，如在「祝」中。[4]與此相關，甲骨文「夙」與令鼎「揚」字一方面可以理解為人在日、月之下勞作；另一方面也可以理解為人對日、月的朝拜和祈禱。[5]而後者並非於古無徵，《禮記·祭法》所謂「埋少牢……王宮，祭日也；夜明，祭月也」，《尚書·堯典》所謂「寅賓出日」「寅餞納日」，正說明了古人常常禱祈、祝頌於日月。

在漢字闡釋過程中，字形的多義性有時甚至表現為對同一字形的截然相反的理解。就日常經驗而言，「日在屮中」（莫）、「日見地上」（旦）、「日在木上」（杲）、「日在木下」（杳）等既可以理解為對日出前後有關景象的表徵，又可以理解為對日落前後有關景象的表徵。人們一般認為：甲骨文「朝」字象日月同見草木之中，為朝日已出、殘月尚在之象；「夙」字則為人侵月而起並執事於月下之象，其義為「早」。這些解釋，顯然只能說明「朝、夙」的已知意義對其字形功

---

2 貢布里希曾討論過人們對木葉蝶與入幕賓飛蛾的可能的歧解，可以參考。〔英〕E. H. 貢布里希，范景中等譯：《圖像與眼睛：圖畫再現心理學的再研究》（杭州市：浙江攝影出版社，1981年），頁19-20。

3 〔英〕E. H. 貢布里希，范景中等譯：《圖像與眼睛：圖畫再現心理學的再研究》頁195-196。

4 二字字形見《甲骨文編》卷三·一一、卷一·五。

5 見《甲骨文編》卷七·八「夙」字；《金文編》卷一二「揚」字。

能的界定。實際上，二字形體與意義之間含有巨大的間隔。如果脫離語言背景和既定字義的制約，甲骨文「朝」字的字形完全可以理解為暮色蒼茫之中落日尚見、月牙依稀並與草木互相掩映；「夙」字的字形則完全可以理解為日已下山，朗月當空而執事者「雖夕不休」（《說文》七上）。由此可見，是意義的預先認定消弭了二字形體原有的歧義，而字形本身並無這種功能。

　　漢字的理論研究，顯然不應迴避漢字形義之間的疏離。這種疏離在以下幾個側面表現得更為突出。

　　其一，形聲字成為漢字的主體，其形體構成的二要素之一——聲符的作用僅在於記音，這在很大程度上衝破了早期漢字構形的形義統一性原則。聲符在形聲字構形過程中，因為約定俗成而將其原本代表的字義棄置不顧，這樣它們的形體特徵就不再參與形聲字的意義構成；形聲字形符的功能又主要在於區分和標指。[6]因此，形聲字的出現及其發展從根本上已動搖了早期漢字構形的形義統一性原則。由於聲符產生相對較早，其形音義在歷史的反覆強化過程中已凝結為一個整體。對於一個解釋者而言，如果不是那些後天習得的知識經驗規定著漢字構形的具體功能，在審視「棚、瘣、但」等漢字的時候便不能不產生種種誘惑：「鳳鳥於飛」這種景象是否表明了「棚」字的部分意義？「日在舛中」「日見地上」這種景象是否顯現了「瘣」與「但」的部分意義？[7]與此相類，如果沒有豐富的知識經驗作誘導，人們同樣無法肯定「鴟、聑、聚」諸字的內涵與禽鳥、與耳朵、與眾人並立有關。[8]從這種意義上看，形聲字大量產生的過程，可以說正是漢字形體與意義進一步疏離的過程。

6　參見本書所收〈形聲結構的聲符〉、〈形聲結構的形符〉二文。

7　見《說文解字》六上、七下、八上之「棚、瘣、但」三字。

8　見《說文解字》四上、四下、八上。

　　其二，傳統所謂的會意字有時亦難以讓人見其「指撝」。構成會意字的某一部件不僅可能以自己的形體呈現整個漢字的部分內涵，而且可能以其與形體間隔較遠或者了無關聯的引申、假借義參與全部字義的合成。《說文》釋「夾」云：「夾，持也，從大俠二人」──此處「大」字以其本形本義融會於夾持義中；《說文》釋「赤」云：「赤，南方色也，從大從火」（十下），──此處「大」字則以其引申義融會於「南方色」中。[9]這種情形無疑可以導致人們對有關漢字的歧解。如「美」字，其本義究竟是指人冠戴羊形或羊頭裝飾呢，[10]還是指大羊味美呢？[11]僅就構形而言，前一種理解固非無理，而後一種理解亦絕非妄說。要之，即使是堅持形義統一性原則而構成的會意字，由於其形義關係的遠近疏密之不同，人們理解它時也顯然難以單純依據字形來作出決斷。

　　其三，按照許慎、段玉裁等人的看法，某些漢字的內涵必須依賴特有的筆勢來體現。許慎釋「｜」云：「｜，下上通也，引而上行讀若囟，引而下行讀若退。」（《說文》一上）段玉裁曰：「凡字之直，有引而上、引而下之不同，若『至』字當引而下，『不』字當引而上，又若『才、中、木、生』字皆當引而上之類是也。」[12]「引而上」指書寫時運筆上行，「引而下」指書寫時運筆下行，許、段的意思是這種運筆方向的不同具有區別字義的功能。或許漢字構形之初這種可能性不能完全排除，但是，這顯然有悖於漢字的形義統一性原則。因為漢字作為記錄語言的符號系統，常常只能以一種靜止的整體形態呈現在人們面前，它幾乎不可能表現為某種動態的過程。

9　〔清〕段玉裁：《說文解字注》十下。

10　于省吾：〈釋羌、苟、敬、美〉，載《吉林大學社會科學學報》，1963年第1期；李澤厚、劉綱紀主編：《中國美學史》，卷1，頁79-81。

11　參見《說文解字》（大徐本）四上關於「美」的解釋及徐鉉等的注釋。

12　〔清〕段玉裁：《說文解字注》，頁20。

其四，漢字構形對形義統一性原則的背離，還表現於同一構形方式常常包含不同的實質內容。漢字中兩個或者三個相同部件的並現每每表示「眾多」義，《說文》所謂「重夕為『多』」便是典型的例子。按照許慎發明的這一原則，「林、森」為叢木或樹木眾多，「晶」為群星共明，「品」為眾庶之意，而不是「二木」或「三木」、「三日」或「三口」的簡單的量的表現。與此相類，「噪」為眾鳥群鳴，「聶」為眾耳相附竊竊私語，「羴」為群羊相廁，等等。上述諸字所具有的量的內涵都已超出其字形本身的規定。然而，許慎又將「廿」解釋為二「十」相併，「卅」為三「十」相併，「世」為三「十」相併而曳長之。與此相類，「隻」為手持一「隹」（鳥），「雙」為手持兩「隹」，「雔」為雙鳥，「玨」為二玉，「秉」為手持一禾，「兼」為手持二禾。以上諸字所具有的量的內涵，卻又沒有超出字形本身的規定。構形方式相同而表義功能不一，是形義關係疏離的一種表現。這種不一致只能讓人困惑不解。在不明此類漢字意義的情況下，即便人們明瞭其中個別部件的內涵，也無法確知這一部件的並現所要傳達的準確的信息。

此外，漢字在歷史發展過程中形體不斷演變，符號化程度不斷提高，漢字在具體應用中又日益遠離其原初意義，這些都不斷增加漢字形義之間的疏離。唯其如此，對漢字的闡釋應該也必須追索古形與造意，索本求源，以尋求重新彌合其形義間隔的各種紐結。

我們指出漢字構形對形義統一性原則的背離，並非意指漢字在以形表義方面一開始便完全陷入了困境。在漢字發生與發展的某個特定時期，漢字構形的功能並不存在太多的不確定性。但是值得注意的是：漢字形體功能（或內涵）的確定性顯然不存在於字形本身，而是存在於施指（即字形）與所指（即漢字原初的意義或讀音）的緊密聯繫之中。字義與字音規定著字形的指向功能，字形則標誌、啟示著字

義、字音的所在。施指與所指之間的這種雙向關係無疑可以在相當程度上掩蓋漢字形義之間的疏離。從漢字發生的角度看，施指與所指之間的相互指向、相互規定只有以特定的社會成員來體現；從漢字闡釋的角度看，施指與所指之間的互明關係，只有通過特定社會成員的介入才能確立。字形本身對此無能為力：首先，規定字形功能的所指並不處於一種自我呈現的狀態；其次，字形本身只能部分地呈現其造意，或者說，字形本身只能相當有限地趨近漢字的原初意義。漢字的這種特質，從客觀上突出了闡釋者介入的重要性。

漢字闡釋者究竟應以何種手段介入呢？換言之，漢字闡釋者究竟應以何種手段來彌合漢字形義之間的分離呢？簡單地歷史考察可以使我們發現：闡釋者幾乎是「從終點又回到了起點」，他只能從對漢字字形的視覺感知開始。

追索漢字的原初內涵無法脫離對漢字作為視覺形象的感知，這樣說不會引起任何異議。然而，人們在許多情況下卻忽視了在圖像感知過程中感知與判斷密不可分的關係。事實上，人們從字形感知到的信息僅僅是已經推斷出來的東西，它有時甚至與漢字的造意毫不相干。如果人們斷定「不」字像「花萼之柎」，[13]其感覺會從各方面主動地確證這一判斷；如果人們認為「不」字像種子萌發前向地下生長的胚根，其感覺同樣會自覺地確證、支持這一判斷。[14]就是說，一旦人們對某一字形作出推斷，其感覺便將更多地關注字形中能夠證明這一推斷的特徵，而相對忽視游離或有乖於這一推斷的其它特徵。基於這種原因，當看到許慎一方面用人體從頭到腳各個組成部分來解釋天干用字的構形；另一方面又用陰陽二氣的陞降流行對其加以解釋的時候，

---

13 郭沫若：〈甲古文字研究·釋祖妣〉，見《郭沫若全集·考古編》（北京市：科學出版社，1982年），卷1，頁53。

14 李樂毅：《漢字演變五百例》（北京市：北京語言學院出版社，1992年），頁23。

我們一點兒都不感到驚訝；人的感官的確能夠從這些漢字中，提取出某些證成兩種相異判斷的特徵。

影響對漢字字形感知的判斷既受制於漢字出現的有關語言背景（立足這一方面，傳統訓詁學、文字學已經取得了相當的成就），又受制於左右闡釋者的龐大文化系統。人們日常生活中可以經驗感知的、具有一般意義的自然或社會現象，是這一系統中最顯而易見、最具體生動的內容。《說文解字》對有關漢字的闡釋可以清楚地顯示：許慎認知漢字時無可避免地受到了他直接或間接瞭解到的日常經驗知識的影響。

許慎云：「東，動也，從木，官溥說從日在木中」（《說文》六上）；「西，鳥在巢上，象形，日在西方而鳥棲，故因以為東西之西」（《說文》十二上）；「南，草木至南方有枝任也」（《說文》六下）。朝日升起於東方、太陽西落而鳥棲息、南方草木暢茂等日常經驗對許慎考察「東、西、南」三字構形的影響顯而易見。當某些漢字可以被置於幾種不同背景之上的時候，判斷對字形感知的影響作用與這些背景的關係則顯得更為複雜。如「寸、尺、咫、尋、仞、度」等與度量有關的字，至少可以放在三種不同的背景上來感知。其一，《淮南子·天文訓》認為「尺、寸、尋」等字表示的意義皆由於「天道」的先驗規定。其二，《山海經·海外東經》有「帝命豎亥步，自東極至於西極」的記載，其說雖荒誕不經，但它的經驗意義是：人乃是度量外物的主體。由此可以解釋「寸、度」何以從「又」，「尺」「仞」何以與「人」有關。其三，現實經驗中，取法自身來衡量外物長短的現象極為常見，周制諸度量字「皆以人之體為法」。基於這種經驗背景，可以解釋「寸、尺、咫、尋、仞」等從「又」或「寸」或「屍」或「人」的根本原因，在於諸度量字原本取法於人的自然屬性。在三種不同的背景上，許慎從日常經驗出發，選擇最後一種作為解釋這些漢

字構形的文化背景，指出「周制，寸、尺、咫、尋、常、仞諸度量，皆以人之體為法」。謂「尺」，「從尸從乙，乙所識也」，「中婦人手長八寸謂之咫」（《說文》八下）；「寸」，「人手卻一寸動脈謂之寸口，從又從一」，「度人之兩臂為尋」（《說文》三下）；「仞，伸臂一尋八尺，從人刃聲」（《說文》八上）。這種選擇，與至今依然為人所共知的「指、拃、庹、拱、摟、抱」等測量長度的單位及方式可相印證。

從情理上說，在感知漢字構形的時候，「錯認」乃不可避免。開始人們從字形中感受到的信息以及從經驗知識中獲得的「暗示」，都可能不完全、不確定、不具體，由二者初步遇合而產生的判斷也未必能夠從漢字字形、從有關經驗事實以及漢字出現的一定語境中得到確證。漢字形體作為視覺圖像的多義性，使同一字形有時可以分別與多種經驗背景建立聯繫；如果字形接受的判斷是虛假判斷，謬誤便會產生。《說文》釋「東」、釋「南」都是如此。「南」本為古代一種鍾形瓦制樂器，「東」本為古代一種兩端以繩捆紮的袋子。但是許慎對此了無所知，經驗的欠缺使他無法獲得應有的暗示，因此，也無法作出正確的判斷。就古文字形看，許慎釋「西」之形是錯的，然而，至今我們對構成「西」字古形的依據和背景不能確知，所以依然不能作出進一步的判斷。由於「錯認」可能性的存在，闡釋者必須反覆推求，以糾正自己的錯誤論斷。許慎釋「寸」「尺」等字，很可能便經歷過這種「錯認」與「糾謬」的過程。漢字研究的事實表明，這種「錯認——糾謬」的反覆甚至貫穿於整個漢字闡釋的歷史過程中。

總而言之，在審視漢字構形的時候，闡釋者常常可以從中悟出多種相異的信息，最終他只能選擇一種作為該字的詮釋。不管是闡釋者的領悟還是抉擇，都關聯著他對傳統文化（包括日常經驗）所內涵的諸種可能性的預先知識。沒有這種預先知識，人們將無以合理地從漢字構形中感知任何東西。當然，人們「說文解字」未必總由審視字形

開始，並以領悟字形所指結束。對相當一部分漢字來說，闡釋過程實發軔於既定的字義，而歸結於明確字形的功能。但是，即便在這種情況下，闡釋者仍然要從日常經驗、古代民俗等預先知識中來尋求漢字命名或構形的合理性。例如《說文》以為「禾」「二月始生，八月而孰，得時之中，故謂之禾」（七上）；「乙，玄鳥也，齊魯之間謂之乙，取其鳴自呼」（十二上）；「狗，孔子曰：狗，叩也。叩氣吠以守」（十上）。舉凡此類，皆從日常經驗中揭示漢字的讀音何以跟其形、義結合在一起。《說文》釋「獨」，謂「犬相得而鬥也，從犬蜀聲，羊為群，犬為獨也」（十上）；釋「名」，謂「自命也，從口從夕，夕者冥也，冥不相見，故以口自名」（二上）。舉凡此類，皆從日常經驗中尋求漢字構形的內在理據。

漢字形義之間的疏離，使得漢字闡釋無法脫離介入者的主觀判斷；而這種判斷作為主體「以意逆之」的結果，又根本不可能超越傳統文化對闡釋主體的特有規定。這就使得漢字闡釋變得十分複雜而興味無窮。一方面，漢字形義關係的疏離必須靠闡釋者來彌合；另一方面，闡釋者作為漢字與傳統文化、現實生活的中介，又必然將種種豐富的文化內涵投注於對漢字形義的闡解之中，而正是這種「投注」成為彌合漢字形義關係疏離的紐結。以上就是我們研究這一問題所得出的初步結論。這一結論提示我們，必須客觀、恰當地估計漢字以形表義的功能，對漢字的性質及其形義關係作出更加科學、合理的評價。

儒家學說經典化與漢字系統的穩定性[*]

　　中國文明的持久性（continuity）在世界文明發展史上是絕無僅有的現象。漢字系統的穩定性是保持中國文明持久性的重要基礎。著名學者饒宗頤認為，漢字的穩定性是「最令人注目而不容易理解的問題」，並稱之為「漢字圖形化持續使用之『謎』」。[1]

　　揭示漢字系統持續穩定的原因，是中國文明史尤其是文字學研究的一個重要課題，已有不少學者在這方面發表過意見。我們認為，這個問題的研究可以從兩個階段、三個角度進一步向深入推進。所謂兩個階段，即漢字體系的形成和發展階段。漢字體系的形成階段，指漢字從早期萌芽到形成完整的體系。這個階段漢字系統符號運用的選擇及其呈現出的特點和傾向，最終決定了漢字形成成熟體繫時的基本面貌和特徵。漢字至少在殷商晚期（公元前14世紀前後）就已經完成了這個階段。此後，漢字進入發展階段，這個階段漢字體系不斷走向完善，雖有若干調整和變革，但是沒有發生本質的變化。這個階段從殷商晚期持續至今。三個角度，即漢字符號系統的構成和優化、漢字與漢語的關係、漢字產生和發展的文化背景。以往的研究工作，自覺或不自覺地皆不出這三個觀察角度。只是對不同階段漢字系統形成和發

---

[*] 本文曾在德國波恩大學等單位舉辦的「亞美古代文明中的文字和禮儀」國際學術研討會（上海市：2005年10月）上宣讀。收入王霄冰、迪木拉提・奧邁爾主編：《文字、儀式與文化記憶》（北京市：民族出版社，2007年）。

[1] 饒宗頤：《符號・初文與字母──漢字樹》（香港，商務印書館，1998），頁174。

展的研究，觀察的重點往往會有所不同。比如，研究漢字初期形成時，漢字符號類型的確定和漢語特點的關係一直是一個觀察的重點，並已有很深入的論述；[2]成為成熟的文字體系後，漢字與文化背景相互依存和影響關係的研究就非常重要。[3]在探討漢字與中國文化相互影響的過程中，我們認識到，儒家學說經典化對漢字穩定性的影響尤為深遠。

由孔子創建的儒家學派，在春秋戰國時期已是最有影響的學派。漢武帝罷黜百家，獨尊儒術，設立「五經博士」，從此確立了儒家學說在漫長的中國歷史上的正統地位。以孔子為代表的儒家所編著的書籍成為「經」，對這些經典進行闡發議論的學說成為「經學」。[4]儒家學說經典化的完成，不僅對中國古代思想史、學術史來說意義重大，對漢字發展到隸楷階段後長期保持穩定也產生了深遠影響。

一 儒家學說經典化確立了漢字的神聖地位

儒家學說的經典化，使在西周到春秋文化背景下產生的「六經」獲得了神聖的地位，[5]從而也確立了漢字的神聖地位。「六經」，是經

---

2 〔蘇聯〕B.A.伊斯特林，左少興譯：《文字的產生和發展》（北京市：北京大學出版社，1987年），頁155-156。

3 瑞典著名漢學家高本漢就認為，漢字是中國文化的脊樑，中國不廢除自己的特殊文字而採用拼音文字，與中國自己的文化基礎和傳統有關。這個觀點得到英國語言學家L.R.帕默爾的贊同。參見〔英〕帕默爾，李榮等譯：《語言學概論》（北京市：商務印書館，1983年），第六章。

4 周予同：《周予同經學史論著選集》（上海市：上海人民出版社，1983年），頁649-661。

5 「六經」指先秦儒家整理和傳習的六部書：《詩》《書》《禮》《樂》《易》《春秋》。漢武帝設「五經博士」，不包括《樂》。後漢又有「七經」，蓋「六經」之外加《論語》；唐代有「九經」，一說「五經」之《禮》為《周禮》《儀禮》《禮記》，外加

過孔子的整理和傳授才逐步成為儒家經典的。春秋末期,孔子繼承了西周文化遺產,一方面對文化遺產採取「述而不作」的保守態度;另一方面又結合現實社會的變化,使西周文化精華因他的重新闡釋和適當發揚而「垂之永久」。[6]孔子作為儒家學派的奠基人,「一方面依據對於西周制度的正義心而自認為儒,另一方面又批判了儒的形式化或具文化,以現實問題的提出與解決為無上命令,使他在講解《詩書禮樂》上亦注入了系統的道德化觀點,而絕不約束於西周古義。」[7]孔子的門人繼承和發展孔子學說,到戰國末年,「儒分為八」,形成不同分支。[8]是,戰國時代,百家並起,儒家學說也只是與墨家學說並稱顯學而已。秦王朝建立,不尊崇儒學,「以法為教」「以吏為師」,以至於發生「焚書坑儒」這樣的事件。[9]漢文、景之世,好黃老之學,儒學無足輕重。到漢武帝罷黜百家,儒家學說才獲得獨尊的地位。「自武帝立五經博士,開弟子員,設科射策,勸以官祿。訖於元始,百有餘年,傳業者浸盛,支葉蕃滋,一經說至百餘萬言,大師眾至千餘人,蓋祿利之路然也。」[10]東漢時學習儒學的太學生竟多達三萬餘人。儒家經師家居教授者也甚眾,門徒著錄者多的達到萬人以上。[11]正是在漢代統治者確立儒學為國家官方學說、讀經成為謀求利祿的途徑之後,儒家學說才完成經典化歷程的。漢代之後,儘管中國社會經

《論語》《孝經》,或說外加《公羊》《穀梁》;宋代「十三經」即《詩》《書》《易》、「三禮」「三傳」,另加《論語》《孝經》《孟子》《爾雅》。

6　馮友蘭:《中國哲學簡史》(北京市:北京大學出版社,1996年),頁43。

7　侯外廬等:《中國思想通史》(北京市:生活·讀書·新知三聯書店,1951年),卷1,頁125。

8　《韓非子·顯學》。

9　《史記·秦始皇本紀》。

10　《漢書·儒林傳》。

11　《後漢書·牟長傳、蔡玄傳》。

歷過巨大變遷，儒家學說內涵也在發生著變化和調整，但是它的神聖
地位始終沒有從根本上動搖過。

作為儒家經典的「六經」其形成時期，即西周到春秋時期，也正
是漢字處於快速發展並逐步完善的時期。漢武帝之世，漢字發展到隸
書的成熟階段，自此之後，儒家經典神聖不可改易的地位的確定，使
得記載它們的漢字也獲得同樣神聖不可改易的地位。儘管各個時代的
經學是在不斷發展的，但是儒家學者在對待經典文本方面則一貫態度
矜慎，不敢改易。為防止文本流傳時造成訛錯，官方還採取了一系列
措施，如東漢熹平四年（175）蔡邕以通行隸書將經書刻於石上，立
於太學門外，供人摹寫，世稱「熹平石經」。其後刊經於石，就成為
一種傳統。魏正始年間（240-248）洛陽太學立古文、篆文和隸書
「三體石經」；唐開成二年（837）校正經書，鏤石太學，刻成「唐石
經」；此外，還有後蜀時刻成的「蜀石經」（又稱「廣政石經」）、北宋
「國子監石經」、南宋「紹興御書石經」等，歷代立石刻經的風氣確
保了經書文本的準確無誤，漢字的持續穩定性也因此得到根本保障。

西漢發明造紙術，經東漢蔡倫進行技術改進之後，造紙技術逐步
推廣，促進了漢字書寫材料的改革，也有利於經書的傳抄。始於隋而
盛於唐的印刷術，更是適應了經書文本傳播的需要。[12]五代後唐時詔
令國子監刻印《九經》，廣頒天下；兩宋時漢魏六朝諸儒注釋經書的
著作印本廣為流傳，國子監也大量刊印儒家經書作為學習的範本。紙
和印刷術的發明不僅為經書的傳播提供了技術保障，而且使得經書文
本不會因傳抄而發生新的變化，也強化了漢字形體的穩定性。

---

12 潘吉星：《中國古代四大發明——源流、外傳及世界影響》（合肥市：中國科學技術
  大學出版社，2002年）。

二 儒家學說經典化促成了「小學」的創立和漢字的規範

中國傳統語言文字學——「小學」的創立，是經學發展的結果。儒家學說取得「獨尊」地位後，傳授經學成為一時之盛，尤其是董仲舒的「春秋公羊學」風靡天下。當時傳授的經書是用隸書書寫的，即今文經。西漢後期，成、哀之世（前32-前1）求天下遺書，劉向、劉歆父子領校秘書，始見「古文經」書。劉歆以古文與今文經書相校，「以考學官所傳，經或脫簡，傳或間編」，因此他批評今文經學家「不思廢絕之闕，苟因陋就寡，分析文字，煩言碎辭，學者罷（疲）老且不能究一藝，信口說而背傳記，是末師而非往古」。[13]今文學家對劉歆的批評予以反駁，從而引發了經學今、古文論爭。這場論爭對經學和「小學」的發展都產生了深遠的影響。

今、古文之爭，主要是因文本的差異而引起的。今文學家攻擊古文學家「詭更正文，鄉壁虛造不可知之書，變亂常行，以耀於世」；[14]古文學家則說今文學家「不思多聞闕疑之意，而務碎義逃難，便辭巧說，破壞形體」，「安其所習，毀所不見，終以自蔽」。[15]文本和語言文字的歧異，成為兩漢今古文經學論爭的基本問題，得到統治者、經學家和「小學」家的共同重視。如「元始（1-5）中，徵天下通小學者以百數，各令記字於庭中。楊雄取其有用者以作《訓纂篇》，順續《蒼頡》。」[16]「建初（76-84）中，大會諸儒於白虎觀，考詳同異，

---

13 《漢書・劉歆傳》。
14 〔東漢〕許慎：《說文解字・序》。
15 《漢書・藝文志》。
16 同上。

連月乃罷。」[17]這些規模和影響都很大的活動，促進了語言文字的研究，使以文字訓詁為主要內容的「小學」應運而生。而古文經學家對「小學」的貢獻尤大，兩漢「小學」家大都為古文經學家。王國維說：「觀兩漢小學家皆出古學家中，蓋可識也。原古學家之所以兼小學家者，當緣所傳經本多用古文，其解經須得小學之助，其異字亦足供小學之資，故小學家多出其中。」[18]兩漢「小學」主要是為經學服務，如世稱「五經無雙」的許慎，撰著文字學的奠基之作《說文解字》，「六藝群書之詁，皆訓其意」[19]，具有很強的針對性和實用性。

在經學論爭背景下成長起來的傳統「小學」，長期以來一直保持著自身的傳統，處於經學的附庸地位。隨著經學文本的校訂，「小學」成果在規範和制約語言文字方面的作用也不斷得到加強。到唐代這種規範意識表現得尤其鮮明。如唐貞觀初年，顏師古奉詔考訂五經文字，撰成《五經定本》，頒行天下；後又撰《顏氏字樣》，以為文字範本。顏元孫撰《干祿字書》，為讀經求仕之用。張參《五經文字》為避免「五經本文，蕩而無守」所作。[20]「開成石經」既成，唐玄度奉詔復校九經字體，纂錄為《新加九經字樣》。無論是兩漢對經書文字的訓釋校訂，還是唐代校正經書而形成的「字樣」之學，或者是「小學」復興的清代，「小學明而經學明」[21]，經學和「小學」相互依存關係越來越穩固。傳統「小學」的功能不斷強化著漢字系統的穩定性和規範性，在近兩千年的漫長歲月中幾乎沒有留給漢字發展新要素任何官方認可的空間。

---

17 《後漢書·儒林傳》。

18 王國維：《觀堂集林》（北京市：中華書局，1959年），卷七，頁330。

19 〔東漢〕許沖：〈上《說文》表〉，見《說文解字》（大徐本）（北京市：中華書局，1963年），頁320。

20 〔唐〕張參：《五經文字·序例》。

21 〔清〕王念孫：〈《說文解字注》序〉，見〔清〕段玉裁：《說文解字注》。

三 儒家經典成為科舉考試內容強化了漢字系統的穩定性

中國科舉制度出現於隋朝，到唐代發展成一種較為完善的官吏選拔制度，持續沿襲到二十世紀初。儒家經典始終是科舉考試的重要內容，因此一千三百餘年來儒家經典也就成為教育的範本，孔子被尊奉為「至聖先師」。雖然漢武帝推崇儒術後，精通儒家經典就成為讀書人謀求功名利祿的手段，但是實行科舉制度，更使尊孔讀經成為全社會讀書人通向仕途的唯一選擇。南朝已設「明經」科以考試取寒門士人入仕。唐朝不僅明經科主要考帖經、墨義，進士科也考帖經。南宋朱熹將理學發展為完善的學術體系，他為「四書」（《論語》《孟子》《大學》《中庸》）作集注，理學遂成為科舉考試的依據。自元代仁宗（1313）將「四書」及朱注作為科舉考試的國家準繩，明清兩朝沿襲不改。明清科舉考試規定用八股文體，讀書人沉溺於「四書五經」，拘於「八股」之法而不敢有所逾越，科舉制度弊端日漸突出，最終走到了盡頭。

科舉考試制度的長期實行，直接影響了教育的發展。讀誦儒家經典關係到個人的前途命運，這就使得儒家經典獲得至高無上的地位。對經典文本的尊崇和漢字使用的規範要求，直接地是為科舉考試的需要服務，間接地也就對保證漢字系統的穩定規範產生了極大作用。唐顏元孫編撰《干祿字書》，為求得祿位元者規範文字使用提供參照。唐代校勘經書形成的「字樣」之學，清代對經書的全面校勘，無不在加強著經書文字穩定性和規範性。從隋唐到二十世紀初（1905），科舉制度的長期實行，既保證了儒家學說在教育中的主導和穩定地位，同時也使傳統語言文字學「小學」始終不能不附庸於經學，二者的共

同作用又使得漢字一直維持著儒家學說經典化初期的面貌而不曾發生大的變化。

就以上三點可以看出，儒家學說經典化及其在中國古代長期佔據的中心地位，使記錄儒家經典的漢字也因此籠罩著神聖的光環，保持著長期的穩定。隨著儒家學說向中國周邊傳播，漢字還在日本、朝鮮得到運用，越南甚至將漢字稱作「儒字」，這些也成為保持漢字系統持續穩定的積極因素。儒家經典與漢字相互依存的緊密關係，甚至使得新文化運動宣導者錢玄同不得不提出「欲廢孔學，不可不先廢漢文」的偏激主張。[22]

22 錢玄同：〈中國今後之文字問題〉，載《新青年》第4卷第2期（1918年）。

下篇
規範・研究

崇古、趨俗和語文政策的調整*

　　近年來普遍存在的社會用字不規範問題，引起了社會各界的高度重視，許多語言文字工作者就此發表了看法。社會用字不規範，主要表現為漢字使用中的兩種現象：一是不規範地使用已被簡化的繁體字。繁體字是一定歷史發展時期的規範漢字，在簡體字成為正體文字之後，作為歷史漢字的繁體字的風行，反映的是漢字使用中的「崇古」現象。[1]戴昭銘先生〈繁體風、「識繁寫簡」和語文立法問題〉一文，對本文所說的「崇古」現象作了分析討論。[2]二是濫用不規範的簡化字。用中國文字學的傳統術語，這類不規範的簡化字統稱「俗體」（又稱俗字、俗體字）。俗體字的廣泛流行，反映的則是漢字使用中的「趨俗」現象。我們認為當前出現的「崇古」「趨俗」現象，是漢字使用中長期存在的一對相輔相成的矛盾，是漢字發展內在規律在漢字使用中的反映，應該從漢字發展和使用的歷史進程來分析觀察這種矛盾現象，並進而討論我國當前語文政策的制定和調整問題。

　　漢字的形成和發展至今大約有五千年的歷史，從商代後期較成熟的成體系的甲骨文算起，漢字也有三千三百年左右的發展歷史了。[3]

---

* 原載《安徽大學學報》，1992年第3期。

1 用「崇古」指稱文字使用中的這種現象，依呂叔湘〈四十年間〉一文。受此啟發，我們提出與之相對應的「趨俗」這一概念。呂叔湘：〈四十年間〉，載《語文建設》1991年第8期。

2 戴昭銘：〈繁體風、「識繁寫簡」和語文立法問題〉，載《語言文字應用》1992年第1期。

3 裘錫圭：《文字學概要・三》（北京市：商務印書館，1988年）。

在這漫長的進程中，伴隨著一定時期正體的確立，一直存在著正體與古體和俗體、「崇古」與「趨俗」的複雜矛盾，以及如何維護已有的漢字規範的問題。

西周晚期前後和秦始皇初併天下之時（前221）的兩次「書同文」，就是古文字階段有關這方面的較早的文字記載。西周晚期前後的一次「書同文」的記載，只是在《禮記‧中庸》《管子‧君臣》等篇中涉及，詳情不得而知。不過有一點是明確的，那就是當時已經認識到文字的統一規範應作為國家「禮儀法度」的一個重要方面。我們曾推測，那一次「書同文」的提出，與漢字在那一時期的迅速發展不無關係，而留傳下來的《史籀篇》可能就是那一次文字整理的範本。[4]秦始皇時期的「書同文」，除已為人們所闡述的政治原因外，就文字使用而言，實際是面對當時社會用字的現實情況而採取的必要措施。戰國時期，「諸侯力政，不統於王」，政治上的分裂，導致「言語異聲，文字異形」的現象加劇。[5]從傳承關係看，秦係文字以兩周文字為規範，秦篆只是兩周文字到戰國時期的自然發展，對漢字長期以來形成的構形方式、結體特徵並未作較大的改變，李斯作《倉頡篇》也只是對戰國以來形成的秦篆作進一步的整理規範工作。六國文字雖然總體上承襲兩周文字，但是，它們又各自出現一些新的要素，不僅形成鮮明的地域風格，在字形方面還出現了各種追求簡便的簡化字、增加偏旁的繁化字、改變筆劃和偏旁的異化字以及運用特殊符號構成的新字形，[6]使得六國文字中大量出現與兩周文字不相一致的俗體。隨著秦的統一，尊崇兩周傳統的秦係文字，與六國文字尤其是六國文字的俗體之間的矛盾，顯得異常尖銳。秦始皇接受李斯的建議，「罷其

4　黃德寬：《漢語文字學史》（合肥市：安徽教育出版社，1990年），第一章。

5　〔東漢〕：許慎：《說文解字‧序》。

6　何琳儀：《戰國文字通論》（北京市：中華書局，1989年）。

不與秦文合者」，[7]廢除的正是這一部分俗體。秦的「書同文」也就是用繼兩周文字而形成的小篆來規範六國的俗體。

秦雖然規範了六國文字，確立了小篆的正體地位，並廣泛用於權量詔版和石刻，解決了秦係文字與六國文字「正」「俗」矛盾，但是，在秦係文字內部早已孕育的一種日常使用的俗體字──隸書，經過長期的發展卻在廣泛地流行。作為正體的小篆，並未能扼制秦係文字內部俗體的發展。到漢代這種俗體終於取得絕對優勢，確立了正體地位，小篆則成為代表古文字終結形態的古體字。隸書在正體化過程中，一直存在著與「俗體」「古體」的矛盾。儘管國家法律條文明確規定，「吏民上書，字或不正，輒舉劾」，取士授官，要求「通知古今文字」，[8]但是，實際上「人用己私，是非無正」[9]的狀況相當嚴重，甚至「一縣長吏，印文不同」。[10]漢平帝元始年間和漢安帝永初年間曾兩次徵召全國精通文字的學者進行用字的整理。[11]考察兩漢簡牘和碑刻，可以清楚地瞭解兩漢俗體流行的情況。西漢晚期以後發生的經學今、古文之爭，將今文隸書與古文的矛盾十分突出地表現出來。許慎作《說文解字》明確指出，文字是「前人所以垂後，後人所以識古」的憑藉，必須「遵修舊文」。[12]《說文》一書以篆文為正體，「合以古籀」，兼及俗體、或體，在解說上推求本形本義，就是古文經學家在文字問題上「崇古」的典型表現。

魏晉南北朝時期，漢字形體經歷了由隸書到楷書的轉變，加之當時特定的社會政治原因，文字使用較為混亂，新增俗體大量流行。北

7　〔東漢〕許慎：《說文解字·序》。

8　《漢書·藝文志》。

9　〔東漢〕許慎：《說文解字·序》。

10　《後漢書·馬援傳》注引《東觀記》。

11　《漢書·藝文志》《後漢書·孝安帝紀》。

12　〔東漢〕許慎：《說文解字·序》。

魏江式《上〈古今文字〉表》說:「世易風移,文字改變,篆形謬錯,隸體失真。俗學鄙習,復加虛造。巧談辯士,以意為疑,炫惑於時,難以釐改。」北齊顏之推也說:「(梁)大同之末,訛替滋生。蕭子雲改易字體,邵陵王頗行偽字,朝野翕然,以為楷式,畫虎不成,多所傷敗……北朝喪亂之餘,書跡鄙陋,加以專輒造字,猥拙甚於江南。」[13]這些記載與現存的當時的文字資料反映的用字情況基本相符,表明當時文字使用中普遍存在的「趨俗」現象。而同一時期的字書,如魏張揖的《古今字詁》、西晉呂忱的《字林》、北魏江式的《古今文字》、梁顧野王的《玉篇》等,卻又都是以許慎《說文》為準繩來規範當時的用字,表現了濃厚的「崇古」思想。北魏道武帝天興四年(401)曾令儒生對經典用字加以整理,太武帝始光二年(425)頒佈了一千多新造字,正式承認時俗流行的俗體,[14]但是,並未能解決當時社會用字存在的問題。

唐王朝建立後,採取了一系列的語文政策。唐太宗命顏師古刊正經籍,辨析異文俗字,於是開創了「字樣」之學,產生了以辨正俗訛為目的的字書系列。唐代字樣之學推進了楷書正體地位的確立,對規範魏晉以來的社會用字混亂有著重要意義。但是,我們應該看到唐代正字的主要指導思想依然是「崇古」的。像《開元文字音義》《五經文字》《新加九經字樣》等,都以《說文》《字林》《石經》為依據來「匡謬正俗」。這與當時制定的政策是一致的,如唐代科舉取士「明書」科要考《說文》《字林》,國子監置書學博士,所立的也是《說文》《字林》《石經》之學。[15]唐代以「崇古」為主的正字思想,影響到宋元明清各代的正字字書。宋代張有作《復古編》更是矯枉過正,

---

13 《顏氏家訓‧雜藝》。
14 《魏書‧太祖紀、世祖紀》。
15 影宋本《大唐六典‧吏部‧考功員外郎》《新唐書‧百官志》。

認為唯《說文》所有的字才是正確的，一切後出的新字都是「俗書訛體」。他主張復《說文》之古，甚至說「《說文》所無，手可斷，字不可易也。」[16]繼張有之後，出現了《續復古編》《增修復古編》《後復古編》《復古糾謬編》等一批字書，掀起了漢字使用中的一股「復古」思潮，它的影響延及元明以至近代。

北齊顏之推已感到，「不通古今，必依小篆，是正書記」是行不通的。[17]唐顏元孫則更明確地指出：「若總據《說文》，便下筆多礙。」他作《干祿字書》採取的是一個比較穩妥的正字辦法，那就是「俱言俗、通、正三體」，指明其使用的範圍以及應分別採取的正字態度。[18]顏元孫的三分法頗有可取之處，確定「正體字」使正字有依據，承認「通用字」尊重文字使用約定俗成的社會性，對「俗體字」允許它在一定範圍記憶體在，有利於文字體系的發展。這些正字思想對《龍龕手鏡》《俗書刊誤》《字彙》乃至《康熙字典》的編纂都有一定的影響。

唐宋以來，以「崇古」為主導的正字思想，有助於維持漢字在封建正統文化中的穩定性。不過這種穩定性是相對的，千餘年來，漢字系統一直處於不斷的發展過程中，這表現在：一方面，部分流行已久的俗體逐步取得正體的資格，而一些繁難古老的字體在使用過程中被逐漸取代；另一方面，民間俗體新字依然廣泛流行，如宋元以來民間小說、戲劇、詞曲刻本中大量使用俗體已經成為普遍的現象。[19]

二十世紀初，隨著封建社會的終結，一些有識之士提出「採用俗

---

16 〔宋〕陳振孫：《書錄題解》。

17 〔北齊〕顏之推：《顏氏家訓·書證》。

18 〔唐〕顏元孫：《干祿字書·序》。

19 參見劉復、李家瑞編：《宋元以來俗字譜》（北平，國立中央研究院歷史語言研究所，1930年）。

體字」「減省漢字筆劃」的建議。[20]經過長期的醞釀討論，五〇年代中期大陸的《漢字簡化方案》公佈實施，七〇年代初中國臺灣地區公佈《標準行書範本》，宋元以來長期流行的俗體字被有選擇地吸收，大陸確立簡化字為正體，臺灣地區也承認了簡體字在手寫中的合法地位。二十世紀以來，在漢字改革問題的論爭過程中，「趨俗」與「崇古」的矛盾衝突一直表現得十分激烈。當前出現的漢字使用的有關問題及學術界有關漢字的討論，也是這一對矛盾在新的歷史時期的表現。

通過簡略勾勒，不難看出，「崇古」與「趨俗」的確是始終伴隨漢字發展和使用過程中的一對矛盾，只是由於漢字正體概念的歷史變化，不同時期所謂的「古」與「俗」、「崇古」與「趨俗」的內涵也相應地發生著變化。

「崇古」與「趨俗」的矛盾之所以長期存在，有其深刻的內在原因。

漢字從形成到發展是一個緩慢、漸變的過程。作為一種自源的古老的文字體系，漢字的發展一直局限於內部的調整和優化，未曾發生根本性的變化。漢字體系內部的調整優化，主要表現在兩個方面：一是字體形態趨向簡便明瞭，易寫易認；二是結構類型趨向規整單一，便於構字。漢字形體從古文字階段到隸書再到楷書的發展，主要表現為由宛曲線條的篆引到平直筆劃組合的轉變。伴隨這種轉變，早期漢字形象特徵逐步消失，漢字形體符號化程度逐步加強，漢字書寫的基本單位——筆劃逐步形成，字體形態和筆劃組合方式發生相應的調整。經過形體筆劃化過程，漢字書寫更為簡捷便利，字形之間的區分特徵更為明晰。但是，這些變化還只是形體的微觀調整，沒有改變漢

---

20 陸費逵：〈普通教育當採用俗體字〉，載《教育雜誌》，創刊號，1909年；錢玄同：〈減省漢字筆劃底提議〉，載《新青年》7卷3期（1920年）。

字形體的基本性質。與形體筆劃化進程相一致，漢字的構形方式也經過了一個選擇和優化的過程。早期漢字以象形、指事、會意等為基本結構方式，殷商以後，形聲結構逐步發展，並成為漢字最主要的結構方式。漢字發展進入隸楷階段以後，象形、指事結構基本喪失構字功能，會意結構由早期的「以形相會」（如「步、保、伐」）發展為抽象的「以義相會」（如「岩、尖、歪、憑」），只保存了極其有限的構字能力，形聲結構幾乎成為唯一的結構方式，漢字結構類型趨向規整單一。漢字體系在基本構形部件相對穩定的前提下，通過記錄語音的聲符與標指、區分字義範疇的形符相組合的形聲結構，較好地適應了社會發展和語言發展的需要，保持了漢字體系的相對穩定性。因而，從總體上看，漢字體系始終沒有突破它的傳統格局。

漢字體系長期維持相對穩定的格局，直接影響歷代對漢字的研究和學習。自許慎《說文》問世，我國傳統的漢字研究都是注重字源的探索，重視本字本義的推求，並把它作為文字學研究的最基本的目的。傳統文字學偏向漢字的歷史形態，對現實的文字體系和狀況較少注意，顯然是由漢字體系長期保持相對穩定這一因素決定的。漢字長期穩定的事實以及傳統文字學對漢字的基本認識，自然影響到漢字的教育。傳統的漢字教育，總是嚮學習者傳授世代相沿的經驗和知識，要求他們接受和遵循既定的規範。因此，在漢字運用上表現出因循舊貫、遵守古已有之的規範就有其必然性了。

漢字體系又總是處在發展變化之中，正如王國維所說：「自其變者觀之，則文字殆無往而不變」；「自其不變者而觀之，則文字之形與勢皆以漸變。」[21]我們從「不變」的角度看，漢字的發展是「漸變」的；從「變」的角度看，漢字體系的發展可以說是巨大的。漢字形體

---

21 王國維：《史籀篇疏證・序》（北京市：中華書局，1959年），見《觀堂集林》，卷五。

由篆而隸，由隸而楷的階段性變化，反映了漢字縱向發展的軌跡，每一個階段性的變化，都是漢字形體發展的一次飛躍。而不同時期因漢字使用者個人、文化群體和地域差異的影響，漢字形體也因此而發生相應的變化。這種變化往往形成相對於某一時期漢字正體的變體，也就是所謂「俗體」。俗體的出現和流行，是對已有的傳統和規範的突破和衝擊，是相對穩定的漢字體系中出現的新的要素。在漢字發展的歷史進程中，俗體總是經過與正體的頑強對抗，完成正體化的過程，從而獲得正體的地位。如果將《說文》《干祿字書》《龍龕手鏡》等字書所注明的「俗體」進行跟蹤分析，我們會發現許多俗體字後來都成為正體字。考察整個漢字發展的歷史，由「俗」而「正」是漢字體系定型之後產生新字的主要途徑，「在規範內求穩定，在規範外求發展」可以說是漢字發展的一條基本規律。

漢字體系長期因循傳統、相對穩定與實際使用中的不斷發展更新是一對基本矛盾，正體與俗體、「崇古」與「趨俗」的矛盾就是這一基本矛盾的反映。因為已有規範和傳統的維繫，漢字幾千年來一脈相承，對漢民族文化的傳遞和發展發揮了巨大的作用；因為漢字體系內部新的要素對已有規範和傳統的突破，漢字才能更好地適應社會和語言的發展。矛盾雙方的相互制約，使漢字始終保持著動態的穩定，具有長久的生命力。

漢字使用中長期存在的「崇古」和「趨俗」的矛盾現象，還與漢字基本功用的發揮有著密切關係。漢字的主要功用有兩個方面：一是作為言語交際的輔助工具；二是作為傳遞歷史文化的重要載體。歷史上漢字作為交際工具的作用，遠不如作為傳遞歷史文化載體的作用發揮得徹底。漢字從一開始就被處於統治地位的貴族集團所壟斷，成為記載、傳播統治階級思想文化的工具。比如兩漢以後儒家文化確立了正統地位，歷代的文化人走的差不多都是一條「讀經致仕」的道路。

漢字教育以誦讀經文為目的，精通經學以精通「小學」為基礎。記載儒家經典的文字被奉為「經藝之本，王政之始」，[22]研究文字的小學被列入經學的範疇，「以字考經，以經考字」成為傳統文字學研究的基本方法，[23]甚至整個傳統文字學的發展與經學的發展也休戚相關。對儒家經典的頂禮膜拜，延伸到對漢字的崇拜，漢字在讀書人心目中具有神聖的地位。因此，在漢字問題上也就形成了一種「崇古尚正」的文化心理定勢，背上了「因循守舊」的沉重包袱。作為交際工具的職能是一切文字的本質屬性。漢字在歷史上用於交際的範圍是有限的，在文化水準較低的下層人民中間，根本不具備利用文字交際的客觀條件。即便如此，在一定的文化層次中，漢字只要用於交際活動，它就將遵循交際的原則而獲得發展。一旦漢字從神聖的文化殿堂走到凡夫俗子中間，適應日常交際活動的需要，它的神聖面紗便不自覺地脫落了，更為切近時俗實用，從而獲得突破傳統的機會與可能。事實上，漢字發展的不同時期出現的「俗文雜字」，首先總是產生於「非涉雅言」的民間日常言語交際和文化交往活動中。由於文字的社會性特點的制約和實際使用需要，「俗文雜字」有著廣泛的使用對象和場所，「趨俗從時」的心理便在漢字運用過程中不自覺地形成，已有的規範便被拋置一隅。由此看來，漢字使用中的「崇古」與「趨俗」現象也是漢字作為傳統文化的載體和在交際過程中切近時俗實用所形成的兩種不同心理定勢的必然反映。從這個意義上講，「崇古」與「趨俗」的矛盾，同樣是一定社會文化群體矛盾衝突的重要表現。近代以來，雖然漢字作為交際工具的職能得到了更充分的發揮，但是，長期形成的上述兩種不同的心理定勢對漢字的使用和發展依然發生著潛在的影響。

---

22 〔東漢〕許慎：《說文解字・序》。
23 〔清〕陳煥：《說文解字注・跋》。

　　「崇古」與「趨俗」矛盾的長期存在有其必然性，但是這種矛盾的起伏隱現又受到一定社會歷史、文化背景的影響。每當社會處於急劇發展、文化處於較大變更時，這種矛盾就表現得尤為突出，上文的簡略勾勒十分清楚地表明這一點。近年來出現的社會用字的「崇古」與「趨俗」現象，就是漢字發展和使用過程中長期存在的這對矛盾在改革開放這一特定歷史時期的表現。戴昭銘對繁體風盛行的原因的分析，對此已有所揭示。[24]我們認為，繁體的風行與新時期的繁簡之爭，最根本的原因仍是漢字體系內部矛盾的反映。維護繁體，實際是長期以來漢字使用問題上「崇古」心理的表現，有其深厚的歷史淵源和充分的現實依據。至於社會上存在的不規範地使用繁體字，並不能表現出更多的文化內涵，只是在一定社會文化背景下反映出的盲目趨附心理，繁簡夾雜、半繁半簡、錯用繁體，則表現出文化素養的某種欠缺。當前社會流行的不規範的簡化字，對已獲得正體地位的簡化字而言，是新的俗體，與規範的簡化字又構成了一對新的「正」與「俗」的矛盾，這也是漢字體系內部發展中長期以來存在的「正」與「俗」矛盾的反映。

　　如何解決當前漢字使用中「崇古」和「趨俗」的問題？戴昭銘提出「語文立法問題」。[25]語言文字的發展和使用是一種複雜的社會現象，用立法來解決語言文字問題，並非是一件容易的事情，無論在理論上還是在實際操作過程中，都會存在著許多難以克服的困難。根據上文的分析和社會用字的現實情況，我們認為應該把立足點放在調整和完善我國現階段的語文政策上，進一步發揮語文政策對語言文字應用的規範和引導作用，以解決當前社會用字中出現的問題。語文政策

24 戴昭銘：〈繁體風、「識繁寫簡」和語文立法問題〉，載《語言文字應用》1992年第1期。

25 同上。

的調整和完善涉及的問題很多，當前應特別重視以下三點。

第一，要進一步明確漢字規範的國家標準。規範地使用漢字，是以漢字規範的確立為前提的。漢字發展和使用的歷史表明，漢字不同時期規範的形成是其體系內部發展和一定社會集團力量作用的結果。不同時期雖然漢字規範的內涵有所不同，但都有社會統一遵循的規範，那就是各個時期的正體字。正是這種統一的規範，維繫了漢字運用的內部秩序，保證了漢字體系的長期穩定。當前，應結合漢字使用的現狀，進一步明確漢字規範的國家標準。現代簡化字作為社會統一規範，已經推行了三十六年，但是，作為國家標準，僅僅公佈《簡化字總表》是不夠的。漢字規範的國家標準應有更豐富的內涵，至少應在以下各方面有明確的規定：一、「規範漢字」概念的內涵和外延；二、「規範漢字」的具體標準；三、「規範漢字」使用的範圍；四、「規範漢字」使用的管理措施；五、確認和調整漢字規範的權力機構，等等。目前，可以說我們還沒有形成完善、明確的國家標準。首先，「規範漢字」的概念不明確。現代簡化漢字是國家標準的「規範漢字」，但是，還沒有對現代簡化漢字的內涵與外延作出科學界定的權威性文字可供憑依。「規範漢字」與「現代簡化漢字」是否是等值的？如果是等值的，那麼繁體字是不是規範漢字？國家允許在一定的範圍內可以使用繁體字，這種情況下繁體字是否為規範漢字？這些問題沒有明確的限定。如果認為繁體字在某些情況下是規範漢字，某些情況下不是規範漢字，在理論上就缺乏應有的說服力。確切地說，現代簡化漢字是國家的正體文字，規範漢字的概念似應大於正體這一概念，經允許使用的繁體字應屬於規範漢字的範疇。其次，「規範漢字」的標準不完善。《簡化字總表》《印刷通用漢字字形表》《現代漢語通用字表》《信息交換用漢字編碼字元集·基本集》等都是國家標準，可是上述字表只收錄了漢字的一部分，不見於字表的字的規範是

什麼？以上各表在公佈時都未作交代。一九八七年公佈的《關於廣播、電影、電視正確使用語言文字的若干規定》《關於企業、商店的牌匾、商品包裝、廣告等正確使用漢字和中文拼音的若干規定》也都沒有明確的說明。只有《出版物漢字使用管理規定》（徵求意見第三稿）限定「規範漢字」的字形是一九八六年十月重新發表的《簡化字總表》收錄的簡化字和一九六五年公佈的《印刷通用漢字字形表》所規定的新字形，同時補充指出：「《漢語大字典》所收的沒有被簡化的傳承字」也是「規範漢字」，似乎考慮到上面提出的問題。可是，這種補充顯得過於寬泛，對於其它行業和社會用字難以發揮約束作用，即使出版界，也不易掌握好。當前社會上濫用繁體字，可以說是不規範地使用繁體字，那麼規範的繁體字標準是什麼彝上述《規定》都沒有明確的「規定」。最後，「規範漢字」使用的範圍尚缺乏統一要求。已發佈和徵求意見的幾個《規定》，僅僅限定了部分領域的用字。即使在這些領域，某些規定也不很明確，如繁體字的使用範圍就相當含糊。繁體字的氾濫與對它的使用範圍限制不嚴有直接關係。漢字的運用涉及各行各業、各個領域，應該考慮制定適用於各個方面的統一的國家標準，這是漢字規範化工作的當務之急。

第二，要豐富語文政策的科學性內涵。語文政策的科學性，來源於對語言文字規律的科學性認識。科學、完善的語文政策，在語文規範化方面將會發揮更大的作用。漢字政策的制定必須充分依據對漢字及其發展規律的科學認識。如漢字發展的方向、漢字的性質、漢字形音義的關係、漢字的優缺點以及漢字在中國文化中的地位等，對這些問題的認識正確與否，將直接影響漢字政策的制定。過去語文政策的某些不當，現在某些有失偏頗的意見，都與對這些基本問題認識的偏差有關。要建立真正的漢字規範的國家標準，必須充分依據漢字發展的內在規律。比如，在制定漢字規範時，從宏觀上是不是應該考慮漢

字體系的發展長期處於相對穩定的狀態，歷史漢字在傳遞中國文化方面的突出功用，以及漢字俗體、正體化與漢字歷史發展的關係等，既堅持規範的統一性，又兼顧規範的層次性，不僅要明確現代簡化漢字的正體地位，還要有相應的繁體字的規範和規範俗體字的辦法，使漢字規範與漢字體系內部構成和漢字運用的多層次性相一致。在國家正體文字之外，有限制地發揮繁體字在某些方面的作用，以維繫漢字體系和中國文化的傳統；有引導地容忍俗體字在一定範圍內發展，以更好地促進漢字體系的長遠發展。從微觀上看，制定漢字規範時，應顧及漢字體系內部的不斷調整優化，使漢字規範既有明確的標準可供依據，又有一定的彈性，以容納漢字體系內部向優化方面所進行的調整。為增強語文政策的科學性內涵，一方面要加強對漢字若干基本問題的理論研究，揭示漢字發展的規律；另一方面必須明確制定語文政策的指導思想，絕不從主觀願望出發，不搞簡單化，應尊重漢字的規律，尊重漢字使用的事實，使語文政策以其科學的力量，對語言文字應用發揮指導和規範作用，而不是將它當做僵化的框框和生硬的法律條文。

第三，要增強語文政策的自我調節能力。語言文字是一個動態穩定的系統，與之相適應，語文政策也應是一個動態的系統。語文政策在對語言文字的應用進行調控時，要根據語言文字體系的內部發展和使用語言文字情況的變化的信息，適時對已有的政策進行自我調節，使整個系統始終處於最佳狀態。如果語文政策不具備自我調節能力，就很難適應語言文字系統的發展和語言文字應用的實際變化，以發揮其應有的作用。近年來社會用字相當混亂的情況，雖然有關部門和語言工作者一再呼籲，也採取了一定的措施，卻收效甚微，明顯地反映出我國現行的語言文字政策還未能充分發揮有效的調控作用。我國二十世紀五六十年代制定和推行的有關語文政策的社會、文化環境，

「文化大革命」十年尤其是改革開放以來，發生了迅速的變化。為了適應社會發展和形勢變化的需要，一九八六年召開了全國語言文字工作會議，規定了新時期語言文字工作的方針和任務，在總體上對過去的語文政策進行了調整。但是，各項具體的政策沒有能及時跟上，表現在漢字規範問題上尤其明顯。就繁體字運用而言，一方面我們承認它的存在有一定的必要性；另一方面則應以科學的政策，明確其使用的規範標準，限定其使用的場所和範圍，有效地削弱因歷史原因而形成的繁體字優勢，鞏固現代簡化漢字的正體地位。在這些問題上，我們的語文政策沒有及時作出規定。當繁體字使用日趨混亂的時候，相關的語文政策還遲遲不能出臺，已經公佈的各種規定，又缺乏得力的措施。這表明，現行的國家語文政策自我調節能力較差，不能根據語言文字應用的實際情況迅速地自我調整完善。當前，應盡快完善語文政策，建立一整套有充分科學依據、切合現實需要的語言文字規範。在制定有關規範時，應考慮改進規範的自我調節機制，使之既十分具體明確可供操作，又相對開放便於及時調整。

走向規範而又充滿生氣的語文生活*

　　語文生活指的是一定社會人們所進行的各種語言文字活動。語文生活的狀況不僅取決於社會語言文字運用水準和語言文明發展的程度，也反映了社會政治、經濟和文化的發展水準。因此，科學地評價一個社會的語文生活狀況並不是一件很容易的工作。

　　在談我國當前語文生活狀況之前，我們以為應首先明確以下幾點。

　　第一，語文規範是評價語文生活狀況的基本依據。評價社會的語文生活可以從不同的角度，運用不同的標準，但是，能比較典型地體現一個社會語文生活狀況的則是其語言文字運用的規範化程度。一般說來，語文規範標準越完善，運用範圍越廣，規範化程度越高，這個社會的語文生活狀況就越好。

　　第二，估價一個社會的語文生活應分清層次，把握主流。任何一個社會，語文生活的內涵都是十分豐富和複雜的。語文活動遵循社會性原則，但由於地域、階層、行業、職業等因素的影響，社會語文生活又表現出一定的差異性。因而，評價對象的選擇就顯得很重要。比如政府公務活動、學校教育、廣播影視、書刊印刷、信息傳播和公眾場所等方面的語文應用情況，最能代表現代社會語文規範化水準，應作為評價的主要對象。

　　第三，評價社會語文生活應堅持歷史的發展的觀點。語言文字是一個動態的符號系統，其發展變化既受現實語文生活的影響，又反映

---

*　原載《語文建設》1997年第10期。

於語文生活的現實之中。作為評價基本依據的語文規範則具有一定的時代性和穩定性，它只對一定歷史時期語文生活的有關方面起規範作用。因此，評價語文生活有關現象時，要具體分析其形成的歷史的和現實的原因，不能教條地運用現成規範，簡單化地作出結論。

從以上觀點出發，我們認為我國當前語文生活總體是健康的，語言文字工作取得了巨大的歷史性成就。新中國成立以後，尤其是一九八六年全國語言文字工作會議以來，我國制定頒佈的一系列語言文字規範標準和有關政策，對規範當代語文生活發揮了重要作用。

推廣普通話工作有重點、有步驟地發展，各級學校特別是中小學和師範院校成績顯著，廣播電視的普通話播音為推普起到了很好的示範作用。一九九二年國家語委調整了新時期推普工作的方針，與有關部委聯合作出《關於開展普通話水準測試工作的決定》，適時地將推廣和普及普通話工作推向一個新的歷史階段。普通話作為國家法定的通用語的地位得到了進一步的加強，能夠聽懂普通話、可以運用普通話交際的人口比例不斷地增加。對於我們這樣一個幅員遼闊、人口眾多、方言分歧嚴重、經濟與文化還不很發達的國家，推普工作能達到今天這樣的水準，應當予以高度評價。

漢字簡化方案和有關漢字規範的頒佈實行，確立了簡化字作為現行漢字的正體地位。一九八六年以來，在漢字規範化、標準化方面開展了積極的工作，研製公佈的《現代漢語常用字表》《現代漢語通用字表》等現代漢字用字規範，適應了新時期漢字教學、出版印刷、信息處理等方面的需要，有力地促進了漢字規範化工作；社會用字的管理工作也逐步得到加強，國家語委會同有關部委頒發了一系列社會用字管理規定，對維護社會用字規範起到了積極的作用。現代漢字還得到國際社會的廣泛認同，成為國際政治、經濟和學術文化活動中重要的文字之一。

《中文拼音方案》作為漢語漢字注音符號、拼寫中國人名地名和漢語的國際標準，在語文教學、推廣普通話、中文信息處理、新聞出版、文獻檢索以及國際交流等領域發揮著不可替代的作用。

講普通話、使用簡化漢字和中文拼音，已成為我國當代語文生活的主流。實踐證明，我國推行的一系列語言文字方針政策和各種語文規範，使當代語文生活面貌發生了具有現代意義的巨大變化。這種變化既符合歷史悠久的漢語漢字自身發展規律，又適應了當代現代化建設和改革開放的需要。

語言文字的統一規範，是國家強盛、民族團結統一的重要標誌，也是社會政治、經濟、文化高度發展和現代化建設的必然要求。正因為如此，百餘年來許多愛國志士為國家民族的振興而投身於語文革新運動。只有在新中國，他們未能實現的美好願望才能變成現實，語言文字工作才能取得這樣偉大的歷史性成就。

在充分肯定我國當前語文生活主流的同時，對近年來社會用語用字的種種不規範現象，我們也應作出實事求是的分析。社會用語用字不規範現象的分析，不僅關係到我們所應採取的治理措施的制定，也是估價當前語文狀況所不能迴避的。在我們看來，社會用語用字不規範現象雖然比較嚴重，但並不影響上述對當前語文生活的基本估價。

有些現象的產生是由語文生活本身的多元化格局所決定的，是語文生活複雜性的表現。如講普通話、寫規範的簡化字雖然是現實語文生活主體，但是現代漢語多種方言並存，繁體字在一定領域（古籍印刷等）和地區（港澳臺）依然通行，實際構成了現實語文生活的多元化格局。因此，在一定背景下，濫用繁體字、方言抬頭就有其歷史和現實的基礎。

有些現象反映了社會經濟文化的快速發展變更對語言文字符號系統的影響。現實語文生活總與一定時期社會發展狀況密切相關。社會

發展平穩，語言文字的發展就相對地較為緩慢。社會轉型或失序（如戰亂）、經濟文化高度繁榮和快速發展，就會對語文生活產生巨大衝擊力。這一點已為漢語漢字的發展歷史所證明。當前語文生活中大量新詞語的出現和外來語的湧進，顯然是我國改革開放、社會經濟文化快速發展在語文領域的反映。當然，這種衝擊往往泥沙俱下，既包含著推進語言文字發展的新要素，也夾帶著不利於語言文字純潔健康的消極因素。當前出現的諸如生造不合乎漢語規範的詞語、濫用草率翻譯的外來術語、毫無必要地夾用外文之類的做法，就是消極的語文因素，影響了漢語的純潔性和表達效果。

有些現象則是由於國民語文基本素質不高造成的。我國人口眾多，社會經濟文化發展還不平衡，人們受教育的程度差別較大，因此，國民語文素質參差不齊。語文生活中素質不高的表現相當突出，如：讀錯字音、寫錯別字、用語用字不正確，屬於語文基本知識欠缺；濫用繁體字、生造詞語、寫不規範的簡體字，表明語文規範意識淡薄；語言粗俗化、起洋名之類則是思想意識差，語言文明素養低的表現。

總而言之，當前語文生活中出現的一些不規範現象，從某種意義上講，是難以避免的。對這些現象，我們一方面要有足夠的認識，正視社會語文生活的現實，加強語文素質教育和語文規範的宣傳，因勢利導，促進語言文字的健康發展；另一方面要進一步完善各類語文規範，加大管理力度，抑制影響語文生活純潔性的不良因素的滋生蔓延。

對漢字規範化問題的幾點看法[*]

　　漢字規範化問題不僅要充分考慮漢字自身構造和發展的規律，更要重視漢字運用的實際情況。漢字的運用涉及社會的各方面，因此對已經形成的漢字簡化方案大家可以提出各種意見，對研製新的規範漢字總表也會見仁見智有所分歧。比如關於《漢字簡化方案》中的同音替代字能否恢復到原來的狀態，能否按類推原則繼續實行漢字簡化並對某些已經類推出的簡化字予以承認等，站在不同的角度會有完全不同的看法，這是很正常的。

　　筆者認為當前要適應信息化時代的要求，在標準化方面做好漢字規範化的基礎性工作，要避免任何可能出現的新的人為的混亂。首先，應該保持現行漢字系統的基本穩定。對已經定下的同音替代字和簡化字不能輕易改動或退回到繁體。有些學者認為「一簡方案」的某些同音替代字和簡化字違背了漢字的構造規律，應該恢復到原來繁體的狀態。就個別字而言，從字理和微觀的角度看也許不無道理，但是，從漢字歷史發展看，漢字構形的理據性從來都是相對的，所謂理據性只是就漢字體系的總體情況來說的，漢字系統自身的發展很多情況下卻是通過對這種理據性的突破來實現的。同音替代和簡化是漢字發展史上曾經普遍和經常發生的現象。而隸變則是衝破構形理據性的束縛以實現漢字系統的整體簡化，訛變更是一種將錯就錯、因訛成是的獨特現象。如果沒有這些現象的發生，很難想像漢字系統能夠不斷

＊　原載《漢字規範百家談》（北京市：商務印書館，2004年）。

優化並至今充滿活力。所以我們不能簡單、片面地強調漢字構形的理據性而忽視漢字系統發展的其它現象。從這個意義上說，已經形成的現行簡化方案應保持穩定，不必再作調整和變動。漢字的應用實際也要求我們要保持現行漢字系統的穩定。自現行簡化字推行以來，現行漢字系統已經為國內外普遍接受，哪怕是任何微小的調整都會涉及教育、新聞出版、信息處理和社會用字的方方面面，影響到數億人的語文生活，帶來不必要的麻煩和心理震盪。一種規範一旦建立並為社會廣泛接受，同時也就對我們的規範化工作形成制約，我們對已有規範的改變並不是可以隨心所欲的。考慮到港澳臺地區和國際上漢字使用的情況，目前筆者以為也不宜再進一步推行漢字簡化工作。將一些很少使用或根本不具備實用價值的漢字進行類推簡化，會因此進一步擴大世界範圍內漢字使用的差距，使漢字信息處理和交流增加新的困難，甚至可能傳遞出現行漢字尚是一個可以不斷改變的系統的錯誤信息，給漢字規範化、標準化工作造成不必要的負面影響。

其次，根據實際需要，加強漢字的整理和研究工作，分層次制定適應不同需要的新的漢字規範。由於漢字使用領域的廣泛性和使用者的多層次性，當前應實事求是地開展漢字研究整理工作並研製新的規範字表，以滿足不同方面的需要。一般說來，國家語言文字工作委員會一九八八年發佈的《現代漢語通用字表》完全可以滿足一般社會用字需求。但是，我國人名、地名用字卻非常特殊，許多人名選字生僻，一些地名歷史悠久，其用字可能超出通用字範圍；還有一些地區流行的方言用字，也沒能包含在通用字表之內。為處理類似的問題，可以整理制定諸如人名、地名、方言專用字表，甚至對新生兒童取名用字做出限定，以盡可能減少取名用生僻字。繁體字在古代文化典籍的整理出版、與海外交流等方面依然有著廣泛的用途，當前急需整理發佈繁體字總表，以規範繁體字的使用，並適應漢字信息處理國際編

碼工作的需要。繁體字的整理要盡可能地擴大收字的覆蓋面，既尊重漢字運用的歷史實際，也要照顧海內外繁體字使用的實際情況，求同去異，避免出現新的混亂。按通用字表、專用字表和繁體字總表三個層次來整理全部漢字，確立不同層次的漢字規範，我們認為既能保持現行漢字系統的穩定，也可滿足各方面用字的實際需要，應該是一種關係當前和長遠的恰當的選擇。

最後，適應信息化時代潮流，積極創造條件實現全球範圍內漢字使用的「書同文」。隨著全球信息和經濟一體化步伐的加快、港澳回歸和海峽兩岸經濟文化交流的日益密切以及我國在國際事務中地位的不斷提升，漢語漢字在世界政治、經濟、科技教育和社會生活的各個方面已成為最重要的語言文字之一。這種地位的確立對全球漢字使用的統一以及規範化和標準化提出了新的必然的要求。我國語言文字工作者將面臨著艱巨的任務和光榮的使命。我們應抓住當前的有利時機，加快漢字的整理研究和各層次漢字規範的制定工作，當仁不讓地做出我們應有的貢獻。同時，我們應與港澳臺地區和其它使用漢字的國家開展合作研究，共同努力制定出各方都能接受的方案，最終實現全球範圍內「書同文」的目標。從這一點考慮，我們以為當前尤應保持現行簡化字系統的穩定。

漢字規範的現實基礎及路徑選擇[*]

　　《規範漢字表》課題立項後，關於新的規範漢字的研製工作得到各方面的高度關注。[1]二〇〇四年以來筆者先後參加了專家組和專家委員會的工作，有機會較多接觸各方面的意見，對課題組的工作也有了更多的瞭解。應該說，新的《規範漢字表》的研製工作，指導思想非常明確，[2]工作嚴謹而審慎。為保證《規範漢字表》的研製能充分反映專家的意見，教育部語言文字信息管理司等部門先後召開了四次全國性專題學術研討會。[3]許多學者發表了專題研究論文，[4]有的語言學期刊還開闢專欄予以討論。[5]

　　漢字規範是一定時期適應現實用字需要而採取的漢字整理和標準

---

[*] 原載《語言文字應用》，2007年第4期。

[1] 二〇〇一年四月《規範漢字表》課題立項，二〇〇四年十月成立《字表》研製專家組，二〇〇六年四月課題結項。此後成立《字表》（送審稿）專家委員會進一步完善方案，目前已進入方案定稿階段。

[2] 王鐵琨：〈關於《規範漢字表》的研製〉，載《語言文字應用》2004年第2期。

[3] 這四次會議是：漢字規範問題學術研討會，二〇〇一年十二月二十一至二十二日，上海市；異體字問題學術研討會，二〇〇二年五月十六至十九日，江西省井岡山市；簡化字問題學術研討會，二〇〇二年六月二十二至二十三日，安徽省合肥市；漢字印刷字形問題學術研討會，二〇〇二年八月二十二至二十六日，山東省煙臺市。會議論文分別收入《漢字規範問題研究叢書》四種之中，該叢書二〇〇四年由商務印書館出版。

[4] 王寧：〈論漢字規範的社會性與科學性〉，載《中國社會科學》2004年第3期；王寧：〈再論漢字規範的科學性與社會性〉，載《語言文字應用》2006年第4期；蘇培成：〈《規範漢字表》的研製〉，載《語言文字應用》2004年第2期。

[5] 參見香港中國語文學會主辦：《語文建設通訊》第85期（2006年12月）。

制定的工作。不同時期社會發展和漢字使用的實際情況不同，規範的目的、任務也會不同。漢字規範標準的制定一方面要立足於漢字應用的實際，適應漢字使用的社會需求；另一方面要遵循語言文字自身的特點及其發展、應用的內在規律，盡可能避免因認識的偏差導致定出的規範脫離實際需求，甚至違背語言文字規律，從而造成應用的不便和混亂，使規範制定的目的難以實現。這方面過去既有成功的經驗，也有深刻的教訓。經歷近三十年的改革開放，我國社會政治、經濟、文化發生了巨大變化，信息技術的廣泛運用使語言文字生活也今非昔比。在這種背景下研製新的《規範漢字表》，其意義和影響必將是重大和深遠的。因此，社會各界乃至國際上對我國漢字規範工作自然會高度關注和熱切期待。

研製新的《規範漢字表》首先涉及「規範漢字」的概念。《中華人民共和國國家通用語言文字法》第二條限定：「本法所稱的國家通用語言文字是普通話和規範漢字。」第三條規定：「國家推廣普通話，推行規範漢字。」對「規範漢字」的界定在一定程度上直接關係到《規範漢字表》的研製工作。目前還沒有一個為大家公認的明確定義來清晰界定「規範漢字」的內涵和外延。王鐵琨曾提出對「規範漢字」的認識應把握好四個要點，其中最為關鍵的一點是：「規範漢字有層次之分。」他指出：「這裏所說的規範漢字，主要指現代通用於我國大陸一般交際場合的漢字。『現代通用』『我國大陸』『一般交際場合』三個要素非常重要，它以『通用』為尺規給出了國別（地區）、時代、領域、場合等限制，契合當代漢字通行和應用的客觀實際。」[6]這樣的描述對正確理解「規範漢字」和制定《規範漢字表》無疑是必要的。我們認為，新的《規範漢字表》的研製，不僅要充分

6　王鐵琨：〈關於《規範漢字表》的研製〉，載《語言文字應用》2004年第2期。

考慮並立足於這「三個要素」，同時還要確立漢字規範的整體觀和大視野，即在整體分析和全面把握漢字應用歷史和現實的基礎上，樹立科學的漢字規範觀和發展觀，使新研製的《規範漢字表》最大可能地「協調漢字的科學性和社會性」，成為一個「理想的漢字規範」。[7]

事實上，制定「理想的漢字規範」並非易事。漢字的發展歷史和應用現實十分複雜，漢字使用者和需求者構成多樣，漢字規範是否理想，要經受來自各方面的核對總和不同角度的評估，一個能讓各方面都感到「理想」的漢字規範目前幾乎不可能產生。這就要求漢字規範的研製在堅持遵循漢字構造、應用和發展規律的同時，必須全面而客觀地認識和評估漢字應用的現實基礎和客觀需求。

角度不同對這個問題的看法可能會大相徑庭。儘管我們應該按照《國家通用語言文字法》的適用範圍來評估漢字使用的現實，但是，如果從漢字規範的整體觀和大視野來看，漢字應用客觀上已經形成「繁、簡二元並存」的格局，則是一個無法迴避的現實。作為聯合國六種工作語言文字之一，漢字不僅是「我國大陸」地區通行的文字，也是港、澳、臺地區和全世界通行的文字；不僅是「現代通用」的「一般交際場合」用字，也是長期延續傳承並至今使用的歷史文本用字。因此，漢字應用涉及的問題遠遠超出「規範漢字」「三個要素」的限定，只有放眼世界，綜觀古今，才能實事求是地看待漢字應用的實際，在漢字規範的研製工作中充分考慮各方面的情況，既滿足我國大陸當前「推行規範漢字」的需要，也兼顧漢字應用的歷史和現實基礎，最大限度地體現漢字規範的本質屬性和基本要求。

漢字應用的「二元並存」，是指我國大陸及其它各地區與不同領域漢字使用整體呈現出的「繁、簡」二體並存的現象。需要指出的

7　王寧：〈再論漢字規範的科學性與社會性〉，載《語言文字應用》2006年第4期。

是,「繁、簡二元並存」並非指二者表現為一種簡單的並列關係。實際上,在某些層面可能是一元為主、一元補充的關係,在某些層面可能是二元混合的關係,在某些層面則可能是此消彼長的關係。

就我國大陸而言,簡化字作為法定的通用規範漢字,不僅應用於教育、新聞出版、公共服務、信息處理和公務活動等各領域,而且通過國際交流和漢語國際推廣已經走向世界。據《中國語言生活狀況調查報告》(2005)公佈的調查資料,全國(大陸)只寫簡化字的人占百分之九十五點二五,繁簡並用的占三點八四。教育和新聞出版領域簡化字使用情況最好,超出全國平均水準。其它領域則略有差別,如在行政領域,公務員起草檔使用簡化字的占百分之九十點七六,用繁體的占百分之〇點二九,繁簡並用的占百分之六點五一;公務員名片用簡化字的占百分之八十八點三五,用繁體字的占百分之七點〇九,簡繁並用的占百分之四點五六。在司法領域,司法人員起草文稿百分之九十三點一用簡化字,百分之〇點三用繁體,百分之五點一繁簡並用;司法人員名片百分之九十四點六用簡化字,百分之二點七用繁體,百分之二點七繁簡並用。[8]對網路語言的調查顯示,網頁編碼和用字情況,簡體比例(GB)為百分之九十三點一,繁體比例(BIG5)為百分之三點七;各類網站提供的語種/文字閱讀情況,總體(加權)簡體中文閱讀占百分之九十六點三,繁體中文閱讀占百分之三點五。[9]由這些資料可以看出,我國(大陸)已普遍使用簡化字,繁體字只因個人習慣或在某些情況下還偶而使用。通過對二〇〇五年報紙、廣播電視、網路等媒體用字調查,總計使用字種數八二八個,其中使用繁體字三六一個,異體字一九三個,分別占百分之四

---

8 李宇明主編:《中國語言生活狀況調查報告(2005)》(北京市:商務印書館,2006年),上編,頁14、15、17。

9 同上書,頁212。

點三九和百分之二點三五。[10]這些都表明簡化字不僅確立了法定地位，而且人們使用簡化字的習慣已經養成，在社會通用層面簡化字處於絕對優勢。

在簡化字佔據優勢的同時，繁體字也有一定的使用空間。《國家通用語言文字法》第十七條規定，在六種情況下「可以保留或使用繁體字、異體字」。[11]我國保存的大量歷史文獻典籍，無論是一般性閱讀，還是專業的整理研究、普及出版，都使得繁體字仍然有著一定的使用群體和領域。大型字書和辭書的編纂，往往繁簡兼收並蓄，作為儲藏性質的工具書，這樣的處理是必要的。而信息處理過程中，隨著兩岸三地交流日益密切，繁簡轉換是無法避免的，習慣簡化字的人們必須同時熟悉繁體字，只有這樣才能適應交流的需要。一些漢字輸入法，在《簡化字總表》和《現代漢語通用字表》之外，增收部分繁體字，造成漢字輸入的繁簡並存。適應國際漢字信息交換的需要，一九九三年國際標準組織正式發佈的漢字編碼字元集 ISO 10646.1（即GB 13000.1）繁、簡體並收，同時還包括日本和韓國漢字，共計收字二〇九〇二個。其後，我國進一步將字元集擴充到二七八四七字（GB 18030）。這個大字元集的廣泛使用，在保障信息交換通暢性的同時，實際上也凸顯出繁簡並存與漢字規範要求的矛盾。[12]

港、澳、臺地區一直以繁體字為正體，中國臺灣地區對漢字進行整理後制訂出《常用國字標準字體表》、《次常用國字標準字體表》，兩表共收字一五五四八個。近年來，隨著港、澳回歸和海峽兩岸經貿

---

10 同上書，下編，頁6、9。

11 這六種情況是：一、文物古跡；二、姓氏中的異體字；三、書法、篆刻等藝術作品；四、題詞和招牌的手書字；五、出版、教學、研究中需要使用的；六、經國務院有關部門批准的特殊情況。

12 顧小鳳：〈電腦應用中的漢字規範問題〉，見李宇明、費錦昌主編：《漢字規範百家談》（北京市：商務印書館，2004年）。

往來的加強，在語言文字層面的互相影響也在同步增強。一方面受港、澳、臺地區的影響，大陸出現繁體字使用增多的現象；另一方面簡化字在港、澳、臺地區的使用增多也是由於與大陸交流日益密切的緣故。[13]簡化字逐漸流行之後，在港、澳、臺地區客觀上也形成了以繁體為主的二元並存格局。

從世界範圍看，漢字的使用更是「繁、簡二元並存」。隨著我國國際地位的不斷提升，中外交流的不斷加強，海外漢語熱持續升溫，國際漢語教學不僅形成繁、簡並存的二元格局，而且簡化字的推廣和使用越來越向強勢發展。[14]全球華人社會是一個龐大的漢字使用群體，據估計二〇〇四年分佈在全世界的華人約五千萬人。[15]海外華人社會傳統上一直使用繁體字，隨著我國改革開放和國力日漸強盛，海外僑胞與祖國的聯繫更為密切，加上出生或受教育於大陸的華人比例迅速增加，華人社會的用字習慣也在發生變化，「繁、簡二元並存」不僅是華人社會用字的客觀事實，而且簡化字的地位還在逐步提高。

因此，就整體而言，「繁、簡二元並存」是當前漢字應用的客觀現實，這一點是毋庸置疑的。作為同一種文字，「繁、簡二元並存」的弊端顯而易見。它不僅使信息的交流轉換、漢語漢字的學習和使用平添了許多麻煩，而且與漢語言文字悠久的歷史和當前的國際地位也很不相符。變「二元並存」為「一元統一」，在世界範圍內實行漢字使用的「書同文」，應該作為漢字規範的最高目標追求。但是，語言文字的社會性特點以及其它相關因素的制約，又使得業已形成的這種

---

13 李宇明主編：《中國語言生活狀況調查報告（2005）》，上編，頁337。又見〈簡體字書籍衝擊臺灣書市〉，載《參考消息》，2005年6月7日。

14 同上書，頁243-256。又見〈簡體漢字在國際社會漸漸看俏〉，載《參考消息》，2005年6月3日。

15 同上書，頁398-400。

二元並存格局在短期內根本無法解決，理想目標的實現需要經過長期而艱苦的努力。

任何文字的規範工作都具有一定的歷史階段性，都要建立在一定時期文字應用的現實基礎上，都要遵循語言文字的自身規律，都要適應社會交際的需要，漢字的規範工作自然也是如此。歷史上，秦始皇統一六國文字用的是小篆，而社會廣泛使用的卻是隸書，一定時期內漢字的使用實際形成「篆、隸二元並存」的格局。唐代規範文字，顏元孫撰《干祿字書》採取「俗、通、正」並存的辦法，體現出尊重文字應用實際的正確態度。應該指出的是，不論「篆、隸」以及「俗、通、正」之間，還是「繁」與「簡」之間，都是同一文字體系發展過程中發生的差異和分歧，它們彼此之間的內在聯繫性總是遠大於歧異性。漢字不僅沒有因為這種一定時期記憶體在的差異而導致系統內部的混亂，而且因為允許差異並存為新要素的成長留下一定的彈性空間，促進漢字系統始終在穩定中有所發展，保持了強大的生命力。不過現代社會信息傳遞手段和語言交際方式已發生了巨大的變化，語言文字的規範要求已不同於歷史上的任何一個時期。因此，當前漢字規範工作對「繁、簡二元並存」的現實必須給予高度重視。在新的《規範漢字表》的研製過程中，我們要正視漢字規範無法迴避的「二元並存」的現實基礎，盡可能地減少因此帶來的應用的弊端，審慎處理有關問題。如果我們確立了漢字規範的整體觀和大視野，就會認識到漢字規範的研製雖然是面向「現代通用於我國大陸一般交際場合的用字」，但是這項工作也直接關係到港、澳、臺地區和全球華人的漢字使用，關係到國際信息交流和世界漢語教學，同時還關係到我國悠久的歷史文化的傳承和弘揚，我們必須明確當前背景下漢字規範的指導思想，穩妥處理漢字規範中出現的各種問題。

前一時期，對漢字規範有關問題的討論意見紛呈，大家較為關注

且意見較多的是以下幾個問題。

一是繁簡對應關係的處理問題。已經發佈的《簡化字總表》等規範，因為採用同音替代簡化的方法，導致出現「一簡對多繁」的問題。這一直是對簡化字持批評態度的人們所詬病的對象，由於在電腦簡、繁自動轉換過程中常常發生錯誤，這個問題顯得比較突出。因此，有的意見認為應該抓住研製新的《規範漢字表》的機會，正視問題，調整已有規範，恢復部分繁體字；有的則認為簡化字已經普及，少量字的恢復意義不大，處理不好反而會招致新的混亂，主張維持不變，從技術上解決簡、繁轉換出錯的問題。

二是異體字的處理問題。《第一批異體字整理表》作為異體關係處理的字有一部分不是嚴格意義的異體關係，按異體處理往往造成使用和理解上的不便；有些作為正體保留的原來卻是不太流行的俗字；有些已經淘汰的異體字在人名、地名用字中還習慣性地沿用。因此，有些意見認為，應該重新辨析正異體關係，只淘汰那些嚴格意義的異體字，恢復一部分字義上只是包含、交叉關係以及部分義項上通用和因同音借用而形成的非嚴格意義的異體字，對人名、地名習慣使用的一些異體字予以恢復。

三是類推簡化問題。《簡化字總表》第二表收列了可作簡化偏旁的一三二個簡化字和十四個簡化偏旁。《簡化字總表》說明：「第三表所收的是應用第二表的簡化字和簡化偏旁作為偏旁得出來的簡化字。漢字總數很多，這個表不必盡列……未收入第三表的字，凡用第二表的簡化字和簡化偏旁作為偏旁的，一般應該同樣簡化。」這就是「類推簡化」的基本依據。沒有嚴格限制的「無限類推簡化」造成了不少問題和混亂。[16]新的《規範漢字表》由於字量的增加，收字必然會超

---

16 章瓊：〈漢字類推簡化的考察與分析〉；李國英：〈簡論類推簡化〉；李先耕：〈簡化

出《現代漢語通用字表》。對超出的部分有人認為應全部類推簡化，以保持簡化字的系統性；有的認為增加的字並不常用，主張不要再類推出許多歷史上不存在、現實中也不使用的「人造字」；有的則主張採取折中的辦法有限制地類推。

這些問題是伴隨過去制定的漢字規範而出現的，也可以說是「繁、簡二元並存」現實在漢字規範工作中的必然反映。對這些問題如何處理意見分歧很大，一些學者從維護文字的科學性出發，主張在研製新的漢字規範時，盡可能抓住機會解決這些已經公認的問題；另一些重視文字使用社會性特點的學者則認為，漢字的科學性從來都是相對的，應該看到簡化字經過教育普及和推廣，已經成為新的約定俗成的系統，為了保持系統的同一性，還應該繼續推進簡化；也有的學者分析了我國大陸「用字分層面」的真實情況，提出「漢字規範分層面」的設想；[17]多數意見則認為應該保持漢字規範的穩定性，盡可能避免因規範不當導致漢字使用出現新的分歧和差異，對已有規範進行局部改動不僅沒有必要而且要付出相當大的成本，還會對漢字規範產生多方面的負面影響。這些不同的意見表明，面對「繁、簡二元並存」的客觀現實，漢字規範的研製在這些問題的處理上陷入了兩難的境地。

基於上文分析，當前漢字規範可能選擇的路徑，我們以為就是正視現實，著眼未來，減少分歧，維持穩定。我們要樹立漢字規範的整體觀，立足於漢字應用「二元並存」的客觀現實，保持已有漢字規範的穩定，盡可能不再人為擴大不同國家、地區漢字使用的差異，審慎

字類推的範圍問題〉，均見史定國主編：《簡化字研究》（北京市：商務印書館，2004年）。

17 費錦昌、徐莉莉：〈漢字規範的換位元思考〉，見王鐵琨等編：《一生有光——周有光先生百年壽辰紀念文集》（北京市：語文出版社，2007年）。

對待和處理各方意見。如果能從大處著眼並沿著這樣的路徑，在《規範漢字表》研製的過程中就有可能較為穩妥地處理好上述有分歧的問題。因此，我們認為已經公佈的漢字規範不宜再作變動，對上述幾個重要問題可分別採取以下方式處理：一、對同音替代形成的「一簡對多繁」等問題，著力於從技術層面上予以解決，而不是恢復某些繁體字；二、根據兩岸用字和歷史用字的實際，聯合港、澳、臺地區共同研製編纂《繁、簡字對照表》，同時加強與日、韓等使用漢字國家的協調，為更好實現漢字信息轉換提供基礎；三、對異體文書處理中存在的問題，可以通過系統深入的研究，編纂發佈新的《異體字整理對照表》，調整和準確確定異體關係，為漢字教育和異體文書處理提供依據；四、對用於人名、地名的部分異體字可以有限度地恢復和保留，但要明確其使用範圍；五、嚴格控制類推簡化的範圍，對於《規範漢字表》因字量增加而新收的字，明確規定其類推簡化的限定條件，以確保在不改變原字結構和對應關係明晰的情況下，適當類推簡化一些偏旁。我們相信，在「繁、簡二元並存」的現實條件下，保持現有漢字規範的穩定，不再擴大漢字應用的差異，採取積極的措施解決「二元並存」帶來的各種問題，不僅對當前漢字應用和規範來說較為可行，而且也會為最終解決「二元並存」問題創造有利的條件。

理論的探索和體系的建構[*]

　　傳統漢語文字學研究始終在許慎的《說文解字》籠罩之下，以文字個體為分析對象，偏重考古的研究方法，以及作為經學附庸、明經致用的研究目的，使有著悠久歷史的文字學，一直未能建立起一個科學的理論體系。清末以後，甲骨文的發現，推動了古文字學的全面發展；受西方學術文化的影響，萌發了規模甚大的漢字改革運動；與此同時，也開始了文字學理論體系的構建及漢字基本理論的研究，並取得了重要成果。

一　傳統小學的終結──章黃之學

　　近代研究古代語言文字學有兩位元著名學者，那就是一代國學大師章炳麟及其弟子黃侃。他們的研究涉及傳統語言文字學的各個方面，繼承了清代樸學的優良傳統，而又有很大的發展和創獲。傳統「小學」有清一代處於巔峰，至章黃而歸於終極，他們師弟二人被稱為傳統小學的殿軍。他們的發展和創獲，同時也為現代語言文字學拉開了帷幕，論及近代以來漢語文字學理論研究，不能不追述章黃之學。

　　章炳麟（1869-1936），又名絳，字枚叔，號太炎，浙江餘杭人。章氏語言文字方面的論著主要有《文始》《新方言》《小學答問》及《國故論衡》（卷上所收有關文章）等。章太炎曾說：「余以寡昧，屬

---

[*]　原載《漢語文字學史》（合肥市：安徽教育出版社，1990年）。

茲衰亂，悼古義之淪喪，愍民言之未理，故作《文始》，以明語原，次《小學答問》以見本字，述《新方言》，以一萌俗，簡要之義，著在茲編。」[1]章太炎研治小學，強調文字、音韻、訓詁三者兼明。他認為：「漢字自古籀以下改易殊體，六籍雖遙，文猶可讀。古字或以音通借，隨世相沿。今之聲韻，漸多訛變。由是董理小學，以韻學為候人，譬猶旌斾辨色，鉦鐃習聲，耳目之治，未有不相資者焉。言形體者，始《說文》；言詁訓者，始《爾雅》；言音韻者，始《聲類》。三者偏廢，則小學失官。」又說：「大凡惑並（拼）音者，多謂形體可廢，廢則言語道窒，而越鄉如異國矣；滯形體者又以聲音可遺，遺則形為糟魄（粕），而書契與口語益離矣。」[2]章太炎發展了清人治小學形、音、義互求的方法，注重語言和文字的關係，形成了鮮明的研究特色。

《文始》一書為探求語源而作。《敘例》說：「道原究流，以一形衍為數十，則莫能知其微。余以顓固，粗聞德音，閔前修之未宏，傷膚受之多妄，獨欲潽抒流別，相其陰陽。於是刺取《說文》獨體，命以『初文』；其諸省變，及合體象形、指事，與聲具而形殘，若同體復重者，謂之『準初文』，都五百十字，集為四百三十條。討其類物，比其聲均，音義相讎，謂之『變易』，義自音衍，謂之『孳乳』，畢而次之，得五六千名。」《文始》確定了五一〇個初文（準初文），應用他所定古韻母二三部和古聲母二一紐，以音求義，梳理語言文字的「變易」和「孳乳」，建立了漢語的「詞族」系統。這是中國語言學史上第一本有理論、有系統的語源學著作。這個系統的基石是《說文》初文和章氏所建立的古音系統。因而，這本書有相當部分內容是梳理文字孳生繁衍的，也包含著「字原」「字族」的研究。由於僅以

---

1 章炳麟：《國故論衡》卷上〈小學略說〉，國學講習會編，1910年。

2 同上。

《說文》小篆來確定「初文」，又將「詞」與「字」混同一起，加上章氏古音系統的不夠完善，「對轉」「旁轉」把握不嚴，這部書存在著明顯的缺陷。但是，章太炎的這一研究具有開創意義，又建構了一個博大的系統，是應當給予高度評價的。

《小學答問》、《小學略說》（見《國故論衡》）等則比較多地闡明了他的文字學觀點和理論。雖然章太炎文字學理論方面的宏冊巨製不多，他的見解卻是傳統文字學的結晶和發展。如章太炎明確地指出：文字之學，宜該形聲義三者，文字之賴以傳者，全在於形，論其根本，實先有義，後有聲，然後有形。形聲義兼明，才可以稱之通小學。[3] 關於「六書」，章太炎肯定《說文》「指事居首」的次第，並認為：不僅「上下」和計數之字為「指事」，「若一字而增損點畫，於增損中見意義者，胥指事也。」指事可分為獨體（上下一二）與合體（本不夭交）。他所著《轉注假借說》對「轉注」也提出了新的見解。章太炎學問廣博，文字學只是其治學中的一門，加上他不相信鍾鼎銘文和甲骨文，所用材料仍以小篆為主，只稍稍旁及三體石經和石鼓文，這就使他在文字學研究方面受到局限，不能得到充分的發展，與他所治其它學問相比，這的確是文字學史上的一大遺憾。

一九〇六年章太炎發表了《論語言文字學》一文，指出：

> 自許叔重創作《說文解字》，專以字形為主，而音韻訓詁屬焉。前乎此者，則有《爾雅》《小爾雅》《方言》；後乎此者，則有《釋名》《廣雅》，皆以訓詁為主，而與字形無涉。《釋名》專以聲音為訓，其它則否。又自李登作《聲類》，韋昭、孫炎作反切，至陸法言乃有《切韻》之作，凡分二百六韻。今

3 　章炳麟：《國學講演錄》，頁1-4，南京大學中文系鉛印本。

之《廣韻》即就《切韻》增潤者,此皆以音為主,而訓詁屬焉,其於字形略不一道。合此三種,乃成語言文字之學。此固非兒童占畢所能盡者,然猶名為小學,則以襲用古稱,便於指示,其實當名語言文字之學,方為確切。[4]

章太炎第一個提出「語言文字學」這一名稱以取代傳統「小學」,他的研究實踐和這一名稱的提出,表明語言文字學作為一門獨立科學的意識的覺醒,作為學童之業,為經學之用的傳統小學宣告終結。因此,章太炎不僅是傳統小學的殿軍,而且還是現代語言文字學的開山祖師。

黃侃(1886-1935),字季剛,自號量守居士,湖北蘄春人。受學於章炳麟,攻文字、音韻、訓詁之學。黃侃廣泛吸收了清人研究成果,繼承其師章炳麟的學說,而又有所發展,卓然成家。學界對章炳麟、黃侃的研究甚為推重,稱為「章黃之學」。

黃侃研究語言文字學的方法受傳於章太炎,他說:「若由聲韻、訓詁以求文字推演之跡,則自太炎師始。蓋古人所謂音,即聲韻也。不能離聲而言韻,亦不能離韻而言聲,此聲韻之不能分也。訓詁者,文字之義也。不知義無以明其謂;不知音無以得其讀,此王氏(念孫)所以以聲韻串訓詁也。文字者,形也。形之有變遷,猶音之有方俗時代之異,而義之有本假分轉之殊,合三者以為言,譬之束蘆,同時相依,而後小學始得為完璧。故自明以至今代,其研究小學所循途徑,始則徒言聲音,繼以聲音貫串訓詁,繼以聲音、訓詁以求文字推衍之跡。由音而義,由義而形,始則分而析之,終則綜而合之,於是小學發明已無餘蘊,而其途徑已廣乎其為康莊矣。」[5]黃侃正是沿著

4　章絳(章炳麟):〈論語言文字學〉,載《國粹學報》,第二年第五冊,1906年。

5　黃侃:《文字聲韻訓詁筆記》(上海市:上海古籍出版社,1983年),頁4。

形音義「綜而合之」的治學途徑，建立他的學術體系的。在文字、音韻、訓詁三方面，他都有精深造詣。尤其在音韻學方面，他吸取前人的成果，建立了自己的古音體系，被稱為「三百年間古音學研究的一位殿後人」。他認為：「小學分形、音、義三部……三者之中，又以聲為最先，義次之，形為最後。」因此，他首先致力於音韻研究，進而研究訓詁和文字。黃侃生前較少著述發表，逝世後整理出版的有《黃侃論學雜著》十七種，[6]近年經其侄黃焯整理編次出版了《文字聲韻訓詁筆記》《說文箋識四種》《爾雅音訓》《量守廬群書箋識》等。[7]這些著作反映了黃侃治學的部分成就，可以使我們大致瞭解他的文字學研究。

　　黃侃在漢字的起源、構造、孳乳、變易以及文字聲義關係等方面多有發明。〈論文字初起之時代〉指出：「文字之生，必以浸漸，約定俗成，眾所公認，然後行之而無閡。竊意邃古之初，已有文字，時代綿邈，屢經變更；壤地俹離，復難齊一。至黃帝代炎，始一方夏，史官制定文字，亦如周之有史籒，秦之有李斯。」〈論文字製造之先後〉則認為：「由文入字，中間必經過半字之一級」，「造字次序：一曰文，二曰半字，三曰字，四曰雜體。」〈論六書起源及次第〉〈論六書條例為中國一切字所同循，不僅施於說文〉等文，闡明「六書」的起源、次第以及與字體的關係。〈論變易、孳乳二大例〉（上、下）揭示了漢字「變易」「孳乳」兩大發展規律，他說：「變易之例，約分為三：一曰，字體小變；二曰，字形大變，而猶知其為同；三曰，字形既變，或同聲，或聲轉，然皆兩字，驟視之不知為同。」「孳乳」也

6　原中央大學《文藝叢刊》編《黃季剛先生遺著專號》，共收錄十九種，一九六四年編《論學雜著》抽出《文心雕龍劄記》一種單印，又刪去《馮桂芬說文段注考正書目》一種。

7　黃侃：《文字聲韻訓詁筆記》《說文箋識四種》《爾雅音訓》（上海市：上海古籍出版社，1983年）；《量守廬群書箋識》（武漢市：武漢大學出版社，1985年）。

為三類：「一曰，所孳之字，聲與本字同，或形由本字得，一見而可識者也；二曰，所孳之字，雖聲形皆變，然由訓詁輾轉尋求，尚可得其徑路者也；三曰後出諸文，必為孳乳，然其詞言之柢，難於尋求者也。」簡言之，「變易」指「聲義全同而別作一字」，「孳乳」指語源相同而形義俱變。[8]〈音韻與文字訓詁之關係〉〈中國文字凡相類者多同音，其相反相對之字，亦往往同一音根〉〈形音義三者不可分離〉〈略論推尋本字之法〉〈略論推尋語根之法〉以及〈就初文同聲求其同類〉等篇，比較集中地反映了黃侃對漢字形、音、義關係的認識，繼承和發揚了章太炎宣導的「以文字、聲音、訓詁合而為一」的治小學的方法。[9]關於漢字的筆勢、字體、字書等，黃侃也有許多獨到的見解。[10]

上述論著反映了黃侃文字學研究的梗概，我們大體能看到黃侃勾勒的以形音義為一體，以聲音為核心，以「六書」為「造字之本」，以「變易」「孳乳」貫穿文字之變這樣一個基本的體系。但是，黃侃未能寫就一部完整的著作，將他的理論體系深入地形成文字留傳下來，實在令人十分遺憾。

黃侃文字學體系的一大特點，是以《說文》為基石。他對《說文》一書有精深的研究，他的文字學見解，也大多是以《說文》為依據而生發出來的。現已整理出研究《說文》的論著數種。〈論說文所依據〉（上、中、下）認為：「《說文》之為書，蓋無一字、無一解不有所依據，即令與它書違悖，亦必有其故。」〈論自漢迄宋為說文之學者〉梳理《說文》問世以後流傳的脈絡，「以指明今本《說文》的

8　以上各篇均見黃侃：《黃侃論學雜著·說文略說》。

9　以上各篇均見黃侃：《文字聲韻訓詁筆記》。

10　《說文略說》有：〈論字體之分類〉〈論字書編制遞變〉；《文字聲韻訓詁筆記》有：〈字書分四類〉〈字書編制法商榷〉〈急就可代倉頡〉〈章草三大家〉〈鐘鼎甲骨文字〉〈論筆勢變易〉〈論筆勢省變〉，等等。

淵源所自」。〈說文說解常用字〉彙集《說文》說解常用之字，按筆劃多少排列，並注明卷數，以為研究許書之參考。〈說文聲母字重音鈔〉收錄《說文》形聲字聲符異讀（重音），按部排列，注明反切，以備研究古今音變之用。[11]《說文同文》就《說文》所收音義相同或相通之字，類聚而比次之，以揭示文字變易孳乳之跡。《字通》注明「某即某字，某為某之後出，某當作某，某正作某，某變作某，某後作某，某俗作某，某於經文作某」等，推求本字，考辨正俗，探討文字的演變和歧異現象。〈說文段注小箋〉辨正段氏之說一千餘條。〈說文新附考〉集徐鉉校《說文》新附之字，注明本字。[12]〈說文解字斠詮箋識〉〈說文外編箋識〉〈說文釋例箋識〉三種，收集了批校錢坫、雷濬、王筠等人的《說文》著作所作的箋語。[13]《文字聲韻訓詁筆記》一書也保存了〈說文綱領〉等有關《說文》的論述多篇。黃侃系統地研究了《說文》，且旁及《說文》的學術源流和研究《說文》之作，「一生精力，盡萃於斯」。[14]對《說文》全面深入的研究，奠定了黃侃文字學研究的基礎。許嘉璐評價章黃的《說文》研究時指出：「自乾嘉以至清末，還沒有人從理論上對《說文解字》的價值、功用以及許慎所用的方法加以系統而科學的闡述，直到章炳麟（太炎）、黃侃（季剛）兩先生才開始做到這一點。他們把《說文解字》的研究徹底地從經學附庸的地位上獨立出來，由《說文解字》而擴展到語言的研究，並進而系統地探討了古今語言的變遷。這就為研究《說文解字》開闢了新的更為廣闊的天地。」[15]

---

11 以上均收入黃侃：《黃侃論學雜著》。

12 以上均收入黃侃：《說文箋識四種》。

13 以上均收入黃侃：《量守廬群書箋識》。

14 黃侃：〈說文箋識四種・出版說明〉。

15 許嘉璐：〈《說文解字通論》序〉，見陸宗達：《說文解字通論》（北京市，北京出版社，1981年）。

　　章黃師弟二人，在中國語言學史上，是劃世紀的人物。一方面他們繼承、發展和完善了傳統小學，集其大成；另一方面他們突破了傳統的界限，將語言文字學作為一門獨立的學科，在理論、方法和實踐等方面的開拓，為現代語言文字學的誕生做了奠基工作。而他們教授弟子，傳學後來，培養造就了一大批學術繼承人，貢獻尤大。學術界以「章黃學派」譽稱他們開創的學術，足見他們在語言文字學研究方面的地位和影響。儘管文字學並非章黃之學的主要方面，但是構建漢語文字學理論體系，章黃的研究卻是導夫先路的。

二　理論體系的建構

　　近代以來，漢語文字學理論的研究進入到建構科學體系的新階段。近百年來出版的文字學理論著作有數十種，這些著作大都注重理論的系統性和科學性，反映了文字學理論的進展。從內容和理論框架看，這些著作大致可以分為三種主要類型：一是從字形、字音和字義三方面來構思，綜合研究文字形、音、義三端的，可稱為「綜合派」；二是從字形與字義兩方面來建立系統的，可稱為「形義派」；三是強調漢字形體結構研究的，可稱為「形體派」。這三派基本顯示了近代以來漢語文字學理論體系的建構及其發展。

1 綜合派

　　由形、音、義三方面綜合研究語言文字，始於清人，倡明於章太炎。第一部「綜合派」文字學著作，可推劉師培（1884-1919）的《中國文學教科書》第一冊。《中國文學教科書》計劃編十冊，分別講述小學、字類、句法、章法、篇法、古今文體、選文等內容。第一冊三十六課，「以詮明小學為宗旨」。劉氏說：「夫小學之類有三：一

曰字形，二曰字音，三曰字義。小學不講，則形聲莫辨，訓詁無據，施之於文，必多乖舛。」[16]這部書第一課「論解字為作文之基」；第二至第四課，分別論字音、字義、字形之起源；第五課分析古代字類（詞性）；第六至第十四課為六書釋例；第十五至第十八課考字體變遷；第十九至第三十一課為字音研究，包括字音總論、雙聲疊韻釋例、漢儒音讀釋例、四聲、韻學述略、字母述略、等韻述略、論切音和一字數音等內容；第三十二至第三十五課為字義研究，包括周代漢宋訓詁學釋例、訓詁書釋例等；第三十六課為字類分析法述略。這部著作實際按文字形、音、義三方面，講述了文字學、音韻學和訓詁學知識，還涉及語法學的部分內容（如第五、第三十六課）。作為《中國文學教科書》第一冊，這部分是為講授中國文學準備基礎的，所以第一課即為「論解字為作文之基」。這部書是對傳統小學作一全面概略的介紹，雖未名為「文字學」，但它無疑是第一部由形、音、義三部分構成的較有系統的文字學著作。它編成於一九○五年，明顯帶有傳統小學向現代語言文字學過渡的色彩。

何仲英一九二二年發表了《新著中國文字學大綱》（包括《參考書》），這是一部為中等學校編寫的文字學教科書。其取材力求精確雋永，敘述全用白話，以時代為經，以形音義為緯。全書分為五篇，第一篇為「導言」；第二篇為「字音」，共六章，包括字音的起源、變遷、聲母論、韻母論、反切等內容；第三篇為「字形」，共四章，包括字形的起源、字形的變遷、造字的原則、通借字等內容；第四篇為「字義」，共分四章，包括字義的起源、字義的變遷和分合、訓詁法、歷代訓詁學概論等內容；第五篇為「結言」。作者在導言中說：「中國文字，包括『形』『音』『義』三者而言，好像人的『精』『氣』

---

16 劉師培：《中國文學教科書》第一冊〈序例〉，見《劉申叔先生遺書》。

『神』一樣，缺一不可。從字的構造上說，必先有義而後有音，有音而後有形；從字的既成上說，則音寓於形，義寓於音；三者相關，非常密切。凡研究這三者相互關係的一種學術，叫做文字學。研究文字學的人，必得融會貫通，不可滯於一。」又說：「兼斯三者，得其條貫，始於清代戴震；後來錢大昕、段玉裁、王念孫、郝懿行、朱駿聲，及近人章炳麟繼起，發揚國粹，如日中天，於是中國文字學才成為一種有系統的學術。」這部大綱在編寫時著意追求學術的系統性，簡潔通俗，具體內容上多本章太炎說，較劉師培之書更加完善。

一九三一年賀凱編了一部供高中文科及師範學生用的文字學教科書《中國文字學概要》。這部書共由五章組成，第一章「總論」，概論中國文字和中國文字學；第二章「字形」，包括字形的起源、變遷、六書大意、文字通借等內容；第三章「字音」，包括字音的發生，古今字音的變遷、紐、韻、反切、注音字母等內容；第四章「字義」，包括字義變遷的原因和訓詁舉例；第五章「結論」。作者在「總論」中指出：「文字學是以文字的『形』『音』『義』三者為研究的對象，而研究中國文字的『起源』『構造』『變遷』的學科。」這個定義強調了「起源」「構造」和「變遷」，在內容安排上也體現了這一點，全書這方面的內容占二分之一左右的篇幅。作者還提出「新文字學的建設」的構想，他說：「章氏（太炎）創文字學，是以文字的『形』『音』『義』三者融會貫通，更以音韻為文字的基礎，而發明語言文字的關係……清代學者研究文字學的目的，在乎『通經』，是把文字學當做讀古書的工具，這樣，文字學便當做『經學的附庸』了，我們現在要求的新文字學的建設，是以文字的『形』『音』『義』三者為研究的對象，而求出文字的起源、構造、變遷及對於歷史、風俗、社會文化的貢獻；目的是為文字而研究文字學，並不只　是為讀古書而研究文字學，這樣才能把文字學發揚光大！」在「結論」中作者指出：

「語言文字之學，要有歷史的眼光，凡一切甲骨金石文字，都在研究的範圍內。所以現在研究文字學，要在《說文》以外得到新的發明，得到文字在歷史上的解答，這才可稱為研究文字學者。」他還在「字形的變遷」後，附錄「甲骨文字」一節，明確指出「近世甲骨文字的發現，在文字學上特開一新紀元」。作者認識到甲骨金石文字的研究對建立文字學體系的重要性，是頗有見地的。

馬宗霍的《文字學發凡》（1935），是一部資料翔實的著作。全書由四卷組成。卷首「緒論」，論列「文字學」的含義、地位、歷代盛衰和治文字學先後之次與途徑；卷上「形篇」，研究「文字原始」「文字流變」「文字體用」（六書）等；卷中「音篇」，介紹「古音」「今音」「等韻」等內容；卷下「義篇」，包括「字義起源」「詞類分析」「訓詁舉要」等方面。馬氏認為：「文字學即形聲義之學」，他說：「文字之學，不外三端，其一體制，謂點畫有衡從（縱）曲直之殊；其二訓詁，謂稱謂有古今雅俗之異；其三音韻，謂呼吸有清濁高下之不同（見《玉海》），簡而言之，即字形、字音、字義而已。」[17]《文字學發凡》的主要部分「形篇」「音篇」「義篇」，正是按文字形、音、義三端來構成體系的。

以上所列文字學著作，繼承清末以來文字學的研究方法，強調文字形、音、義的相互依存性，並由此出發創建文字學的理論體系。儘管這些著作的深度、廣度和側重有所差異，其基本格局卻是大體一致的。認識到形、音、義的聯繫性，而不是孤立地從某一方面來研究語言文字，這是清末以來語言文字學的一大進步。但是，這些著作所建構的體系，只是將傳統的字形演變學說、六書條例與音韻學、訓詁學的內容生硬地糅合到一起，實際上並未體現出形、音、義綜合研究的

---

17 馬宗霍：《文字學發凡・緒論》（上海市：商務印書館，1935年）。

實質內涵。如果說「小學」一稱尚能包含文字、音韻、訓詁三門，那麼「文字學」卻是難以包括與之鼎足而立的音韻學和訓詁學的，將「字音」「字義」簡單地與「音韻」「訓詁」等同起來，也是不夠嚴密科學的。因此，早期「綜合派」文字學著作，還未能從根本上擺脫傳統小學的束縛，超越清末文字學的軌範。

張世祿所著《中國文字學概要》[18]，則是主張形、音、義綜合研究的一部頗具新意的著作。這部書共分兩篇四章，第一篇「中國文字學總論」，包括「文字學釋義」「研究中國文字的材料和途徑」兩章；第二篇「中國文字本質論」，包括「中國文字的起源」和「中國文字的構造」兩章。張世祿在文字學的「範圍」一節這樣說：「中國的文字學為什麼必須把形體、音韻、訓詁這三種綜合地研究呢？上面說過，我們所謂文字，包含有兩方面的意義：一是指書寫上的形體；一是代表語言上的語詞。我們所謂語言是用聲音來表現意義的。文字既然所以代表語言，語言上的聲音和意義，就寄託在文字當中；而所用來記載聲音和意義的工具，就是書寫上的形體。所以無論哪種文字，它的實質，總是聲音和意義，它的形式，就是各個字體；無論哪個文字，總具有形、音、義這三方面的……第一步我們可以從各個文字形體的分析，推求它們原來的意義，並且考明彼此在音讀有無類似的痕跡。第二步可以利用它們音讀的類似關係，來推求各個字體意義轉變的由來。第三步就可以根據它們意義的轉變，或者字形的跡象，來證明各個字體音讀的異同。這樣形、音、義三方面互相推求把字書偏旁之學、訓詁之學、音韻之學打成一片，才可以得到中國文字的秘奧，才可以說是完全的文字學。」由此可見，張氏對形、音、義綜合研究的認識，已經遠遠超出了前人，他不僅揭示了文字形、音、義內在聯

---

18 張世祿：《中國文字學概要》(貴陽市：文通書局，1941年)。

繫的必然性，同時根據中國語言文字的特點，還具體點明了形、音、義互相推求的步驟和途徑。這部著作克服了早期綜合派著作將文字、音韻、訓詁生硬結合在一起的弊病，建立了一個全新的文字學體系。

在「總論」篇第一章「文字學釋義」中，作者對文字學的「名稱」「範圍」「科學的建設」「目的與方法」「功用」等方面作了科學概括的論述，並指出「要建設中國文字學的科學」，除了把形、音、義三方面綜合起來研究外，還要具備：一、古代神話和傳說；二、民俗和心理；三、古代的文化、制度和史實；四、語言學和各地方言；五、繪畫和美術史；六、文學；七、紙筆墨及書法的研究；八、考古學等方面的輔助知識。有了這些知識的輔助，研究中國文字，才有希望使之成為一種真正的科學。作者的考慮是縝密而富有遠見的。[19]第二章論及「研究中國文字的材料和途徑」時，作者認為《說文》是研究中國文字的主要材料之一，同時強調了甲骨文和金石文字在文字學研究方面的價值，指出：甲骨金石文字的發現，對切實認識中國古代文字的字體，正確瞭解中國文字演化具有重要意義。第四章討論中國文字的構造，作者拋開了傳統的「六書」，認為：「中國文字是介於圖畫文字和拼音文字兩個階段的中間，自身是一種表意文字，而『形』『音』『義』三方面都不可偏廢；因之文字的構造上兼具有『寫實』『象徵』和『標音』這三種方法。」「寫實法」是用表示具體實物的寫實圖像構造符號，如「日、月、山、水、雨、胃、金、齒」之類即是。「象徵法」，是用象徵的符號或用象徵符號加寫實圖像來構造表示比較抽象的意義的方法，如「上、下、中、旦、甘」等；用寫實圖像表示抽象概念，幾種寫實圖像的拼合表示抽象的意義，也屬「象徵法」，如「凶、大、高、鮮、思、婦」等即是。「標音法」，用一部分

---

19 作者原注：「文字學之建設」參考了日本後藤朝太郎《文字之研究》第一篇第十章。

純為表意、一部分兼為表音而組成的合體字，如「政、徵、整、鉤、笱」等，此為標音字的第一種；借某詞語的字體來代表另一個同音的語詞，為單純的「標音法」，如「來」作行動之「來」，「萬」作千萬之「萬」即是；由前兩種發展為一種以寫實的圖像加上一個音標的「音標合體字」（形聲），如「江河」之類即是。張氏用「寫實」「象徵」「標音」三種方法描述漢字的結構系統，在漢字結構的研究方面，有其獨創性。

張世祿的《中國文字學概要》雖然也從形、音、義三方面綜合研究文字，但是與其它綜合派著作相比，這部書真正擺脫了傳統模式，不再將形體、音韻、訓詁簡單地拼湊在一起，而是著重從形、音、義內在的聯繫來構建一個新體系。由於作者精通語言學理論，對文字的性質、特點、功用及其與語言的關係，在理論上有較清晰的認識，因而他所建立的體系，在理論價值和科學性方面都超過了前人。這部著作的出現，標誌綜合派這一類型的著作最終抹去了傳統小學的影子，進入到科學文字學的建設階段。

2 形義派

一九一七年北京大學的文字學課一分為二，錢玄同講授《文字學音篇》，相當於早期「綜合派」文字學體系中有關音韻的部分，將音韻學從文字學中獨立出來。朱宗萊講授《文字學形義篇》，介紹文字的形體、結構和訓詁。這種分立，開文字學「形義派」體系之先。二十世紀二〇年代初沈兼士執教北京大學，講授文字學課程，名曰《文字形義學》。在《文字形義學‧敘說》中，沈兼士限定說：「研究中國文字的形體、訓詁之所由起，及其作用與變遷，而為之規定各種通則以說明之，這種學問，就叫做文字形義學。」一九二〇年八月他發表了《研究文字學「形」和「義」的幾個方法》，提出研究文字形義的

六種方法。[20]

　　沈氏的《文字形義學》是一部未盡講義，就其總目，大致可以看出他的總體構思。全部講義分上、下兩篇，上篇包括「敘說」「文字之起源及其形式和作用」、文字形義學沿革的四個時期；下篇包括「造字論」「以『鍾鼎』『甲骨』為中心的造字說」「訓詁論」「國語及方言學」「文字形義學上之中國古代社會進化觀」「字體論」等。講義上篇的主要內容是文字訓詁學史，[21]下篇專論結構、字體和訓詁。從「以『鍾鼎』『甲骨』為中心的造字說」，可知沈氏已運用古文字資料研究漢字的構造。沈兼士的文字形義學體系，包括歷史和理論兩大方面，以形體和訓詁為核心。他曾說：「現在編輯講義，分為上下兩篇，上篇敘述歷史的系統，下篇討論理論的方法，意在使讀者先有了文字形義學觀念，然後再進而研究各種理論，如此辦法，比較的為有系統，有根據一點。」[22]這部講義的理論部分我們已無緣知曉，沈氏留下的是一個未完成的系統。沈兼士在文字訓詁研究方面成績卓著，發表了〈右文說在訓詁學上之沿革及其推闡〉等重要論著，從他的著作中可以瞭解他有關文字形義學的一些理論。于省吾說：「昔人以研討文字之形音義者謂之小學。自章炳麟先生易稱為語言文字學，俾脫離經學附庸，上承顧江段王之業，綜理其成。而兼士先生親炙緒論，推尋闡發，究極原委，進而為語根字族之探索，遂蔚為斯學之正宗。先生之言曰：『余近年來研究語言文字學，有二傾向：一為意符字之研究；一為音符字之研究。意符之問題有三：曰文字畫，曰意符字初期之形音義未嘗固定，曰意通換讀。音符之問題亦有三：曰右文說之

20　沈兼士：〈研究文字學「形」和「義」的幾個方法〉，載《北京大學月刊》1卷8號（1920年）。該文收入沈兼士：《沈兼士學術論文集》（北京市：中華書局，1986年）。
21　實際只寫到宋代，「沿革之二：成立時期」。
22　沈兼士：《文字形義學‧敘說》。

推闡，曰聲訓，曰一字異讀辨。二者要皆為建設漢語字族學之張本。』此為先生自敘治學之綱要。」[23]

周兆沅的《文字形義學》也分上下兩篇，[24]上篇「書體」，下篇「形論」，但在內容安排上已有很大的改變。上篇「書體」論，按文字變遷之次，論列各種書體，介紹其源流、特徵，尤其重視金文、甲骨文在「考見古篆之原形」方面的價值。他將金文書體歸納為「象物異體，未歸一律」「省形存聲，不拘偏旁」「因勢移位，反正無定」「同類互書，分別不嚴」四例，又將甲骨文書體歸納為「奇文」「變體」「移並」「假借」四例，均舉例說明。下篇「形論」，闡釋「六書」，舉例分析文字結構。這部《文字形義學》實際並未涉及「義」。不過它表明一種傾向：文字學即形義學，也即形體之學。

楊樹達也有一部《文字形義學》[25]，分為「形篇」和「義篇」兩部分。「形篇」按「六書」類別，分析字形結構，以「會意兼聲」「準會意」與「象形、指事、會意、形聲」四大類並列，對每一書又條分縷析，收列了大量的字例，先徵引許慎之說，再以甲骨文、金文證之，包含了他研究古文字的許多成果。「義篇」是在作者《訓詁學大綱》《訓詁學小史》等基礎上寫成的，「轉注」「假借」兩書安排在「義篇」內。「義篇」部分占全書比例不大。這部《文字形義學》在講授過程中，曾幾易其稿，不斷地增寫修改，至二十世紀五〇年代初寫成定稿，寫定稿未能出版而散佚。楊樹達在古文字研究方面有著卓越的成就，又精通訓詁、語法、音韻諸科，因此，他的《文字形義學》不僅吸收了前人和時賢的研究成果，也是作者數十年治文字學、古文字學、訓詁學、音韻學的結晶，在「形義派」著作中是體系精

---

23 于省吾：〈段硯齋雜文序〉，見沈兼士：《沈兼士學術論文集》。

24 周兆沅：《文字形義學》（上海市：商務印書館，1935年）。

25 楊樹達：《文字形義學》（長沙市：湖南大學，1943年石印本）。

密、價值較大的一部。作者曾說：「此書經營前後十餘年，煞費心思，自信中國文字學之科學基礎或當由此篇奠定。」[26]

一九六三年出版的高亨舊著《文字形義學概論》[27]，算是「形義派」的殿後之作。這部書原為高亨二十世紀四〇年代執教講義，經多次修訂而成。全書「以論述文字的形義為限，至於音韻則少有涉及」。第一章概述「文字學」的基本概念；第二章「文字起源之傳說」，介紹文字學史關於漢字起源的不同說法；第三章「文字之變遷」，歷述各類字體之變遷源流；第四章「六書總論」，概說六書名稱、次第與要義；第五章「字形之構造」，以「象形、指事、會意、形聲」四書為綱，分類列舉字例，轉引許說，證以金文、甲骨文，又將由四書綜合而成、不可專歸於某一類的「復體字」並列一節，「數目、干支」字以性質相類也集中一節列之。以上五章重在「字形」研究。第六章「字義之條例」，包括「轉注」「假借」「引申義」「連綿字」「訓詁略說」等節；第七章「餘論」，述「文字形音義相聯繫而滋生之例」及「文字音義相聯繫而滋生之例」。後兩章偏重於「字義」及文字音義關係的研究，在全書中不僅所佔比例小，而且也不完全等同於「訓詁學」。

「形義派」與「綜合派」相比，似乎有明顯的缺陷，它排除了「音」，只講「形義」，在理論上尚不及「綜合派」圓通。但「形義派」的出現，是文字學由傳統「小學」逐漸蛻變為科學文字學體系的過渡。以現代語言學觀點看，文字的音義，是語言學研究的範疇，「音韻學」「訓詁學」是語言學的一個部門，「文字學」統音韻、訓詁

---

26 轉引自楊德豫：〈文字形義學概說〉，見湖南師範大學學報編：《楊樹達誕辰百周年紀念集》（長沙市：湖南教育出版社，1985年）。

27 高亨：《文字形義學概論》（濟南市：山東人民出版社，1963年；齊魯書社1980年重新排印）。

和形體三端是名實不符的。「音韻」分立，是文字學理論體系的一個
進步。而「形義派」著作重點均在形體（結構、形體演變等），「訓
詁」只占很小的部分，到後來作者已有意識地避免簡單地以「訓詁」
替代字義研究的做法，探討「形音義」及「音與義」的內在關係，這
表明「形義派」試圖抹去傳統「小學」的痕跡，使字義研究真正成為
文字學理論體系的有機部分，而不是「形體」加「訓詁」的拼湊。周
兆沅的《文字形義學》則根本不談「義」，按其內容，應屬另一個類
型——形體派。

3 形體派

「形體派」完全以漢字形體結構作為研究對象而構成體系。「形
體派」的研究範圍不僅不包括「音韻」（音），而且也排除「訓詁」
（義）。它代表了現代文字學的主流，其發展大體可分前後兩大階段。

呂思勉《中國文字變遷考》、顧實《中國文字學》、胡樸安《文字
學 ABC》、蔣善國《中國文字之原始及其構造》、容庚《中國文字學
形篇》等著作，[28]均側重於探討漢字形體的演變和結構。這些著作敘
述漢字形體演變，一般都能將甲骨、金文與古、籀、篆、隸、行、草
等書體相貫通；分析結構，大都遵循六書，條分縷析，力求細密。如
顧實之書，將「會意」分為正變兩例，「正例」下分兩大類八小類二
十二種，「變例」下分三大類六小類。以上著作大體代表了「形體
派」的前一階段，主要是將「訓詁」從文字學中分離出去，以「形體
演變」和「六書」作為基本框架，或兼論文字之起源。一九四九年唐

---

28 呂思勉：《中國文字變遷考》（上海市：商務印書館，1926年）；顧實：《中國文字
　　學》（上海市：商務印書館，1926年）；胡樸安：《文字學ABC》（上海市：世界書
　　局，1929年）；蔣善國：《中國文字之原始及其構造》（上海市：商務印書館，1930
　　年）；容庚：《中國文字學形篇》石印本（北京市：燕京大學研究所，1931年）。

蘭的《中國文字學》問世，代表了「形體派」的重要轉變，標誌著「形體派」科學文字學理論體系的形成。梁東漢的《漢字的結構及其流變》[29]，蔣善國的《漢字形體學》（1959）、《漢字的組成和性質》（1960）、《漢字學》（1987）代表了新中國成立後文字學理論研究的新的進展。1988年出版的裘錫圭的《文字學概要》，則反映出文字學理論研究達到一個更新的高度。下面對唐蘭、蔣善國、裘錫圭的文字學理論研究略作介紹。

唐蘭一九三四年在北京大學任教時，已撰寫了《古文字學導論》。這部講義「分做兩部分：第一部分是由古文字學的立場去研究文字學；第二部分是闡明研究古文字學的方法和規則」。[30]作者在這部書中對古文字學的理論體系作了有益的探索，把古文字學作為文字學的最重要的部分來研究，並提出了著名的「象形、象意和形聲文字」三書說。作者自己曾說：「《古文字學導論》開始溝通了這兩方面（文字學理論和古文字研究）的隔閡，在奄奄無生氣的文字學裏攝取了比《史籀篇》早上一千年的殷墟文字，以及比古文經、《倉頡篇》多出了無數倍的兩周文字、六國文字、秦漢文字，從這麼多而重要的材料裏所呈露出來的事實，使我修正了傳統的說法，建立了新的文字構成論，奠定了新的文字學的基礎。」[31]一九四九年出版的《中國文字學》進一步發展了作者的文字學見解，完成了科學文字學理論體系的構建。全書由「前論」和「文字的發生」「構成」「演化」「變革」五大部分組成。唐蘭在書中對近代以來文字學理論研究進行了總結，指出：「民國以來，所謂文字學，名義上雖兼包形音義三部分，其實早就只有形體是主要部分了。」「文字學本來就是字形學，不應該包括

---

29 梁東漢：《漢字的結構及其流變》（上海市：上海教育出版社，1959年）。

30 唐蘭：《古文字學導論·引言》。

31 唐蘭：《中國文字學》（上海市：上海古籍出版社，1979年），頁8。

訓詁和聲韻。一個字的音和義雖然和字形有關係，但在本質上，它們是屬於語言的。嚴格說起來，字義是語義的一部分，字音是語音的一部分，語義和語音是應該屬於語言學的。」這樣，文字學就成為「只講形體的文字學」。以字形為核心，「搜集新材料，用新方法來研究文字發生構成理論，古今形體演變的規律，正是方來學者的責任」。[32]《中國文字學》是一部體系嚴密而又富於創新的著作。「前論」部分對「中國文字學」的歷史、範圍、特點等作了概括的闡述。在「文字的構成」部分，唐蘭首次對傳統「六書」說作了全面批判，認為被歷代奉為準則的「許氏六書說，在義例上已有很多的漏洞，在實用時，界限更難清晰」，並且提出了他根據古文字材料建立的文字構造「三書」說新系統，在漢字結構理論的研究方面，這是一個重要的突破。這一部分還詳細討論了與文字構成相關聯的「六技」（分化、引申、假借、孳乳、轉注、緟益），以及「圖畫文字」「記號文字」和「拼音文字」等問題。「演化」部分，從動態角度，指出研究漢字形體逐漸發生的細微變化在中國文字學研究方面的重要性。作者深入分析了書寫技術、書寫形式、書寫習慣、書寫心理等方面的變化導致的文字形體的「演化」。「演化」範疇的引入，充分考慮到文字的流動性，對揭示漢字體系中的各種複雜現象有著很大的價值，是對漢字形體演變研究的重要理論貢獻。而「變革」作為「演化」相對應的範疇，是指文字體系的劇烈變動。唐蘭說：「『演化』是逐漸的，在不知不覺間，推陳出新，到了某種程度，或者由於環境的關係，常常會引起一種突然的、劇烈的變化，這就是我們在下章所說的『變革』。」[33]從這些方面，不難看出《中國文字學》在理論上所取得的重要成就，這部書是

---

32 唐蘭：《中國文字學》，頁6、9、25。

33 同上書，頁116。

近代以來最重要的一部文字學理論著作。由於作者深厚的理論修養和堅實的古文字學根柢，為他建立文字學理論體系提供了優越的條件，他所建立的體系對後來的文字學理論研究影響深遠。

蔣善國主要的文字學著作有四種。《中國文字之原始及其構造》分為兩編，第一編「中國原始文字之探索」，以「語言與文字及原始人對於文字之信念」「未有文字以前替代文字之工具」「最初之象形文字」「中國文字之嬗變與研究之途徑」等為題分節論述；第二編「中國文字之構成」，以「六書」為核心，分析漢字構造。作者認為：「中國之文字學，自漢迄今，代有著述。而皆囿於許氏，未敢遠圖；對於文字創造之程序，及其變遷之淵源，概未探索……今特遠參歐土原始人類之跡，以探中國未有文字以前創造文字之歷程；博考近代發現之古物，以求中國文字本身之構造。」[34]利用歐洲學者所發現的原始文字資料作比較，探討漢字創造歷程，以甲骨文、金文證明文字最初之組成，是這部書的一個比較顯著的特色。

《漢字的組成和性質》一書，以漢字構造為研究中心，分析其組成、演變和性質，在傳統「六書」的基礎上，建立文字學的科學體系。全書分「象形文字」和「標音文字」兩編，「象形文字」一編，探討了象形文字的種類和區別，以及象形文字的起源、創造方法、演變、優缺點，並將「六書」中的象形字、指事字、會意字納入此編，進行深入的分析；「標音文字」一編，著重研究假借字、轉注字和形聲字，對形聲字定名和界說、性質和作用、發生的原因、發展的路線與其素材的關係、組織成分和部位等，都有細緻的闡述，並對形聲字的聲符和義符作了較深入的討論。關於漢字的性質，著者認為：「隸變後，象形字、指事字和會意字的因素一天一天地湮沒下去，假借

---

34 蔣善國：《中國文字之原始及其構造·序言》（上海市：商務印書館，1930年）。

字、轉注字和形聲字,在形聲的主潮下,大量地發展起來,把象形兼表意的文字變成表意兼標音的文字了。」在指出了形聲字義符和聲符的缺陷後,作者主張「廢除形聲字,直接改用拼音文字,使漢字由標音、表意走向純粹拼音」。[35]

《漢字形體學》一書,則以漢字的形體演變為研究線索。作者以殷周至秦代為「古文字時代」,漢代至現代為「今文字時代」,「古文字是象形兼表意文字,今文字是表意兼標音文字」。秦末是轉捩點,「以古隸(秦隸)作過渡形式」。「古文字時代」又分為「大篆時代」(包括甲骨文、金文、石鼓文和詛楚文、籀文、古文)、「小篆時代」兩節;「過渡時代」重點討論古隸和隸變;「今文字時代」述今隸、真書、草書、行書、簡體字等字體的原委和特點等。該書關於「隸變」的研究尤為深入,發明也甚多,如指出隸變轉化小篆的面貌通過訛變、突變、省變、簡變四種方式,歸納出隸變過程中字形分化的六十一種類型,偏旁混同的八十九種類型,並揭示了隸變對漢字意義的影響及對漢字質變所起的巨大作用等,大都發前人之未發。通過系統的考察,著者認為漢字形體演變從總的方面分析可有八點結論:一、漢字是人民大眾逐漸分別創造的,不是一個人或一個時代創造出來的;二、漢字在發展史上各階段字體的形式是漸變而不是突變;三、新舊文字的行廢更替,存在著交叉和若干時期的並行;四、漢字是由寫實的象形變成符號或筆劃,也就是漢字形體由直接表意變成間接表意;五、漢字形體的新陳代謝,筆勢的變革佔優勢;六、漢字的演變是一種形體簡化作用;七、漢字的發展是由獨體趨向合體;八、每一種新體字多半先從民間產生和通用,後來才漸漸取得合法的地位,代替了舊字體。[36]

---

35 蔣善國:《漢字的組成和性質》(北京市:文字改革出版社,1960年),頁33、296。

36 蔣善國:《漢字形體學》(北京市:文字改革出版社,1959年)。

　　蔣氏新著《漢字學》一書，是著者數十年研究漢字結構和發展規律，探求文字學科學體系的總結性著作。全書共由「緒論」「漢字的起源」「漢字的特點」「漢字的創造類型」「漢字的發展」四編構成。「漢字的起源」一編中，蔣氏將「結繩」「刻契」「文字畫」和「象形文字的形成」納入文字形成總的歷史過程來分析，並吸收了利用考古發現材料研究漢字起源所取得的最新成果。「漢字的特點」一編，對漢字的書寫及形、音、義等方面的特點作了細緻的介紹。「漢字的創造類型」一編，對漢字結構的四種類型（即象形、指事、會意、形聲）作了分析，尤詳於形聲。「漢字的發展」一編，在論述「一般文字體系的演變的規律」之後，以「音化」和「簡化」為綱，用「音化」將「假借」「轉注」「形聲的產生」「通假」「同音替代」「輔助表音法」等貫串起來；用「簡化」將「大篆」（包括甲骨文、金文）、小篆、隸書、草書、真書、行書、簡化字等貫串起來，從而構成了漢字發展的兩大系統。[37]

　　裘錫圭的《文字學概要》是最近出版的一部頗有深度的著作。該書是作者在漢字課講義的基礎上寫成的。全書共有十三章，前三章討論漢字的性質、形成和發展等問題；第四、第五章闡述漢字形體的演變；第六到第九章研究漢字的結構理論，分析了「表意」「形聲」和「假借」三種結構類型；第十章至第十二章主要論述漢字形音義之間的歧異、分化和錯綜關係；第十三章概述歷代漢字的整理和簡化工作。作者利用了出土和歷代典籍保存的大量文字資料，吸收了前人的研究成果，在漢字理論方面取得許多重要進展，有關漢字形成、形體演變、基本結構類型等問題的討論，也都大大超出了前人。全書之中創新之論隨處可見，如對「記號字」「半記號字」「表意字」「變體字」

---

37 蔣善國：《漢字學》（上海市：上海教育出版社，1987年）。

「同形字」「同義換讀」「多義字」等概念的論述，均頗多發明。[38]這
部書有兩個顯著特點：一是作者古文字研究造詣深厚，在漢字形成、
形體演變和結構類型的分析中，對古文字資料的全面整理、研究和恰
當運用，為理論的闡述奠定了堅實的基礎。全書資料豐富，論據充
分，結論可靠。二是作者構思縝密，論述嚴謹，全書具有較強的科學
性和相當的理論深度。可以認為，這部書是繼唐蘭《中國文字學》之
後，文字學理論研究和體系建構方面最有成就的一部著作，它代表了
當代文字學理論研究的水準。

以形體為基礎的文字學體系，研究對象單純，範圍明確，較「綜
合派」與「形義派」是一大進步，二十世紀三〇年代以後，逐漸成為
文字學理論的主流。「形體派」著作注重研究漢字的發生、演變、結
構類型及形、音、義的錯綜關係，初步建立了有特色的漢語文字學理
論體系。

我們所分三派，只是為了便於對文字學三種基本類型的著作和體
系的稱述。從歷史沿革看，從形、音、義綜合研究，到以形義為主要
研究對象，再到以形體為研究對象，體現了近代以來探索漢語文字學
理論體系的進展，也顯示了傳統小學向科學語言學、文字學轉變的
歷程。

三 文字學理論的主要進展

漢字基本理論問題的研究，近代以來取得了重要進展，傳統的漢
語文字學開始了向現代語言文字學的過渡，出版了一大批理論專著，
發表了數量可觀的文字學理論研究文章。這得力於兩個因素：一是受

---

38 裘錫圭：《文字學概要》（北京市：商務印書館，1988年）。

西方學術的影響，形成了研究理論和建立科學體系的風氣；二是古文字資料的大量發現和古文字學的繁榮，為文字學基本理論的研究創造了有利的條件。上文已經涉及許多理論研究問題，這裏再作一簡要概括。

1 關於漢字起源的研究

漢字起源問題是漢字研究最古老的課題，文字學萌芽時期的傳說和猜想，體現了古人在這方面的思考。但是，近代以前，這一問題的研究並沒有取得實質性進展，像鄭樵那樣能指出「書與畫同出」已經相當不容易了。二十世紀以來，文字源於圖畫的觀點，較為普遍地為人們所接受，如沈兼士、唐蘭、蔣善國等人都曾明確地指出了象形文字與繪畫的源流關係。[39]五〇年代以後，西安半坡仰韶文化、山東大汶口文化等遺址中，先後發現了原始文字符號，為漢字起源的研究提供了寶貴的資料。一九七二年郭沫若發表了〈古代文字之辯證的發展〉一文，明確提出：「可以以西安半坡村遺址距今的年代為指標」，確定漢字的起源時間，認為：「半坡遺址的年代，距今有六千年左右」，「這也就是漢字發展的歷史」。「彩陶上的那些刻畫記號」，「就是中國文字的起源，或者中國原始文字的孑遺」，「代表漢字的原始階段」。這篇文章還認為：「中國文字的起源應當歸為指事與象形兩個系統，指事系統應當發生於象形系統之前。」[40]郭氏根據考古材料提出的這些看法，是漢字起源問題研究的重要突破。其後于省吾、唐蘭等人都曾研究過半坡遺址和大汶口文化遺址的文字符號，發表了一批討

---

39 參見沈兼士：《文字形義學》，上篇・二；唐蘭：《古文字學導論》，上編・二；蔣善國：《中國文字之原始及其構造》，第一編。

40 郭沫若：〈古代文字之辯證的發展〉，載《考古學報》1972年第1期。該文收入郭沫若：《奴隸制時代》（北京市：人民出版社，1972年）。

論漢字起源和形成問題的文章。[41]裘錫圭〈漢字形成問題的初步探索〉一文，對考古發現的與漢字有關的仰韶、馬家窯、龍山和良渚等文化的記號及大汶口文化的象形符號，進行了較為全面的探討，提出了關於漢字形成問題的初步看法，[42]後來在《文字學概要》一書中，對這一問題也展開了討論。裘錫圭認為：半坡型符號所代表的絕不是一種完整的文字體系，說它們是原始文字可能性也非常小，除了少量符號（主要是記數符號）為漢字所吸收外，它們跟漢字的形成大概沒有什麼直接關係。大汶口文化象形符號已經用作原始文字的可能性應該是存在的。漢字形成過程開始的時間，大約不會晚於公元前第三千年中期，形成完整的文字體系的時間大概在夏商之際（約在前17世紀前後）。[43]由於原始漢字資料有限，對漢字起源的研究，目前仍還是初步的。但利用考古發現探討漢字的源頭，推測漢字體系形成的過程和時間，並獲得初步的看法，這是近年來文字學基本理論研究的一大進展。

2 關於漢字字形發展演變的研究

這也是文字學創立時期就開始研究的重要問題之一。許慎《說文・敘》根據當時所見的文字材料，勾勒出這樣一個字形演變的程序：古文——大篆（史籀）——小篆——隸書。就許慎時代保存的文字形體看，這個程序大抵是正確的，歷代論述字形的發展演變，基本

---

41 先後發表的論文主要有：于省吾：〈關於古文字研究的若干問題〉，載《文物》，1973年第2期；唐蘭：〈關於江西吳城文化遺址與文字的初步探索〉，載《文物》，1975年第7期；唐蘭：〈從大汶口文化的陶器文字看我國最早文化的年代〉，載《光明日報》，1977年7月14日；陳煒湛：〈漢字起源試論〉，載《中山大學學報》，1978年第1期；汪寧生：〈從原始記事到文字發明〉，載《考古學報》，1981年第1期，等等。

42 裘錫圭：〈漢字形成問題的初步探索〉，載《中國語文》1978年第3期。

43 裘錫圭：《文字學概要・三（一）》（北京市：商務印書館，1988年）。

都遵循許氏的劃分，只在隸書之後加上楷（真）書、行書、草書等體。甲骨文發現後，使人們得以看到殷商文字形體的真實形態，對金文的斷代研究，又加深了人們對兩周文字形體演變的具體認識，尤其是新中國成立以來新出土了大批兩周金文、戰國文字、秦係文字及漢代早期文字資料，為字形發展演變的研究提供了充分的依據。蔣善國所著《漢字形體學》是新中國成立後研究字形演變的一部力作，上文已作了介紹。這裏我們僅概述新中國成立後，尤其是七〇年代以來字形研究的兩個方面的主要成績。

　　第一，利用出土的文字形體，描述字形的發展演變。新中國成立前出版的著作，大多將甲骨、金文列於字形演變系列中作簡單的介紹。近年來對字形演變的分析則趨於細密，在追索縱的發展過程時，還考慮到區系的差異。張振林在〈試論銅器銘文形式上的時代標記〉一文中，對商周一千多年的銘文外部形態的變化作了細緻的分析。[44]裘錫圭在《文字學概要》中，將漢字形體演變分為「古文字」和「隸楷」兩大階段。古文字階段，吸取唐蘭的區系劃分，按「商代文字」「西周春秋文字」「六國文字」「秦係文字」「隸書的形成」等幾大部分，以時代為綱，兼顧區系差別；隸楷階段，包括漢隸的發展、隸書對篆文字形的改造、漢代的草書、新隸體和早期行書、楷書的形成和發展及草書和行書的演變等內容。裘錫圭對字形演變的分析，完全是建立在出土和傳世的文字實物的基礎上的，對字形演變的諸種現象、特點和時限等都有精到論述，基本客觀地反映了漢字字形發展演變的歷史面貌和進程。

　　第二，總結和探討字形發展的規律。字形發展演變規律的研究，主要在新中國成立以後。如梁東漢《漢字的結構及其流變》一書，研

---

44 張振林：〈試論銅器銘文形式上的時代標記〉，載《古文字研究》（北京市：中華書局，1981年），第5輯。

究了漢字發展過程中簡化和繁化的趨勢，揭示了漢字「新陳代謝」的
必然性，通過對各種現象的分析，指出漢字新陳代謝的規律就是「簡
化」和「表音」，「方塊漢字新陳代謝的全部歷史實際上就是一部表音
和簡化的歷史」。[45]蔣善國從文字體系和形體演變兩方面，將漢字發展
的規律，概括為「音化」和「簡化」兩種。[46]林澐通過對古文字資料
的總結，認為字形演變有「簡化」「分化」和「規範化」三大主要規
律。[47]高明則認為漢字形體演變的規律主要是「簡化」和「規範化」。[48]
綜合各家研究，關於漢字形體發展演變的規律，主要有簡化、音化、
分化、規範化四種，這一問題還需要作進一步的深入研究。

3 關於漢字結構方法及其類型的研究

漢字結構的研究與文字學史同時起步，作為漢字結構的經典理論
「六書」，一直為歷代文字學者所遵循。自二十世紀三〇年代始，由
於利用出土材料對個體文字結構分析的深入，糾正了《說文》的許多
錯誤，人們有機會認識到更多的早期文字結構形態，為漢字結構研究
的突破準備了條件。上文介紹的唐蘭的「三書說」，首次對傳統「六
書」進行了批判，提出了漢字結構的新的理論，這是文字學史上的一
次創舉。[49]唐蘭尊重地下出土的文字資料，不固守傳統，敢於突破
「經典」，對後來漢字結構的研究有著重要的開拓意義。張世祿用
「寫實法」「象徵法」和「標音法」來概括中國文字的構造。[50]陳夢家
在《殷虛卜辭綜述》中第一個批評了唐蘭的「三書說」的不完善，認

---

45 梁東漢：《漢字的結構及其流變》，頁189。

46 蔣善國：《漢字學》，第四編。

47 林澐：《古文字研究簡論》（長春市：吉林大學出版社，1986年），第三章。

48 高明：《中國古文字學通論》（北京市：文物出版社，1987年），第三章。

49 唐蘭：《古文字學導論》，上編‧二；唐蘭：《中國文字學》，「文字的構成」一章。

50 張世祿：《中國文字學概要》，第四章。

為「象形、假借和形聲是從以象形為構造原則下逐漸產生的三種基本類型，是漢字的基本類型」。[51]林澐根據漢字記錄語言的方式，「充分重視歷史上存在過的『六書』討論中各家見解的精華部分」，不「囿於『六書』的框框」，對古文字現象進行了科學的總結和具體的分析，指出漢字在形成文字體繫時，使用了「以形表義」「以形記音」和「兼及音義」三種基本的結構方法。[52]裘錫圭著《文字學概要》繼陳夢家之後，對唐蘭的「三書說」提出了較深入的批評，認為「三書說」存在以下四方面的問題：一、把三書跟文字的形、意、聲三方面相比附；二、沒有給非圖畫文字類型的表意字留下位置；三、象形、象意的劃分意義不大；四、把假借字排除在漢字基本類型之外。裘氏以為唐蘭的「三書說」沒有多少價值，而肯定陳夢家的新「三書」，只是將陳氏所說的「象形」改為「表意」，並說：「把漢字分成表意字、假借字和形聲字三類。表意字使用意符，也可以稱為意符字。假借字使用音符，也可以稱為表音字或音符字。這樣分類，眉目清楚，合乎邏輯，比六書說要好得多。」對這三書，作者進行了細緻的分類和深入的研究，同時還注意到不能納入三書的「記號字、半記號字、變體表音字、合音字、兩聲字」等特殊類型。[53]裘錫圭對漢字結構的研究全面深入，舉例豐富，分析精確，材料可靠，表明漢字結構理論的研究跨入了一個新的階段。

4 關於漢字性質的研究

漢字性質問題是西方語言學傳入後才提出的。西方學者根據文字符號的功能，將人類文字體系分成「表意文字」和「表音文字」兩大

---

51 陳夢家：《殷虛卜辭綜述》（北京市：中華書局，1988年），第二章。
52 林澐：《古文字研究簡論》，第一章。
53 裘錫圭：《文字學概要》，第六、七、八、九章。

類型，漢字則被作為典型的表意文字體系。這種觀點曾被我國語言文字學者普遍接受，有相當的影響。如沈兼士講授《文字形義學》時，即說：「綜考今日世界所用之文字，種類雖甚繁多，我們把他大別起來，可以總括為兩類：一、意符的文字，亦謂之意字。二、音符的文字，亦謂之音字。」[54]「意字」「音字」就是「表意文字」和「表音文字」。二十世紀五〇年代以來，國內學者對漢字性質的問題發表了一些新的看法。周有光認為：文字制度的演進，包括「形意文字」「意音文字」和「拼音文字」三個階段，漢字是一種「意音制度」的文字。[55]曹伯韓則把世界文字分為「意音文字和拼音文字」兩大類型，也主張漢字是「意音文字」。[56]裘錫圭認為：「漢字在象形程度較高的早期階段（大體上可以說是西周以前的階段），基本上是使用意符和音符（嚴格說應該稱借音符）的一種文字體系；後來隨著字形和語音、字義等方面的變化，逐漸演變成為使用意符（主要是義符）、音符和記號的一種文字體系（隸書的形成可以看做這種演變完成的標誌）。如果一定要為這兩個階段的漢字分別安上名稱的話，前者似乎可以稱為意符音符文字，或者像有些文字學者那樣把它簡稱為意音文字；後者似乎可以稱為意符音符記號文字。考慮到這個階段的漢字裏的記號幾乎都由意符和音符變來，以及大部分字仍然由意符、音符構成等情況，也可以稱它為後期意符音符文字或後期意音文字。」[57]國外學者根據文字與語言的關係，還提出漢字是「表詞文字」、[58]

54　沈兼士：《沈兼士學術論文集》，頁386。

55　周有光：〈文字演進的一般規律〉，載《中國語文》1957年第7期。

56　曹伯韓：〈文字和文字學〉，載《中國語文》1958年第6、7期。

57　裘錫圭：〈漢字的性質〉，載《中國語文》1985年第1期。

58　〔美〕布龍菲爾德，袁家驊等譯：《語言論》（北京市：商務印書館，1980年），頁360。

「詞——音節文字」、[59]「語素文字」[60]等各種不同的看法。有關漢字性質問題的不同看法和爭論，往往是由於論述者視角不一造成的。裘錫圭闡述對漢字性質的看法，把重點放在分析漢字所使用的符號的性質上，認為：「一種文字的性質就是由這種文字所使用的符號的性質決定的。至於究竟給漢字這種性質的文字體系安上一個什麼名稱，那只是一個次要的問題。」[61]我們認為這一看法對進一步開展漢字性質的討論具有一定的指導意義。

通過上述簡要的介紹，可見，近代以來，在漢字起源、發展、結構和性質等基本理論研究方面所取得的成果是燦爛奪目的。但是，從文字學理論建設來看，這方面的研究還是比較薄弱的，研究視野比較狹窄，課題也較單調，無論從深度還是廣度來看，都還不能適應建立科學的漢語文字學理論體系的需要，許多問題有待進一步的研究和探討。

---

59 〔美〕I. J. Gelb: *A Study of Writing*（芝加哥：芝加哥大學出版社，1963年），第三章。
60 趙元任：《語言問題》（北京市：商務印書館，1980年），頁144。
61 裘錫圭：〈漢字的性質〉，載《中國語文》，1985年第1期。

文字學教學需要改進和加強[*]

　　文字學的教學是當前漢語言文學專業的薄弱環節之一。二十世紀五〇年代漢語言文學專業新的教學計劃實施後，許多中文系已不再沿襲三四十年代的做法，將文字學作為一門與音韻學、訓詁學並列的課程開列。文字學的相關教學內容只在現代漢語、古代漢語等課程中有所介紹。目前，國內高校中文系文字學一般只作為選修課，而且只有少數條件較好的重點高校才能開出文字學、現代漢字學、古文字學等文字學選修課系列，許多高校甚至連一門選修課也無法開出，這種情況與文字學的地位和漢語言文學專業人才培養的要求都是不相適應的。

　　即使就文字學一般教學情況看，筆者認為問題也是比較突出的。第一，就教學內容的安排而言，不同課程之間缺少內在的聯繫和必要區別。如現代漢語和古代漢語的漢字部分分工不甚明瞭。多數現代漢語教材介紹漢字，不是集中於現代漢字，而是將整個漢字納入視野。有的教材在有限的篇幅中，要討論漢字發展的歷史，分析漢字的構造，引用了若干古文字資料，而對現代漢字本身及當前我國漢字政策的介紹卻不夠充分。作為現代漢語教學內容，這種安排顯然是不合理的。

　　第二，教學內容陳舊，落後於學科發展水準。近百年來，漢語文字學可謂經歷了脫胎換骨的變革，特別是甲骨文發現以來的中國古文字研究，使得中國文字學這一傳統的學科領域取得舉世矚目的成就。

＊　原載《中國大學教學》2001年第5期。

但是，令人遺憾的是，高校文字學教學卻沒能將這一學科的進步充分、全面地反映出來。如漢字的發展演進問題，隨著殷商到秦漢乃至魏晉等歷代文字資料的發現和研究，我們已經獲得了大量一手資料並已能清晰揭示這種發展演進的主要規律和軌跡，而許多教材談漢字發展，依然停留在「甲骨文——金文——篆文——隸書——楷書——草書——行書」這種簡單而不精確的描述上。古代漢語中的漢字教學，應反映出歷史漢字（或古代漢字）的規律和特點，而古文字學的成就為這方面的教學內容更新提供了豐富的資料。但是，目前的古漢語教材，有的甚至還停留在許慎「六書」說的水準上，對古文字研究的成果吸收得很不夠。

第三，不同教材概念術語不統一，界說也彼此歧異。如對漢字結構分析涉及的一些概念，就比較混亂。以現代漢語教材為例，有的教材將筆劃、偏旁作為構造單位，有的作為形體分析單位，有的稱為結構單位。有的教材認為合體字的結構單位叫「部件」，「大於筆劃小於合體字」，「筆劃」是書寫單位，同時又將「形旁、聲旁和記號」稱作「字元」。有的教材主張「漢字最小的構形單位是筆劃，」「基本結構單位是部件」。有的教材則認為現行漢字的構造單位可分為「筆劃」和「偏旁」兩級等。筆劃、偏旁、部件、字元這些基本概念如何界定，在字形結構的分析中如何規範地使用，顯然沒有明確一致的意見。

第四，漢字教學內容安排的系統性和科學性不強。從總體說，現代漢字、歷史漢字（或古代漢字）的教學內容應在不同教材中互相區分又相互銜接，基礎課現代漢語和古代漢語中不僅要解決這個問題，還要與選修課文字學的內容相互照應。就不同教材的具體內容安排而言，系統性和科學性不強也是顯而易見的。這一點，只要將通行的現代漢語和古代漢語教材的「文（漢）字」部分抽出來略作分析就一清二楚。這表明，我們在編寫教材時，對不同課程漢字教學的任務和目

標認識不明確，缺乏統一的規劃和安排，當然深層原因還是編者自身對文字學教學內容把握得不好。

漢字作為國家法定的記錄漢語的文字，有著悠久的歷史和豐富的內涵，無論是從認識、繼承、弘揚中國優秀的歷史文化傳統，還是適應當今社會傳遞信息、進行交際的需要來看，對漢字的研究和教學都是十分重要的。漢語言文學專業肩負培養語言文字專業人才的任務，漢字教學無疑在專業教育中佔有不可替代的地位。我們應充分重視漢語言文學專業的文字學教學問題，在漢語言文學專業教學內容和課程體系改革中，對文字學教學作出科學的安排。

針對上文所言，筆者認為改進和加強文字學教學，當前要抓好以下幾項工作：一是統一規劃、協調安排文字學的教學。如現代漢語、古代漢語的教學內容要各有分工，前者重點介紹現代漢字基本知識和現行漢字政策，後者著重講授古代漢字基本知識和古代書面文獻漢字運用問題。在此基礎上，將文字學作為限定性選修課，對漢字的形成、發展和構形規律等進行全面、系統的講授。為培養語言文字學研究專門人才，有條件的院校可另行開設現代漢字學、古文字學以及各種文字學專題課，為學有所專的學生提供選課的機會。這種安排，一方面可保證漢語言文學專業學生在文字學專業知識方面達到一定的水準；另一方面為將來有志於進一步從事語言文字學專門工作和研究的學生留出足夠的發展空間，也可在一定程度上改變各高校普遍存在的語言文字學選修課與文學類選修課不成比例的局面。

二是重視教材建設，注意不同教材內容的更新。對現代漢語和古代漢語這樣的基礎課教材，其文字部分的內容，應組織專家相互協商，統籌安排，邀請主要從事文字學研究的學者承擔有關撰寫任務，以便充分反映當代文字學研究的成果。要組織和鼓勵有關專家編寫優秀的文字學選修課教材。當前的文字學教材雖也有幾種，個別教材內

容豐富、水準也很高（如裘錫圭《文字學概要》），但許多高校尚沒有合適的教師能按這部教材的要求講授，適應面似不夠廣；其它教材則尚不能全面反映當代文字學研究和發展的水準。當務之急是組織和鼓勵專家花力氣編出適應面廣，能反映文字學發展水準，科學性、系統性較強，且適宜於本科教育的文字學教材。至於現代漢字學、古文字學的教材，近年也都有問世，由於講授對象、編者自身學術興趣和積纍的差別，也尚有待進一步完善。教育主管部門和出版單位應支持這類選修課教材的出版，以便在比較和競爭中產生出為大家公認的優秀教材。

三是抓好基礎性研究工作。雖然百年來文字學研究成就突出，但在文字學學科領域，對漢字理論的深入闡述和科學文字學體系的構建一直未能引起廣泛的重視，當代很少有唐蘭先生那樣致力於中國文字學科學體系建設的學者。這種狀況，必然影響漢語言文學專業對文字學研究成果的吸收。應宣導學者重視文字學基礎理論研究工作，在國家社科基金和教育部的科研基金立項時應注意扶持這方面的研究課題。最近已啟動的國家社科基金「十五」重點專案「語言學名詞審定」工作，也可以說是這種基礎性工作之一，隨著文字學名詞術語的審定，對文字學教材建設也必然會帶來積極的影響。

四是加強語言文學專業文字學課程教師的培養和提高。文字學教學涉及古今漢字、語言文字一般理論和國家語文政策，對教師要求甚高。自甲骨文到小篆等古文字，不經過嚴格系統的訓練，一般人可以說很難入門，而不系統掌握古文字，根本就無法講授文字學。因此，文字學教師的缺乏在全國各高校中文系是普遍現象。組織國內著名專家，有針對性地開設文字學課程教師講習班，培養更多的合格師資，以保證文字學教學的水準和品質，也是改進和加強文字學教學需要解決的問題之一。

古文字新發現與漢字發展史研究*

一　引言

　　漢字是世界上唯一延續使用的古老的自源性文字體系，研究漢字的中國文字學也有近兩千年的歷史，但是至今卻沒有出現一部全面描述漢字發展歷史面貌、系統總結其發展規律的漢字發展史著作。

　　究其原由，二十世紀之前學者對文字學的研究難以跳出《說文》樊籬，研究的材料、理論、方法主要囿於《說文》，包括對漢字發展的歷史描述也不出許慎《說文·敘》；對《說文》之前的材料所知甚少，對《說文》以後的材料（如隸書、楷書）又關注不夠。十九世紀末到二十世紀，是古文字新發現的時代，也是文字學和古文字學研究的繁榮時代。但是一百多年過去了，漢字發展史研究雖然取得了許多成就，依然未能出現全面系統的研究成果。這是由於古文字發現之豐富、數量之多使古文字學家和文字學研究者如入寶山，目不暇接；新材料的考釋和辨認工作又異常繁難，學者主要致力於古文字資料的整理、單字的考釋或專題研究，尚未及進行全面系統的綜合研究；同時對近代文字（隸、楷階段）研究的冷落也影響了漢字發展史的研究。所以二十世紀依然未能出現一部全面、系統的漢字發展史研究著作也是情有可原。

---

* 本文根據二〇〇三年十一月九日在浙江大學古籍研究所所作演講整理。收入《漢字理論叢稿》（北京市：商務印書館，2006年）。

　　二十一世紀進一步加強漢字發展史研究，不但具備了必要的條件和可能，而且更是文字學學科本身發展的需要。研究漢字發展史必須貫通古今漢字，誠如張湧泉先生所言：「近代漢字研究和古文字研究是車之兩輪、鳥之兩翼，缺一不可。」[1]這裏我們僅就古文字新發現與漢字發展史研究談一些看法。

二　古文字新發現為漢字發展史研究提供了可能

　　漢字發展的歷史資料，時代越近保存越多。隸書以來的近代漢字資料可以說是極其豐富的，除傳世的各種刻版圖書、手書文字資料外，還有二十世紀發現的西陲漢晉簡牘、敦煌遺籍、吳國竹簡（湖南長沙），以及存世的大量碑石銘刻和民間契約文書等文字資料。[2]就漢字發展史研究而言，這一時期的研究條件最為充分，但是長期以來卻沒有得到應有的重視。古文字階段的資料因歷史悠久而多已散佚，漢字自身的發展演變又使得古今懸隔。二十世紀之前，人們除從傳抄古文、《說文》籀文或偶而發現的彝器銘文、殘章斷簡等有限的資料中窺知先秦文字的梗概外，總體來說，對先秦古文字是一片茫然。連東漢許慎都感歎：隸變之後「古文由此絕矣！」

　　二十世紀以來古文字的一系列重要發現，為我們全面展示了自殷商晚期以來到隸書之前各個時期的漢字歷史面貌，使研究漢字發展史而苦於先秦資料不足的局面有了根本的改變。開展漢字發展史全面、系統的研究，不僅成為可能，而且獲得了千載難逢的機會。這些資料主要有：

　　一、殷商文字。殷商文字資料以殷墟甲骨文和殷商青銅器銘文為

1　張湧泉：〈大力加強近代漢字的研究〉，載《浙江教育學院學報》2003年第6期。

2　如徽州契約文書存世的約有三十多萬件，主要為明清時代手寫。

代表。殷商甲骨文目前已發現十餘萬片，從武丁時代到帝辛時代的文字構形、發展和使用情況大體齊備。雖然甲骨文有著專門用途，參考同時代的青銅器銘文，我們還是可以做出上述這樣的判斷。從鄭州小雙橋新出商代中期的陶文資料看，殷墟甲骨文是漢字經歷漫長持續發展已進入成熟階段的產物，完全可以作為殷商晚期漢字發展史研究的樣本。[3]

二、西周文字。西周甲骨文的發現，使周初文字的面貌重見天日，並且證實西周文字與殷商文字一脈相承，這對漢字發展史的研究意義十分重大。西周文字以青銅器銘文為代表，近百年來尤其是新中國成立以來青銅器銘文有許多重大發現，從記載武王克殷的利簋、成王五年初遷宅於成周的何尊到新近公佈的記載夏禹事蹟的𪼍（豳）公盨，從長安張家坡西周墓地、北京琉璃河燕國墓地、山西曲沃北趙村晉侯墓地到河南三門峽上村嶺虢國墓地出土的青銅器群，以及從陝西扶風莊白村、齊家村、召陳村、強家村到岐山董家村和最近發現的眉縣楊家村等多處窖藏青銅器，為我們提供了大批時代明確的青銅器銘文資料。一九九四年出齊的《殷周金文集成》（包括殷商、春秋和戰國金文）收集殷周青銅器銘文達一一九八三件，該書收錄器物時間下限為一九八八年，此後新出的銘文又多達一千五百餘件。其中的西周銘文資料是研究這個時期漢字發展歷史的最為可靠的一手資料。

三、春秋文字。春秋文字資料主要也是金文。春秋金文多屬諸侯國鑄器，不像西周那樣有許多長篇巨製。其它如秦石鼓文、晉盟書等文字資料的數量和價值可以彌補其不足。[4]

四、戰國文字。戰國文字資料除鑄刻於青銅器物上的金文以外，

3　宋國定：〈鄭州小雙橋遺址出土陶器上的朱書〉，載《文物》2003年第5期。
4　石鼓文和侯馬盟書具體年代尚有爭議，我們同意它們屬於春秋時期的意見。

載體多種多樣。璽印、貨幣和陶器上的文字數量眾多,特別是大量楚簡文字資料的發現,使戰國文字的重要地位得到凸現。戰國文字雖然字形簡率、地域風格變化較大,但是可以與傳世的戰國古文或先秦文獻進行比較互證。這些資料體現了漢字在這一時期的複雜應用情況和快速發展演進的實際面貌。

五、秦漢文字。這裏所說的秦漢文字,主要指秦到西漢早期的文字資料。戰國秦係文字在秦統一六國後成為漢字正體,小篆成為規範六國異文的標準字形。實際上從戰國晚期開始漢字就在經歷著以秦係文字為基礎的隸變過程,到西漢武帝初年以前隸書依然處於這一發展完善過程之中。隸書的形成完成了漢字形體的古今轉變,是漢字發展史研究最為重要的課題之一。秦漢文字資料除石刻、金文、璽印、陶文和傳世的小篆外,就是大批新發現的簡牘文字資料,如睡虎地、里耶秦簡和馬王堆、銀雀山簡牘、帛書等重大發現。這些重大發現為揭示漢字古今轉變的歷史面貌及其發展規律提供了完整系統的資料。

由此可見,從殷商文字到漢代隸書的形成,古文字新發現已為我們提供了完整、系統的資料,這些資料使進行全面、系統的漢字發展史研究具備了可能。關於殷商之前的資料,如新石器晚期的一些文化遺址也有不少重要的刻畫符號發現,這為討論漢字的起源和形成問題提供了寶貴的資料和重要的線索。但是,就目前的研究水準和資料的積纍看,還不足以揭示作為漢字發展史的一個完整的階段——原始文字階段的面貌,我們姑且不列入討論的範圍。

三　開展漢字發展史研究需要重視的幾項基礎性工作

漢字發展歷史悠久,情況十分複雜,只有從一些基礎性的研究工作做起,才能為科學的漢字發展史研究奠定紮實的基礎。

　　一、建立漢字發展史研究的基本理論構架。面對紛紜複雜的漢字發展現象，從哪些方面入手才能準確揭示漢字體系的實質性發展，或者說我們需要建立一個什麼樣的座標才能確切衡量出漢字體系的實質性發展演變，這是漢字發展史研究必須面對的首要問題。從現有涉及漢字發展研究的論著看，對這個問題似乎還沒有形成明確一致的意見。許多論著將漢字發展的描述僅僅限定在漢字形體發展的層面，這是遠遠不夠的。我們認為建立漢字發展史研究的理論構架，需要兼顧漢字體系的宏觀和微觀、表層和深層、局部和全域以及靜態和動態等不同方面。

　　一是漢字形體發展的描寫分析。歷代漢字形體的發展變化最為直觀明瞭，也是漢字發展史研究依託的基礎。漢字形體發展的描寫不僅要總體上劃分漢字發展的不同階段，還要具體分析漢字形體發展中產生的省減、增繁、變異、訛誤等現象，並揭示漢字形體發展演變的一般規律。

　　二是漢字結構發展演變的考察。漢字的結構涉及構造方法和結構類型兩個密切相關而又不完全相同的問題。前者是指漢字符號生成和構造的方式，後者是對相同結構特徵漢字的分類概括。漢字構造方式是一個歷時態演進的系統，其發展演變表現在漢字體系中就是不同結構類型漢字分佈的數量的變化。因此，在描寫漢字形體發展演變的同時，還要揭明漢字構造方法的深層發展變化。[5]初步研究顯示，漢字結構方法的發展受漢字形體發展的影響，但是二者的發展並不是完全同步的。

　　三是漢字使用情況的動態比較。漢字數千年來沿續使用，漢字的發展變化則是其不斷適應使用需求變化的結果，不同時期漢字使用的

5　參見本書所收〈漢字構形方式：一個歷時態演進的系統〉、〈漢字構形方式的動態分析〉二文。

客觀實際直接體現了漢字的發展演變。與上一個時代相比較，漢字在某一時代使用過程中出現的新要素，是判斷漢字體系發展的重要觀測點。如某些漢字使用功能的調整、孳乳派生而引起的字形結構變化等，都應該得到充分的重視。從漢字體系整體發展的角度看，在一些字退出使用領域的同時而產生出的一些新字最具有研究價值。這些新字的構造方法、代表的詞語和使用的情況，較為集中地體現了漢字體系新的發展趨勢。因此，對一個時代淘汰字和新增字的分析研究是漢字發展史研究的一個重要的切入點。漢字發展史研究要注意通過動態比較分析，全面掌握某一時代漢字使用總量的變化，並將傳承字、新增字、淘汰字的實際情況以及各個字使用的頻率及其功能變化列為基本的內容。

四是影響漢字發展的相關背景研究。漢字的形成和發展有其獨特的歷史文化背景，哪些背景要素對漢字發展產生過直接或間接的影響，是漢字發展史研究不能不予以重視的。漢字與中華民族博大精深、源遠流長的歷史文化關係異常複雜，在漢字形成時期（從起源到成體系）、發展和轉變時期，無不深受歷史文化背景變遷的影響。這種影響既有思想觀念層面的，也有物質文化層面的，需要做系統深入的探討和揭示。

二、以斷代文字研究為基礎。梳理清楚每一個時代的文字情況，是漢字發展史研究的基礎和前提工作。近百年來出土的各種古文字資料，已經由學者作了較為全面的研究和整理，比如各種古文字原始資料的整理公佈、文字的辨認和考釋、各種字編和字表的編纂等工作，都取得了突出的成績。這些為文字學的斷代研究創造了較好的條件。事實上，目前從純文字學角度進行的斷代研究還做得十分不夠，對各個時期漢字的基本面貌還缺乏精確而全面的揭示和描寫，真正意義上的斷代文字學研究還沒有完全開展起來。在一個合適的理論框架基礎

上進行各個時期的斷代研究，是漢字發展史研究的當務之急。

三、與斷代研究相結合開展主要專題研究。對一些漢字發展的關鍵問題逐一進行深入的專題研究，有利於更加準確地把握漢字體系的整體發展。在漢字形體發展方面，個體漢字字形流變史、古文字階段形體的定型、隸變的發生及其完成、形體演變中的增省變異等現象及其發生的原因等；在結構發展方面，不同結構類型的漢字發展變化、漢字不同構造方式構形功能的調整變化、結構內部的形音義關係等；在字際關係方面，漢字孳乳分化與發展譜系的建立、漢字應用過程中出現的替換、通用和互借等；在漢字與相關背景關係方面，漢字與漢語的關係、漢字與中華文化的關係，等等。開展這些專題研究，必將使我們對漢字的發展獲得更為全面和深入的認識。

如果我們重視以上三個方面的基礎性研究工作，就有可能從宏觀和微觀的不同層次上客觀、全面地描述和揭示漢字數千年來發展演變的真實歷史。

四　開展漢字發展史研究的重要意義

開展漢字發展史研究的首要意義，就是有利於更好認識漢字發展的歷史規律，促進漢語文字學的理論建設，並為語文政策的制定提供借鑒。比如，經過初步研究，我們從漢字發展史角度認識到以下幾點。

一、漢字發展的延續性和漸變性。幾千年來，無論漢字體系還是漢字個體，其發展演變都是由微觀變化的積累，逐步形成宏觀的整體變化的。漢字的每一筆一畫的變化、每一個偏旁部件的調整以及每一個新字的繁衍派生都是有跡可尋的。延續性和漸變性使漢字古今一脈相承，始終呈現出一種在穩定中求發展的狀態，劇烈的文字變革在歷史上從來都未曾發生過。這啟發我們，對漢字的改革調整必須遵循其

延續性和漸變性,而不能憑主觀意願行事。

二、不同歷史階段漢字發展呈現不同的特徵。就現在能看到的材料,大體上可以說,殷商到西周的漢字發展在形體方面以線條化和規整化為輔,以結構方式的不斷發展完善為主,比如形聲到西周已成為新增字的主要結構方式;西周晚期漢字的發展則以形體的規整和定型為主,以結構的調整為輔;戰國到漢代隸書的形成,則以形體的劇烈演變為主,以漢字體系內部的分化派生和分工的逐步定型為輔。

三、漢字系統的層積性。漢字的數量之多一直是人們詬病的主要缺點之一。實際上,不同時代漢字使用的數量都是有限的,各個時代的常用漢字大體上保持在五六千個上下。漢字數量之多是由於長期不間斷積纍的結果,就一個時代保存的漢字而言,既有歷史上出現而一直傳承使用的,也有當時新增的,還包括歷史上曾經使用而實際上早已退出實用領域的漢字。不同時代產生的漢字的堆積,構成了一個時代漢字的總和。因此,漢字的層積性特徵使得它一方面數量繁多;另一方面又內涵複雜。長期以來,文字學研究忽視這種層積性,將產生於不同時代層次的漢字放在同一個歷史層面觀察,因而對許多漢字發展中呈現的現象無法做出科學的分析。利用現代考古學等科學手段和古文字資料,在斷代研究的基礎上我們可以更好地認識漢字層積性,進而更加準確地揭示漢字發展演變的規律和特點。

其次,開展漢字發展史研究可以促進漢語發展史研究不斷走向深入和完備。漢字與漢語的關係是文字學和漢語史必須重點研究的專題之一。作為漢語的書寫符號系統,一方面漢字發展受漢語發展的制約和影響;另一方面漢語發展也與漢字的特點及其發展密切相關。在某種意義上,可以說沒有漢字發展史研究的漢語發展史是殘缺不全的。因此,漢字發展史研究的不斷深入發展,對漢語史研究不斷走向完善是必不可少的。

　　再次，開展漢字發展史研究是中華文明史研究的重要任務。漢字的形成是中華文明形成的標誌之一，漢字在中華文明發展的歷史進程中發揮著難以估量的重要作用。深入開展漢字發展史研究將會更好地認識中華文明史的形成和發展，因此，漢字發展史研究理所當然應該成為中華文明史研究的重大課題。[6]

6　李學勤：〈文字起源研究是科學的重大課題〉，載《中國書法》2001年第2期。

從轉型到建構：世紀之交的漢字研究與漢語文字學[*]

　　以漢字為研究對象的漢語文字學，是二十世紀中國傳統學術向現代學術轉型成就最顯著的學科之一。尤其是二十世紀九〇年代以來，文字學各個領域發展的全面性，研究問題的深度和廣度，已發表成果的數量和品質，都非常引人注目，呈現出全面發展的良好勢頭。下面對近年來文字學有關領域的研究作一簡略的回顧和展望。

一　現代漢字與漢字應用研究

　　近年來現代漢字及其應用研究，無論是涉及的問題和領域，還是取得的成就等方面都達到了新的水準，逐步適應了社會發展對語言文字研究的新要求。

　　在漢字簡化研究方面，研究者注意用系統的觀點來看待漢字簡化問題，探討了漢字簡化的優化原則，對簡化字字源的研究取得了新的進展，[1]繁簡對照和轉換的整理研究工作也在不斷深入。

　　字形的整理研究，主要體現在對現代漢字筆形的分類整理、筆順的規範、漢字部件的切分、部件的規範及命名等方面。此外，印刷用

---

*　原載《語言文字應用》2005年第3期，未出注釋並有刪減；全文載《漢字研究》（上海市：學苑出版社，2005年），第1輯。

1　李樂毅：《簡體字源》（北京市：華語教學出版社，1996年）；張書岩等編著：《簡化字溯源》（北京市，語文出版社，1997年）。

新舊字形的整理研究、字元理論在現代漢字構形分析中的應用等方面，也都有所收穫。

研究者對規範漢字的理論和實踐也都作了相當全面的探討，編寫出版了一批規範漢字的字書，新的《規範漢字表》研製工作已啟動並進入專家審定階段。

《第一批異形詞整理表》的正式發佈，引發了關於異形詞的熱烈討論，加深了對異形詞及其整理工作的理論認識。

異體字研究方面，重新探索了異體字概念的內涵，對異體字的分類和整理更加細緻深入，對《第一批異體字整理表》的評價也更趨全面客觀。一些學者還對大型字書的異形字、疑難字進行全面的整理研究，作為漢字異體字研究的基礎性工作，這些項目得到國家社會科學基金的立項支持，可望取得較高水準的成果。同時，對海峽兩岸現行漢字的異同，包括字形、筆順、字音等方面，也有學者進行了比較分析。

對外漢語教學中的漢字教學研究，涉及對外漢字教學的定義、內容、方法等方面，在研究漢字本身特點的基礎上，運用認知心理學理論、偏誤分析與中介語理論，探討對外漢字教學相關問題，成為漢字應用研究的一個比較活躍的領域。[2]漢字檢字法、漢字信息處理有關規範的研製也取得了新的成績。適應現代漢字研究和教學需要，現代漢字學教材編寫和出版工作也取得了一批新成果。[3]

現代漢字研究在上述各方面雖取得較大進步，但是許多問題有待深入研究。比如，關於簡化字的政策原則和具體處理繁簡關係的技術

---

2 潘先軍：〈近四年對外漢字教學研究述評〉，載《漢字文化》2003年第3期。

3 蘇培成：《現代漢字學綱要》（增訂本）（北京市：北京大學出版社，2001年）；楊潤陸：《現代漢字學通論》（北京市：長城出版社，2000年）；萬業馨：《應用漢字學概要》（合肥市：安徽大學出版社，2005年）。

問題；各種字形及其內部（筆形、部件等）的規範和整理問題；規範漢字的理論研究和規範字的確定和整理研究問題；異體字和異形詞的整理研究問題；海峽兩岸現行漢字和國際漢字（日本、韓國）的比較研究和信息處理問題等。這些都是現代漢字方面需繼續深入研究的重要課題。總體看來，目前現代漢字研究的深入性和系統性還有待加強，課題零散、視野較窄、理論水準不高制約了現代漢字及其應用研究的發展。今後在進一步繼續結合國家語言文字政策制定、漢字規範化工作和漢字應用及教學需要開展研究的同時，應盡可能地加強現代漢字的基礎和應用理論研究，組織一些高水準的專題性或綜合性研究課題。

二　漢字理論研究

隨著出土材料的日益豐富和研究探索的不斷深入，在文字學理論研究方面近年來也取得了一定的進步。

由於新石器時期遺址刻畫符號的不斷發現，漢字起源問題的研究引起學者們的高度關注，二十世紀後二〇年發表了不少這方面的研究成果。部分學者認為，遠古中國域內的原始文字很可能有多種系統，[4]漢字的起源與發展並非一元的、單線的，各個人類群體都可能有自己的文字系統，最後匯入了漢字這一滔滔大河之中。對「原始文字」有的學者進一步做了階段劃分，有「四階段」與「二階段」兩種說法，不少學者認為至遲在二里頭文化即相當於夏初漢字已經出現。[5]

關於漢字性質的研究，二十世紀七〇年代末以來，有很多學者提

4　李學勤：〈文字起源研究是科學的重大課題〉，載《中國書法》2001年第2期。
5　張居中、王昌遂：〈試論刻畫符號與文字起源——從舞陽賈湖契刻原始文字談起〉；
　　徐義華：〈略論文字的起源〉，均載《中國書法》2001年第2期。

出了看法，主要有表意文字、意音文字、語素——音節文字三種代表性觀點。也有學者認為根據漢字記錄漢語的方式、漢字符號的形態等，可以得出不同的結果；還有的學者主張先將漢字系統分成三個層面，即系統、漢字、字元，漢字系統的最底層單位是意符和音符，因而從字元層面上可以認為漢字是表意和表音文字的集合。通過對漢字性質的討論，加深了對漢字的構形、漢字符號的功能和作用、漢字與語言的特殊關係、文字記錄語言的方式和手段等問題的探討，這有利於認識的逐步統一。[6]

　　漢字結構或構形方式的研究，八〇年代以來，有影響的代表性說法主要是裘錫圭「表意字、假借字和形聲字」新「三書」說。[7]不過許多學者仍認為，漢字最基本的構形方式主要是象形、指事、會意和形聲四種。也有少數學者在此基礎上依據地下資料，對一些構形方式進行了更加深入細緻的具體分析研究，如關於形聲字、會意字的研究。[8]有的學者提出漢字構形的基本元素是形位元，並將漢字構形模式總結為十一種。[9]還有一些學者從不同角度對漢字結構類型和構形模式提出新說，這無疑也是很有價值的探索。[10]

6　鄭振峰：〈二十世紀關於漢字性質問題的研究〉，載《河北師範大學學報》2002年第3期。

7　裘錫圭：《文字學概要》（北京市：商務印書館，1988年）。

8　李國英：《小篆形聲字研究》（北京市：北京師範大學出版社，1996年）；黃德寬：《古漢字形聲結構論》（合肥市：黃山書社，1995年）；黃德寬：〈論形聲結構的組合、特點和性質〉，載《安徽大學學報》1997年第3期；黃德寬：〈同聲通假：漢字構形與運用的矛盾統一〉，載《中國語言學報》（北京市：中華書局，1998年），第9期；石定國：《說文會意字研究》（北京市：北京語言學院出版社，1996年）。

9　王寧：《漢字構形學講座》（上海市：上海教育出版社，2002年）。

10　余延：〈二十世紀漢字結構的理論研究〉，載《漢字文化》1997年第3期；沙宗元：〈百年來文字學通論性著作關於漢字結構研究的綜述〉，載《安徽大學學報》2004年第2期。

　　漢字發展演變的研究，一方面在字體形態發展研究方面取得了一些新成果；[11]另一方面學者們突破長期以來只注重描述形體發展的局限，開始致力於揭示漢字內在的發展變化，將建立單個漢字發展歷史檔案和漢字系統發展沿革譜系、描述並揭示其發展演化軌跡和發展規律作為研究的重點。[12]構形方式系統的演進是漢字發展的重要體現，研究證明在漢字發展的不同歷史層面，各構形方式的構形功能此消彼長，互為補充，構成一個動態演進的系統。[13]

　　近年來產生了一批水準較高的比較文字學研究成果；[14]涉及研究方法和理論問題的漢字闡釋研究，也有學者予以重視，如從傳統文化對漢字闡釋影響等角度開展的有關探討。[15]

　　漢字理論研究雖然由於古文字資料的大量發現和研究視野的進一步開闊而有所進步，但是總體來看，這方面仍是較為薄弱的環節，無論重視程度還是所取得的成果都與漢語文字學整體的發展不相適應。

　　漢字起源的討論，一方面寄希望於新資料提供的新線索；另一方

---

11 如趙平安的《隸變研究》（保定市：河北大學出版社，1993年）、劉志基的《漢字體態學》（南寧市：廣西教育出版社，1999年）相繼出版。

12 如王蘊智的《殷周古文同源分化現象探索》（長春市：吉林人民出版社，1996年）、何琳儀的《戰國古文聲系──戰國古文字典》（北京市：中華書局，1998年），以及黃德寬主持完成的《古文字譜系疏證》（國家社科基金「九五」重點專案）等。

13 參見本書所收〈漢字構形方式：一個歷時態演進的系統〉、〈漢字構形方式的動態分析〉二文。

14 饒宗頤：《符號‧初文與字母──漢字樹》（香港：商務印書館，1998）；聶鴻音：《中國文字概略》（北京市：語文出版社，1988）；周有光：《比較文字學初探》（北京市：語文出版社，1999年）；王元鹿：《比較文字學》（南寧市：廣西教育出版社，2001年）；喻遂生：《納西東巴文研究叢稿》（成都市：巴蜀書社，2001年）。

15 如黃德寬、常森的〈漢字形義關係的疏離與彌合〉（載《語文建設》，1994年第12期）、〈關於漢字構形功能的確定〉（載《安徽教育學院學報》，1995年第2期）、〈歷史性：漢字闡釋的原則〉（載《人文雜誌》，1996年第2期）等論文，以及著作《漢字闡釋與文化傳統》（合肥市：中國科學技術大學出版社，1995年）。

面不同民族文字起源的比較研究將是尋求研究突破的重要途徑。雖然這方面的研究有了新的進展，但是作為漢字研究的重大疑難問題還將長期被關注。

關於漢字性質認識分歧的產生，往往是由於討論問題所依據的材料、理論根據、研究方法的不同等因素造成的，在進一步研究中應注意對各種不同的意見予以合理的吸收和整合，做出更符合漢字實際和理論邏輯的闡述。

由於歷代漢字資料極為豐富，漢字結構的研究最有可能取得突破，但是實際情況並非如此。許多從事古文字研究的學者對漢字的結構分析，滿足於依據舊說而就字論字，他們的關注重點並不是文字學理論問題；而研究語言文字學的不少學者對古文字資料和研究成果鑽研和吸收不夠，從而影響了理論的總結和探討的深入。全面研究分析歷代文字尤其是古文字資料，是漢字結構理論研究獲得新的突破性進展的關鍵。

漢字發展歷史的研究，目前已具備較為充分的條件，今後研究的重點應該放在漢字系統內在發展規律的揭示和斷代研究兩個方面。在斷代研究的基礎上，客觀、全面描寫漢字的發展歷史，並進一步揭示漢字發展演變規律，是我們應該從事的重大課題。開展這項工作不僅漢字發展內在規律的揭示和斷代研究是基礎，正確確定漢字發展研究的視點也顯得尤為重要。我們到底從哪些角度、依據什麼標準來衡量漢字的發展，是目前還沒有完全解決而又必須解決的前提問題。

三 古文字研究

由於大批考古文字資料的發現，使古文字研究在世紀之交再次成為舉世矚目的顯學。

　　對甲骨文新舊資料的整理研究取得豐碩成果；[16]甲骨文字的考釋和斷代研究等方面也有新的收穫。[17]隨著甲骨發現一百週年的到來，一批甲骨學史研究的論文和著作相繼問世。[18]

　　有銘銅器不斷出土，使得金文研究有了重要的發展，如圍繞陝西眉縣楊家村發現的窖藏青銅器及其銘文，發表不少高水準的論文；[19]收集新出金文、編撰金文索引和古文字信息化處理方面也有許多值得重視的新成果；[20]在金文釋文、考釋和字編方面出版了一批新著。[21]

---

16 劉一曼、曹定雲編撰：《殷墟花園莊東地甲骨》（昆明市：雲南人民出版社，2003年）；胡厚宣主編：《甲骨文合集釋文》（北京市：中國社會科學出版社，1999年）；胡厚宣主編：《甲骨文合集材料來源表》（北京市：中國社會科學出版社，1999年）；中國社會科學院歷史研究所編：《甲骨文合集補編》（北京市：語文出版社，1999年）；饒宗頤主編：《甲骨文通檢》（香港，香港中文大學出版社，1999年）；蔡哲茂：《甲骨綴合集》（臺北市，藝文印書館，1999年）。

17 于省吾主編的《甲骨文字詁林》（北京市：中華書局，1996年）不僅集中反映了已有的甲骨文考釋成果，而且姚孝遂在按語中對許多文字的考釋提出了新的意見；張世超的《殷墟甲骨字跡研究》（長春市：東北師範大學出版社，2002年）是對甲骨文及其斷代研究的新嘗試。

18 如宋鎮豪主編的《百年甲骨學論著目》（北京市：語文出版社，1999年）、王宇信和楊升南主編的《甲骨學一百年》（北京市：社會科學文獻出版社，1999年）等。

19 如《文物》（2003年第6期）、《考古與文物》（2003年第3期）集中發表了馬承源、李學勤、裘錫圭、王輝等二十多位學者的討論文章。

20 如劉雨等《近出殷周金文錄》（北京市：中華書局，2003年）；華東師範大學中國文字研究與應用中心等編《金文引得：殷商西周卷》（南寧市：廣西教育出版社，2001年）、《金文引得：春秋戰國卷》（南寧市：廣西教育出版社，2002年）；張亞初《殷周金文集成引得》（北京市：中華書局，2001年）等。

21 如陳直的《讀金日劄》（西安市：西北大學出版社，2000年）、劉昭瑞的《宋代著錄商周青銅器銘文箋證》（廣州市：中山大學出版社，2000年）、陳雙新的《兩周青銅樂器銘辭研究》（保定市：河北大學出版社，2002年）、中國社會科學院考古研究所編《殷周金文集成釋文（1-6冊）》（香港：香港中文大學出版社，2001年）和施謝捷的《吳越文字彙編》（南京市：江蘇教育出版社，1998年）等。趙誠的《二十世紀金文研究述要》（太原市：書海出版社，2003年）則全面介紹了二十世紀金文研究方面的主要成果。

　　戰國秦漢文字研究方面成就非常突出，新出土的戰國文字資料尤其是楚簡，不僅數量多，而且內容重要，如郭店楚簡、上海博物館收藏的戰國竹簡等。這些資料一經公佈，立即引起了海內外學術界的轟動，形成了一股戰國文字研究熱。大批秦簡、漢簡也相繼出土，引起了許多學者的重視。近幾年整理公佈了一批珍貴的新出土　戰國秦漢文字資料；[22]出版了一大批研究校讀新資料的論著；[23]學者們多次召

22 先後問世的有：荊門市博物館編《郭店楚墓竹簡》（北京市：文物出版社，1998年）、湖北文物考古研究所等編《九店楚簡》（北京市：中華書局，2000年）、馬承源主編《上海博物館藏戰國楚竹書（一）（二）（三）（四）》（上海市：上海古籍出版社，2001、2002、2003、2004年）、河南省文物考古研究所編《新蔡葛陵楚墓》（鄭州市：大象出版社，2003年）、中國文物研究所等編《龍崗秦簡》（北京市：中華書局，2001年）、張家山漢墓竹簡二四七號墓整理小組編《張家山漢墓竹簡》（北京市：文物出版社，2001年）以及中國簡牘集成編委會編《中國簡牘集成（1-12）》（蘭州市：敦煌文藝出版社，2001年）等。除戰國秦漢簡牘之外，還公佈和整理了一批其他資料，如蕭春源的《珍秦齋藏印・秦印篇》和《珍秦齋藏印・戰國篇》（澳門市政局，2000、2001）、王人聰編《香港中文大學藏印續集（二）（三）》（香港：香港中文大學，1999、2001年）、莊新興的《戰國璽印分域編》（上海市：上海書店出版社，2001年）、周曉陸和路東之編《秦封泥集》（西安市：三秦出版社，2000年）、傅嘉儀編《新出土秦代封泥印集》（杭州市：西泠印社，2002年）、王輝編《秦出土文獻編年》（臺北市：新文豐出版公司，2000年）等。

23 如劉信芳的《郭店楚簡《老子》解詁》（臺北市：藝文印書館，1999年）、《簡帛五行解詁》（臺北市：藝文印書館，2000年）、《楚帛書解詁》（臺北市：藝文印書館，2002年）、《包山楚簡解詁》（臺北市：藝文印書館，2003年）和李零的《郭店楚簡校讀記（增訂本）》（北京市：北京大學出版社，2002年）、《上博楚簡三篇校讀記》（臺北，萬卷樓圖書公司，2002年）等，對楚簡帛書的校讀考訂形成了系列；其他如龐樸的《竹帛五行篇校注及研究》（臺北市：萬卷樓圖書公司，2000年）、塗宗流和劉祖信的《郭店楚簡先秦儒家佚書校釋》（臺北市：萬卷樓圖書公司，2001年）、陳久金的《帛書及古典天文史料注析與研究》（臺北市：萬卷樓圖書公司，2001年）、廖名春的《郭店楚簡老子校釋》（北京市：清華大學出版社，2003年）、劉釗的《郭店楚簡校釋》（福州市：福建人民出版社，2003年）等。反映中青年學者簡帛文獻研究成果的有：李天虹的《郭店簡〈性自命出〉研究》、陳偉的《郭店竹書別釋》、劉樂賢的《簡帛數術文獻探論》、廖名春的《出土簡帛叢考》（武漢市：湖北教育出版社，2003年）等。

開專題學術研討會，發表大量關於新出戰國文字的研究論文；[24]新發現帶動了戰國秦漢文字整體研究水準的提高，出版了一批高水準的研究著作；[25]一批反映戰國秦漢文字研究成果的文字編也相繼問世。[26]

　　古文字研究的繁榮，一方面是由於古文字新資料的不斷發現，新出資料的整理研究取得很大成就；另一方面，世紀之交對百年來古文字研究的回顧和反思，出現一批綜合性的資料整理研究和學術史專題研究成果。作為一門綜合性交叉學科，古文字研究向多學科拓展的深度和廣度都超過以往。

---

24 如《簡帛研究》第三輯（南寧市：廣西教育出版社，1998年）、《吉林大學古籍所建所十五周年紀念文集》（長春市：吉林大學出版社，1998年）、《郭店楚簡研究》（瀋陽市：遼寧教育出版社，1999年）、《道家文化研究（「郭店楚簡」專號）》第17輯（北京市：生活・讀書・新知三聯書店，1999年）、《郭店楚簡國際學術研討會論文集》（武漢市：湖北人民出版社，2000年）、《郭店簡與儒學研究》（瀋陽市：遼寧教育出版社，2000年）、《上博館藏戰國楚竹書研究》及《續編》（上海市：上海書店出版社，2002、2004年）和《新出土文獻與古代文明研究》（上海市：上海大學出版社，2004年）等，都刊登或結集發表了這方面的大量論文。《古文字研究》、《文物》、《考古》和《華學》等許多專業雜誌也較多地發表了這方面的研究成果。

25 如李學勤《四海尋珍》（北京市：清華大學出版社，1998年）和《綴古集》（上海市：上海古籍出版社，1998年）、黃錫全《古文字論集》（臺北市：藝文印書館，1999年）、李家浩《著名中年語言學家自選集・李家浩卷》（合肥市：安徽教育出版社，2002年）、何琳儀《戰國古文字典》（北京市：中華書局，1998年）和《戰國文字通論（訂補）》（南京市：江蘇教育出版社，2003年）、王人聰《古璽印與古文字論集》（香港，香港中文大學，2000年）、黃錫全《先秦貨幣研究》（北京市：中華書局，2001年）、徐在國《隸定「古文」疏證》（合肥市：安徽大學出版社，2002年）、王輝《秦文字集證》（臺北市：藝文印書館，1999年）、陳昭容《秦系文字研究》（臺北市：「中央研究院」歷史語言研究所，2003年）、吳辛丑《簡帛典籍異文研究》（廣州市：中山大學出版社，2003年），等等。

26 如張光裕《郭店楚簡研究・文字篇》（臺北市：藝文印書館，1999年）、張守中等《郭店楚簡文字編》（北京市：文物出版社，2000年）、陳松長《馬王堆簡帛文字編》（北京市：文物出版社，2001年）、駢宇騫《銀雀山漢簡文字編》（北京市：文物出版社，2001年），以及李守奎《楚文字編》（上海市：華東師範大學出版社，2003年）和湯余惠主編的《戰國文字編》（福州市：福建人民出版社，2000年）等。

從文字學研究的角度看，這種繁榮的背後也存在著許多值得關注的問題。如在甲骨文和金文研究方面，研究者投入的精力相對較少，甲骨文和金文疑難文字的考釋工作進展不大，一些關係漢字發展演變和構形規律的重要現象，還缺乏系統全面的研究；戰國文字研究領域，由於多學科的介入，一些學者在對出土文獻文字結構分析和解釋方面比較隨意，導致不必要的人為混亂；文字學研究者忙於對新出資料疑難單字的考辨，對戰國時期各種文字現象的理論研究和概括尚少有關注。

古文字研究熱潮及其對相關學術領域的影響，是世紀之交漢字研究的一個重要學術現象。今後一個時期，研究的重點依然會在戰國文字方面，對戰國文字資料的綜合整理和彙集編纂，以適應多學科的需要將是一項重要的基礎工作；將戰國文字考訂的新成果進行彙編整理，權衡折中，以定是非，並進而研究戰國文字構形及其發展演變的規律，也是一個必須開展而又具有重大價值的課題。甲骨文和金文的研究，實際處於攻堅階段，要取得突破性進展難度很大，應繼續鼓勵和支持一些學者在這個領域開展長期而艱苦細緻的研究工作。

四　俗字研究

二十世紀尤其是八〇年代以來俗字研究逐步得以加強，成為文字學的一個新的亮點。其成就主要包括以下方面：敦煌卷子的研究促進了敦煌俗字的研究，發表了許多文章，還出現了敦煌俗字整理和研究的專門著作；[27]字書俗字研究得到重視，這包括兩個方面內容：一是

---

27 如潘重規發表了〈敦煌卷子俗寫文字與俗文學之研究〉（載《孔孟月刊》，1980年第7期））、〈《龍龕手鏡新編》序〉（《龍龕手鏡新編》卷首）、〈敦煌卷子俗寫文字的整理與發展〉（載《敦煌學》第17期，臺北，中國文化大學，1991年）等一系列討論

歷代字書所收俗字的整理和研究；[28]二是對大型字書所收漢語俗字的整理研究；[29]近年來還整理增訂了前人所編有影響的碑刻別字新編；[30]明清刻本小說等通俗文學、醫方、樂譜、農事等領域所用俗字和方言俗字也皆有學者涉及；同時，近代漢字及俗字理論研究方面，發表了一批有理論建樹的論文和著作，初步奠定俗字研究的理論基礎。[31]長

敦煌俗字的論文。郭在貽和張湧泉〈關於敦煌變文整理校勘中的幾個問題〉（載《古漢語研究》，1989年第1期）、〈俗字研究與敦煌俗文學作品的校讀〉（載《近代漢語研究》，北京市，商務印書館，1992年），以及張湧泉〈試論敦煌寫卷俗文字研究之意義〉（載《敦煌研究院1990年敦煌學國際學術討論會論文集》）、〈敦煌寫卷俗字的類型及其考辨方法〉（載香港《九州學刊》，1992年第2期）等，進一步將敦煌俗字研究引向深入。潘重規等編輯的《敦煌俗字譜》（臺北市：石門圖書公司，1978年），張湧泉的《敦煌俗字研究》（上海市：上海教育出版社，1996年）。

28 施安昌《唐人〈干祿字書〉研究》（《顏真卿書〈干祿字書〉》附錄（北京市：紫禁城出版社，1990年）、劉燕文〈《集韻》與唐宋時期的俗字俗語〉（載《語言學論從》第16輯，北京市，商務印書館，1991年）、蔣禮鴻《類篇考索》（濟南市：山東教育出版社，1996年）；臺灣黃沛榮教授主持的「歷代重要字書俗字研究」，包括：《玉篇》俗字研究、《類篇》俗字研究、《字彙》俗字研究、《字彙補》俗字研究、《正字通》俗字研究、《康熙字典》俗字研究六種（其中《《玉篇》俗字研究》已經由臺灣學生書局2000年出版）；鄭賢章《《龍龕手鏡》研究》（長沙市：湖南師範大學出版社，2004年）。

29 如張湧泉《漢語俗字叢考》（北京市：中華書局，2000年）、〈大型字典編纂中與俗字相關的幾個問題〉（載《中國社會科學》，1997年第4期），鄭賢章〈從漢文佛典俗字看《漢語大字典》的缺漏〉（載《中國語文》，2002年第3期）、〈《中華字海》未釋俗字考〉（載《古漢語研究》，2003年第2期）等。

30 一是《碑別字新編》（北京市：文物出版社，1985年）和《廣碑別字》（北京市：國際文化出版公司，1995年）；二是《六朝別字記新編》（北京市：書目文獻出版社，1995年）。

31 如施安昌〈唐代正字學考〉（載《故宮博物院院刊》，1982年第3期），張湧泉〈試論漢語俗字研究的意義〉（載《中國社會科學》，1996年第2期）、〈大力加強近代漢字的研究〉（載《浙江教育學院學報》，2003年第6期），姚永銘〈俗字研究的幾個問題〉（載《古漢語研究》，2003年第3期）等論文，以及李榮《文字問題》（北京市：商務印書館，1987年）、張湧泉《漢語俗字研究》（長沙市：嶽麓書社，1995年）、陳五雲《從新視覺看漢字：俗文字學》（鄭州市：河南人民出版社，2000年）、孔仲溫《《玉篇》俗字研究》（臺北市，臺灣學生書局，2000年）等著作。

期不登大雅之堂的俗字研究呈現出一派繁榮景象，俗文字學作為文字學新的分支學科成為可能。

俗字研究是一個有待進一步開拓的研究領域，還有許多課題需要學者解決。一是要加強各個歷史階段、各種文本的俗字的整理和研究。目前，除了敦煌俗字的整理和研究已經取得較大成績外，其它歷史階段相關資料的俗字輯錄整理和研究工作則還沒有充分展開。隨著地下出土的文獻的逐漸增多，古代各個時期的各種不同的文本為我們研究俗字提供了更多的資料，如新出秦漢以降簡帛文獻、各地民間契約文書、新出碑刻墓誌等都有許多俗字資料，這些材料的整理和研究工作任務繁重。

二是進一步加強歷代字書保留的俗字整理研究。從歷代字書入手研究俗字，毫無疑問是一條正確的路子。學者們在這方面已經取得不小的成績，如臺灣學者系統整理研究《玉篇》等重要字書的工作值得提倡。我國各類字書資源十分豐富，尤其是民間流傳的俗用字書尚無人系統收集整理，如能對各類字書進行全面而有計劃的整理研究，將會為俗字研究提供更多新的資料。

三是進一步加強俗字的理論研究。俗字理論研究近年來雖然成就斐然，但是在俗字的界定、範圍、俗字類型研究等方面還可進一步完善，應將俗字理論研究納入文字學理論體系的建設統籌考慮。

四是將俗字置於漢字發展史的宏觀背景下來研究。大部分俗字研究者是文獻研究者或者是語言研究者，真正的文字學者較少，這就使得許多研究工作還未能從文字學理論和漢字發展史的角度展開。俗字是漢字發展史上的一種現象，理應用文字學的方法，從漢字發展史角度來考察。我們認為，一方面研究俗字的學者要加強自己的文字學修養；另一方面，文字學者也應關注俗字研究，只有這樣，才能使俗字研究作為文字學的新領域取得與其它文字學領域相媲美的成果。

　　此外，二十世紀八〇年代以來，以研究《說文解字》為中心的傳統文字學也獲得了發展機遇，《說文》學研究取得了豐碩的成果，形成了《說文》研究史上一個新的高潮。[32]這主要表現為：對《說文》的價值和貢獻乃至缺陷，有了比較客觀公正的認識；開拓了傳統《說文》研究的領域，對《說文》的詞義系統、文化內涵、內在結構和文字學理論價值等進行了多角度的發掘；吸收古文字研究成果，對《說文》的各種字體進行了深入的研究，矯正了許多訛誤字形；對《說文》分析字形結構的錯誤和存疑字作了糾正或給出新的解說；重視《說文》的普及和應用，新編了一批介紹《說文》的導論性著作和適合更多讀者需要的注釋本。這些新的成就的取得，具有鮮明的時代特色，與古文字研究的巨大成就和漢語言學研究的進步密切相關。

　　我們也要看到《說文》研究還存在許多不足：根據古文字材料及古文獻研究成果重新訂正或注釋《說文》的高品質的成果尚未出現，一些普及性讀物重複編寫，水準不高；對歷代《說文》學專書的研究不平衡，對段注研究較多而對《說文》學著作以及元明時期的著作研究不夠；還沒有一種全面綜合新成果尤其是古文字研究的新成果而編寫的高水準的通論性著作。如能克服上述不足，《說文》學和傳統文字學的研究依然可以取得新的有價值的成果。

　　如果說二十世紀的漢字研究使歷史悠久的傳統文字學較好完成了向現代學術的轉型，那麼，世紀之交漢字研究呈現出的新態勢，使我們有理由相信，新世紀的漢語文字學將會跨入開拓創新、科學建構自身學科體系的新階段。

---

32 張標《二十世紀《說文》學流別考論》（北京市：中華書局，2003年）對此有詳盡述評。

中國文字學研究大有可為[*]

　　二十世紀是中國文字學取得巨大進步的時代。這種進步促使歷史悠久的傳統文字學完成了向現代學術的轉型。

　　我們認為二十世紀中國文字學的發展，主要表現在以下幾個方面：

　　一是地下新資料的大量發現，促成中國古文字學的建立並取得一系列重大成就。從十九世紀末葉甲骨文的發現，到二十世紀對甲骨文的科學發掘和研究，形成了一門獨具特色的分支學科——甲骨學；大量新出青銅器銘文的整理和研究，使傳統金石學發生了脫胎換骨的變化，以銅器銘文為主要研究對象的金文研究也成為古文字學的分支學科之一；戰國文字資料，特別是楚系文字資料的不斷出土，使戰國文字研究成為二十世紀後三〇年最為活躍的領域，一個以戰國文字為研究對象的分支學科迅速形成；同時，二十世紀七〇年代以來發現的大量秦漢簡牘、帛書文字資料，使這個領域的研究也有逐漸形成分支學科的趨勢。古文字學的重大成就反映在出土古文字資料的整理、文字的考釋和利用這些資料開展的綜合研究等眾多方面。作為一門交叉的綜合性學科，古文字學的形成、發展是二十世紀文字學研究取得重大進步的標誌之一。

　　二是對漢字若干重要基礎理論問題的研究取得進展。由於古文字資料的大量發現及取得的研究成果，為漢字若干重要理論問題的研究提供了堅實的第一手資料，因此促進了漢字理論問題研究的突破。如

---

[*]　原載《21世紀的中國語言學》（北京市：商務印書館，2003年）。

關於漢字起源問題的研究、關於漢字形體的發展演變研究、漢字的結構及其功能的研究等,都取得一系列重要的成果,對漢字的構形、形成和發展歷史的認識更加接近歷史實際。一系列重要理論問題的提出及研究進展,從根本上改變了傳統中國文字學的面貌。

三是漢字應用研究有了突出的進步。這方面的研究在很大程度上改變了中國文字學的治學傳統。圍繞著漢字改革問題,引發了百年來的語文運動,其論爭之激烈,影響之大,是中國學術史上罕見的。漢字的整理、簡化和規範化工作取得重大成就,確立了現行漢字系統;漢字的信息處理成為文字學與信息科學結合的重要領域,應用水準不斷提高;漢字教學與習得研究得到了更多的重視,漢字的傳播和應用的廣泛超過了歷史上任何一個時代。

四是中國文字學的學科建設取得很大成就。二十世紀的中國文字學經歷了從附庸地位的傳統「小學」向科學文字學的轉變,逐步建立了文字學的學科體系,使它在現代學科體系中獲得了應有的地位。中國文字學及相關領域出現了一批卓有建樹的理論專著,培養和造就了一批具有現代意識的中國文字學研究者,有的學者以其對中國文字學研究和學科建設的成就,產生了世界性影響。

如果說二十世紀中國文字學較好地完成了從傳統學術向現代學術的轉型,那麼二十一世紀將是中國文字學開拓創新、大有可為的時代。我們認為,二十一世紀的中國文字學如果能在以下幾個方面加強研究並有所創新,將會帶來整個學科的重大突破和進展。

第一,要加強漢字信息處理的研究,充分利用信息科學技術的成果來促進漢字的研究和應用。二十一世紀人類社會信息化時代的到來,將會影響文字學研究,對漢字信息處理水準的提高既顯得必要和緊迫,也具備可能。如現代漢字的信息處理,二十世紀已取得了不俗的成績,這方面的工作,隨著中國入世和全球經濟一體化的加速,又

提出了　新的更高的要求，盡快突破漢字信息處理的若干難點，發揮漢字漢語的特色和優勢，使現代漢字在信息技術的背景下更好地服務於經濟和社會發展，是文字學面臨的重大課題。我們相信，如果文字學研究者能與信息科學工作者共同努力，在二十一世紀這將是一個充滿活力和機遇的研究領域。再如漢字資料庫的建設，也是一項重要的基礎工程。漢字資料的豐富性是世界上獨一無二的，從甲骨文、金文、戰國文字到秦漢以來歷代的文字資料，為研究工作的開展提供了不盡的源泉，但是浩繁的資料也為研究者帶來巨大的壓力。如何適應新時代的要求，利用信息科學技術的成果，科學整理研究這些資料，使它們更便於運用，這是文字學和信息科學工作者面臨的共同任務。當前，已有不少單位和學者對古文字資料開始嘗試進行資料庫建設，並取得了初步的成果，積累了一定的經驗。但是，大家的工作缺乏溝通，重複勞動現象突出，已有的成果推廣運用也很不夠。由於二十世紀多種漢字資料的整理已有良好的基礎，二十一世紀完全有可能更好地組織開展這方面的工作。通過統一規劃，統一設計，分工合作，最終建成全漢字資料庫，為利用現代化手段研究漢字提供條件。這將是一項功在千秋的事業。

第二，要加強現代漢字的研究。二十世紀現代漢字的整理、簡化和規範化工作成就較大，但對現代漢字的研究較為薄弱。二十一世紀隨著信息化的推進和中國與國際社會的聯繫和交往日趨密切，對現代漢字的理論和應用研究必須放在很突出的位置。現代漢字的信息處理、漢字規範化問題、漢字的教學等應用研究領域將更為活躍，同時對現代漢字的理論研究也必然會提出更高的要求，二十世紀新露端倪的現代漢字學將會得到不斷的發展和完善。

第三，要重視漢字發展史的研究。漢字發展史研究是漢字研究基礎工作之一。漢字從形成以來歷代資料沒有缺環，現代漢字是歷史漢

字發展的必然結果。對漢字發生、發展和演進規律的認識目前還是很不夠的。作為世界上自源的歷史悠久的文字，漢字是獨一無二的，這為漢字發展史的研究提供了非常好的條件，而且這種研究也具有重大的學術價值。可以預見，先秦漢字將依然是重要的研究領域，對已經發現的古文字資料的整理研究和新材料的進一步發現，將使古文字研究充滿生機。隸楷階段的漢字研究，是二十一世紀漢字發展史研究需要重點拓展的領域。從秦漢的隸書到魏晉南北朝楷書的形成和發展，以及其後的各種簡牘、碑刻、刻版書籍和傳抄手書文本資料，是這個階段漢字研究的寶貴資源，但是這個階段卻是漢字發展史研究最為薄弱的環節。我們應更加重視這個階段漢字的整理和研究工作，否則，我們就不可能很好地揭示漢字發展的歷史全貌，也不可能更好地認識和研究現代漢字。我們相信，二十一世紀將會湧現出一批高水準的斷代史和通史或專題史漢字發展研究的著作。

第四，要科學地開展漢字與中國傳統文化關係的研究。漢字與中國文化的密切聯繫已為海內外學者所廣泛關注，二十世紀的最後十年，出現了許多關於漢字與中國文化研究的論著，但總體水準不高。最為普遍的問題，是將漢字與中國文化的深層聯繫作了表面而膚淺的比附和解釋。這與作者對漢字自身和中國文化的科學認識水準是相關的。由於漢字本身蘊涵的大量文化信息以及漢字形成和發展於中國文化沃土這一歷史的事實，漢字與中國文化關係的研究引起關注是非常自然的事。可以預見，在二十一世紀這將是一個繼續充滿魅力並得到重視的領域。我們認為，關鍵是要以正確的方法、嚴謹求實的精神和科學的理論指導這種研究。只有這樣，漢字與中國文化關係的研究才能為中國歷史文化和文字學的研究提供新的材料，帶來新的發現。否則，這方面的研究就容易走入歧途。

第五，要重視漢字基礎理論問題研究的創新。中國文字學研究對

象的獨特性和研究資料的豐富性，使其在世界學術之林中獨樹一幟，也為中國語言文字學學者對世界語言文字學研究做出應有的貢獻提供了一種可能。二十世紀中國文字學研究者，一方面遵從歷史傳統；另一方面接受了西方語言文字學的影響，並且由於古文字資料的新發現和研究的進展，在漢字基礎理論研究方面已取得很大的成就。不過總體看來，漢字基礎理論研究的創新和突破與時代提供的可能相比，還是很不夠的。二十一世紀應該是中國文字學理論創新的時代。我們應在過去積纍的基礎上，開闢新的研究領域，對漢字若干基本理論問題做出更加深入的探索，努力構建符合漢語和漢字實際的科學理論體系，並以漢字研究的理論創新成果，豐富和完善世界語言文字學理論，從而為語言文字學的進步貢獻出我們中國學者的智慧。

後記[*]

　　當這本文集的整理和編纂工作完成之後，下面這些話是不能不說的。

　　首先，要對北京師範大學出版社楊耕教授和他的管理團隊表示由衷的敬意和感謝！他們為促進我國哲學社會科學研究的繁榮，編纂出版這樣一套頗具規模的哲學社會科學家文庫，體現了一流大學出版社的學術責任感和對文科學者的一種深切情懷。本文集能有機會忝列文庫，我既覺得惶恐也深感榮幸。

　　其次，要特別感謝趙月華女士。從約稿到編纂過程，她為這本文集付出了艱辛的勞動。由於本書涉及較多古文字形和偏僻繁難之字，給編校工作帶來很大麻煩，正是她優異的專業素養和嚴謹細緻的工作態度，才保證這本文集順利編成出版。

　　最後，需要說明的是，本文集收錄的文章時間跨度較長，原來發表的期刊要求也不一，編纂時按照文庫體例要求，對收入文章的注釋做了統一調整處理，有些文章的題目也略作了改動。同時，利用這個機會，核對了有關引文和資料，糾正了原來發表時的一些技術性錯誤，對所引用的少數古文字字形也酌情做了替換。但是，所有收錄文章的基本內容和觀點則維持原貌，一律不做任何改動，儘管以今天的研究水準來看，有些地方尚有不足。敢請同道諸君，有以教我！

黃德寬

2010年6月1日

---

* 　編案：本文為簡體版之後記。

中華文化思想叢書 A0100015

開啟中華文明的管鑰——漢字的釋讀與探索　下冊

作　　者　黃德寬
責任編輯　蔡雅如

發 行 人　陳滿銘
總 經 理　梁錦興
總 編 輯　陳滿銘
副總編輯　張晏瑞
編 輯 所　萬卷樓圖書股份有限公司
排　　版　林曉敏
印　　刷　百通科技股份有限公司
封面設計　斐類設計工作室

出　　版　昌明文化有限公司
桃園市龜山區中原街 32 號
電話 (02)23216565
發　　行　萬卷樓圖書股份有限公司
臺北市羅斯福路二段 41 號 6 樓之 3
電話 (02)23216565
傳真 (02)23218698
電郵 SERVICE@WANJUAN.COM.TW
大陸經銷
廈門外圖臺灣書店有限公司
　　電郵 JKB188@188.COM

ISBN 978-986-92898-1-8
2016 年 4 月初版
定價：新臺幣 320 元

如何購買本書：

1. 劃撥購書，請透過以下郵政劃撥帳號：
　　帳號：15624015
　　戶名：萬卷樓圖書股份有限公司
2. 轉帳購書，請透過以下帳戶
　　合作金庫銀行 古亭分行
　　戶名：萬卷樓圖書股份有限公司
　　帳號：0877717092596
3. 網路購書，請透過萬卷樓網站
　　網址 WWW.WANJUAN.COM.TW
大量購書，請直接聯繫我們，將有專人為您
服務。客服：(02)23216565 分機 10

如有缺頁、破損或裝訂錯誤，請寄回更換

國家圖書館出版品預行編目資料

開啟中華文明的管鑰——漢字的釋讀與探索
/ 黃德寬著.-- 初版.-- 桃園市：昌明文化出
版 ; 臺北市：萬卷樓發行, 2016.04
　冊 ;　 公分.-- (中華文化思想叢書)
ISBN 978-986-92898-1-8(下冊 ： 平裝)
1.漢字
802.2　　　　　　　　　　　105003041

本著作物經廈門墨客知識產權代理有限公司代理，由北京師範大學出版社（集團）有
限公司授權萬卷樓圖書股份有限公司出版、發行中文繁體字版版權。